KB122423

사람이 그리워
먼길을 돌아왔다

한의사 이환李桓의 따뜻한 문안편지

사람이 그리워 먼길을 돌아왔다

이지출판

작가의 말

내 진료실은 동향東向이다. 겨울에는 아침 8시경이나 되어야 창밖 먼 산봉우리에서 해가 떠오르더니 봄이 되면서 해도 점점 부지런해진다. 아침 해를 볼 때마다 마음이 경건해지지만, 진료실에서 맞이하는 아침 햇살은 또 다르다. 나는 나의 정수精髓를 꿰뚫 듯 들이비치는 그 햇살 앞에서 두려운 마음으로 나 자신에게 묻는다.

오늘도 보잘것없는 내 방문을 두드릴 사람들. 나는 그들의 손을 얼마나 따뜻하고 넉넉한 가슴으로 잡아 줄 수 있는가? 내가 그들에게 줄 수 있는 것은 무엇인가? 지금 준비되어 있는가? 나는 단정한 자세로 나를 돌아다보면서 어르고 달래어 최선의 나를 갖추려고 한다.

지난 수년 동안 월간 《수필과 비평》, 《크리스천 CEO》 등에 연재했던 글을 모아 보았다. 특히 시골 한의사로서 환자들을 대하면서 행복했던 이야기가 담겨 있다. 이제는 시골에서 떠나왔지만, 나는 아직도 시골 한의사라 불리고 싶다.

아침 햇살에 나 자신을 비추어 보듯 시골 한의사로서 일할 때의 의지와 다짐을 앞으로도 끊임없이 되새기며 살아가고 싶다. 다시 선물처럼 밝아 온 오늘을 감사한다. 독자들과 가까이 동행하며 기쁨을 나눌 수 있길 바란다.

2022년 5월

이 환李桓

차례

■ 작가의 말 • 4

제1부

몸보다 마음이 아픈 사람들

사람이 그리워 • 12

고치려고 하기 전에 걸리지 말자 • 19

몸보다 마음이 아픈 사람들 • 30

농부의 마음 • 36

아래로 흐르는 사랑 • 42

몸에 좋아요 • 53

마음을 치료하는 의사 • 58

물과 불의 조화 • 69

제2부

꼭 시골 한의사 같아요

겨우 50년 전 • 76

그해 여름 라오스 • 82

마음이 따뜻한 의사 • 94

태어나고 죽는 일 • 102

지구촌에서 함께 사는 사람들 • 113

꼭 시골 한의사 같아요 • 120

때묻고 구겨진 돈 • 126

신의神醫를 꿈꾸며 • 132

제3부

먼길을 돌아왔다

이렇게 좋은 날에 • 140

모세 엄마 • 146

최고의 명약 • 152

갑옷을 벗고 • 159

낳은 자식과 기른 자식 • 166

내 안의 나와 당신 안의 나 • 172

먼길을 돌아왔다 • 177

중요한 건 마음이다 • 183

개팔자 • 189

밥 사 주는 환자 • 194

제4부

그대들 안녕하신가

우리는 예비 환자 • 204

선생님, 그 명예와 멍에 • 209

큰일이다 • 225

그대들 안녕하신가 • 232

아빠는 국뽕인가 봐 • 238

사랑하며 살기 • 243

딸과 공기놀이를 하자 • 246

빠르게 달리는 세상 • 251

■ 작품해설

시골 한의사의 존재 미학, 불꽃 축제 _한상렬 • 255

제1부

몸보다 마음이 아픈 사람들

정말 기억에 남는 환자는 몸이 아픈 사람들이 아니라 마음에 상처가 있는 사람들이다. 그들의 아픔을 함께 느끼고 공감하며 마음을 일으켜 주곤 했던 사람들, 떠나는 나도 그들 못지않게 허전하고 섭섭했다. 그들은 기억에 영원히 고마운 선생님으로 남을 것이라고 하였지만, 곧 나보다 좋은 의사를 만나기 바란다.

사람이 그리워

시골 한약국

"원장님, 이거 드셔 보세요."

어느 날 환자 중 한 분이 어색한 웃음을 지으며 비닐봉지를 내밀었다. 그는 내가 내용물을 확인하는 것이 쑥스러운 듯 서둘러 치료실로 들어갔다. 검은 비닐봉지 안에는 주방에서 흔히 쓰는 투명 비닐봉지가 매듭으로 묶여 있고, 그 안에는 주먹 크기의 붉은색 물체가 들어 있었다. 그것은 양념한 돼지 껍데기였다.

나는 시골 한의사다.

문득 〈시골 한약국〉이라는 피천득 선생의 수필이 생각난다. 선생이 어렸을 적에 몸이 약해 시골에 가서 몇 달 휴양을 하였는데 머무르던 집 할아버지의 권고로 용하다는 한약방에서 약을 지어 먹고 건강해졌다는 내용이다.

의원은 녹용과 삼을 넣은 보약을 먹어야 한다고 하면서도, 자기

약방에는 약재가 없고 약 살 돈도 당장 없다고 하였다. 어린 피천득 선생의 눈으로 보아도 약국 천장에는 먼지 앉은 몇 개의 약봉지만 매달려 있었고, 약저울도 녹이 슬어 있었다.

그래도 그 의원에게 마음이 끌려서 이튿날 그와 함께 사오십 리 떨어진 읍내에 나가 환자인 피천득 선생의 돈으로 자기가 지어먹을 약재는 물론, 한약방을 하려면 반드시 있어야 할 진피陳皮, 후박厚朴, 감초甘草, 반하半夏, 행인杏仁 같은 재료를 사게 했다는 얘기다.

오래전에 읽은 그 수필 내용이 왜 지금까지 잊히지 않는 것일까?

컴퓨터보다는 사람을

불과 여섯 달 전 이곳으로 이전하기 전까지 대전의 대덕연구단지에서 한의원을 운영했었다. 연구단지에는 고학력의 사람들이 많아 상대의 성만 알고 이름이 기억나지 않을 때는 성씨에 '박사님'만 붙이면 얼추 들어맞는다고들 한다. 고등학교 시절 공부를 잘해서 좋은 대학에 입학했다고 스스로 자랑했다가는 망신당하기 십상인 곳이다.

사실 연구단지는 병원을 개업하기에 적절한 곳이 아니다. 그곳

인구의 대부분을 차지하고 있는 이공계 출신들은 합리와 논리에 큰 가치를 둔다. 아무리 휘황찬란해 보이는 내용일지라도, 비합리나 비논리가 조금이라도 보인다면 다시는 거들떠보려 하지 않는다. 그리고 이해되지 않는 부분에 대해서는 끊임없이 질문을 해 끝끝내 이해하려고 하는 습성이 있다. 이러한 경향은 연구자로서 당연히 갖추어야 할 덕목이고 칭찬받을 만한 장점이다.

하지만 의사 입장에서는 이런 사람들을 상대하는 것이 매우 귀찮고 피곤한 일이다. 특히 요즘처럼 인터넷이 발달한 시대에 그들은 많은 내용을 '예습'해 온다. 자신들의 증상을 관찰하고 논문을 찾듯이 인터넷에서 병명을 알아내어 의사 앞에 리서치 결과를 내어놓는다. 그리고 의사의 치료법에 대해 질문을 한다. "나는 이렇게 생각하는데 당신 생각은 어떻습니까?"라는 식의 태도를 보이는 것이다.

나와 가까이 지내는 의사 중에는 그런 상황을 참지 못하고, "그렇게 다 알아서 진단까지 내릴 거면 스스로 치료까지 하시지 왜 병원에 오셨습니까?"라고 쏘아붙이는 사람도 있다.

서양의 합리주의에 기반을 둔 양의학에 대해서도 비판적인 질문이 많은 연구원들인데, 하물며 서양 과학의 시각으로 봤을 때 비과학적이고 두루뭉술한 내용으로 가득한 한의학의 경우는 얼마나 더하겠는가! 지적 호기심을 주체하지 못하여, 진료실 밖에 순서를 기다리는 환자들이 있는데도 기氣나 혈血로부터 시작하여 경맥經脈, 침법에 이르기까지 끝없이 질문을 이어가는 사람들이 적지 않다.

그런데도 연구단지에 개업을 하기로 작정한 것은 바로 내가 이공계 출신이기 때문이다. 그들을 누구보다 잘 이해할 수 있으며, 그들의 눈높이에 맞춰 한의학을 잘 풀어 설명해 줄 수 있을 것이라는 일종의 사명감이 있었다.

원래 나는 KAIST에서 기계공학을 전공했다. 박사까지 수료하고도 나는 내가 하는 일에 흥미나 보람을 별로 느끼지 못했었다. 매일 컴퓨터 앞에 앉아서 프로그램을 들여다보며 에러를 잡아내거나, 논문들 속에 파묻혀 영어와 그리스어가 섞인 복잡한 수식들과 씨름하는 것이 나의 일상이었다. 물론 과학을 통해 우리나라의 기술을 발전시키고 그로 인해 사회와 사람들을 도울 수 있었겠지만, 나는 사람들을 좀 더 '실제적으로' 돕고 싶었다. 컴퓨터나 수식 대신 사람을 만나 그들의 아픔과 고민을 듣고, 몸뿐 아니라 마음까지도 치료해 주고 싶었다.

학부와 대학원 석사·박사 과정까지 10년 넘게 골몰했던 전공을 바꾼다는 것이 그리 쉬운 일은 아니었다. 그러나 인생의 후반기에는 더 의미 있는 일을 하며 살고 싶다는 생각으로 과감히 내 인생 전반기에 이루어 왔던 많은 것들을 포기했다. 한의사로 살아가는 삶이 연구원으로 살아가는 것보다 결코 만만한 게 아니지만, 자기의 병을 낫게 해 주어 감사하다며 눈물을 흘리는 사람들을 볼 때면 이 길을 선택한 것이 얼마나 잘한 결정이었는가 다시 확인하곤 한다.

오일장

병원을 운영하는 것도 결국엔 자영업을 하는 것이다. 건물주와 씨름하기도 하고, 까다로운 환자의 갑질을 견디어 내며, 직원도 잘 관리해야 한다. 그런데 나에게는 이러한 일들이 여간 많은 에너지를 소모하는 작업이 아니다.

대도시의 각박함에 지쳐 갈 무렵, 마침 건물 임대 만료 시기가 가까워 오면서 앞으로 발전 가능성이 있는 외곽지역을 물색하던 중 찾아낸 곳이 세종시의 끄트머리였다. 병원이 밀집해 있지 않은 장소일 것, 임대료가 높지 않을 것, 인구 밀도가 적당할 것, 이것저것 따지다 보니 결정하기까지 시간이 오래 걸렸다.

그런데도 연이 맞았는지 이곳은 내가 결정하여 옮겨 오기까지 오랫동안 나를 기다려 주었다. 이곳 환자들은 작은 일에도 감동을 잘한다. 조금만 효험이 있어도 즉시 기뻐하면서 내 의술을 칭찬한다.

"원장님이 오래오래 여기 계시게 하려면 우리가 잘혀 드려야 허는디."

그들은 병원에 와서 침이나 약으로 치료를 받기 전에 이미 심리적으로 치료될 준비를 하고 있는 것 같았다.

아무리 매스 미디어가 발달했다 해도, 아무리 교통이 발달하여 문화적으로 평준화되었다고 해도 도시와 시골 간에는 정서적으로 큰 차이가 있다. 그것은 학교에서 가르쳐 주지 않는 투박하고 따뜻한 온기이며 때묻지 않은 인심이다.

환자들은 고마움을 표현하기 위해 나에게 크고 작은 선물을 주기도 한다. 귤 2개, 뻥튀기 몇 개, 박카스 1병, 떡이나 빵 같은 음식물, 심지어 칫솔 한 개를 부끄러워하면서 내미는 사람도 있다. 돼지 껍데기도 그중 하나다. 나는 돼지 껍데기를 즐겨 먹지 않는다. 즐겨 먹지 않는다기보다 싫어하는 편에 가깝다. 하지만 나는 시골의 이런 소박함과 정겨움을 좋아한다.

시골에는 귀가 어두워 한 번 말해서는 잘 알아듣지 못하는 환자가 많고, 허름한 옷차림에 먼지를 뒤집어쓰고 와서 치료용 베드에 그냥 눕는 사람도 있다. 잘 씻지 않아 알코올 솜으로 피부를 닦거나 손으로 만지면 때가 밀리는 환자도 있다. 하지만 평소에 외국인 노동자들이나 노숙자들을 상대로 진료 봉사를 많이 해 온 내게는 이런 일들이 싫거나 낯설거나 놀랍지 않다.

우리 병원에서 멀지 않은 곳에서 오일장이 열린다. 원래 전통시장을 좋아하는 나는 4일과 9일에 열리는 오일장을 즐겨 찾는다. 투박하지만 푸짐한 길거리 음식들, 대형 마트에서처럼 깨끗하게 포장되지는 않았지만, 값이 헐하면서도 실속 있는 물건들. 그곳에는 사람 사는 향기가 있어서 좋다. 우리 병원 환자 어르신들도 그 장터에서 사 온 음식이나 물건들을 내게 갖다 주는 것이리라.

이번 주말에 또 오일장이 열릴 것이다. 이번에는 어르신들이 좋아하실 만한 옛날 과자를 사다 놓아야겠다. 나도 시골 한의사답게 구수하고 수더분하고 인정이 넘쳐야 하지 않겠는가.

고치려고 하기 전에 걸리지 말자

안 아픈 디가 없슈

시골이라서 더욱 그렇겠지만 우리 병원을 찾는 환자들은 대부분 중년을 넘긴 사람들이다. 젊은이들은 허리를 삐끗했거나, 발목을 접질렸거나, 근육을 무리하게 사용하다가 다쳤거나 하여 통증의 원인과 부위를 비교적 명확하게 인지하고 있다.

그러나 노인 환자들에게는 그런 것을 기대하기가 어렵다. 근력이 약해지고 관절에도 퇴행성 변성이 생겨, 딱히 이유가 없어도 만성적으로 통증을 호소하는 분들이 많다. 특히 평생 농사를 지으면서 육체노동을 해 온 노인들을 문진問診하다 보면 난감할 때가 많다.

"할머니, 어디가 아프세요?"

"목, 어깨, 허리, 손, 발, 무릎, 종아리… 온몸이 다 아파유~"

"어디가 특별히 아파요?"

"걍 여기저기 다 아파유~ 안 아픈 디가 없슈."

"언제부터 아프신데요?"

"오~래됐슈~"

"치료받으시면 좀 나아질 거예요."

"아유~ 사는 것도 대간해유~ 걍 딱 갔으믄 좋겄는디~ 가지도 않고~ 맨~날 아프기만 허고 죽겄슈~"

한 10년 전까지만 해도 막연히 여기저기 아프다고 하는 환자들의 호소가 마음에 직접 와 닿지 않았다. 그러나 이제는 알 것 같다. 나이가 들면서 약해지는 몸을 직접 느끼기도 하거니와 그동안 축적된 시간과 경험이 나를 가르쳤을 것이다.

친구들과 오랜만에 만나 나누는 대화도 각자의 건강 상태에 대한 내용이 많아졌다. '이게 바로 나이가 들어간다는 것인가' 하는 생각이 들면 한편 쓸쓸하기도 하지만, 환자들을 더 가깝게 이해할 수 있게 된 것으로 궁색한 위안을 삼을 수 있다고 해야 할까.

한 사회에 노인의 비중이 얼마나 큰지에 따라 고령화 사회, 고령 사회, 초고령화 사회 등으로 분류하고 있다. 65세 이상 노인이 전체 인구의 7% 이상이면 고령화 사회, 14% 이상이면 고령 사회, 20% 이상이면 초고령화 사회라고 한다. 전문가들은 우리나라도 14%를 돌파하여 이미 고령 사회가 되었으며, 10년 안에 초고령화 사회에 진입할 것이라 한다.

몸으로 배우다

몇 년 전에 허리를 삐끗한 적이 있다.

아침에 욕실에서 머리를 감고 일어서려는데 갑자기 허리가 시큰한 느낌이 들면서 다리에 힘이 빠지는 것이었다. 주저앉을 뻔했는데 간신히 세면대를 잡고 한참을 버텼다. 그리고 통증을 최소화하는 자세로 겨우 침대에 올라가 누웠다. 누가 이래라저래라 하지도 않고 내가 어째야 되겠다는 생각도 없이 그저 본능적인 조치였을 것이다. 허리를 더 이상 펴지도 못하고 구부리지도 못하는 어정쩡한 자세로 어떻게 수건으로 젖은 머리를 닦고 침대까지 왔는지 기억이 나지도 않는다.

아버지가 허리를 삐끗하여 고생하시던 일이 문득 생각났다. 그때 아버지 연세가 지금의 나와 비슷했을까? 그 후 아버지는 내가 조금이라도 무거운 것을 들려고 하면 “허리 다치지 않게 조심해라”, “너도 아빠 체질을 빼닮았으니 허리 다치기 쉬울 것이다”라는 말씀을 많이 하셨다. 나이가 젊었기 때문이겠지만 나는 그냥 대수롭지 않게 듣고 잊어버렸다. 사람들이 나이가 들면 으레 그런 것이려니 했었나 보다.

한참 후 겨우 몸을 조금씩 움직이게 되면서 현실적인 고민들이 떠올랐다.

“이런 몸으로 어떻게 환자들을 볼 수 있을까?”

그날은 다행히 추석 연휴 첫날이어서 며칠의 여유는 있었다. 당장은 출근하지 않아도 되지만 빨리 낫지 않으면 큰일이었다. 학교에서 배운 해부학책 그림들이 떠올랐다. 나는 아픈 허리를 이리저리 만져보며 허리 주변의 뼈와 근육과 인대의 구조를 확인하고 어디에 이상이 있는지 생각해 보았다. 그런데 무엇보다 내 머리에 강렬하게 떠오르는 생각은 이것이었다.

'아! 허리를 삐끗한다는 것이 이런 느낌이구나!'

사실 나는 어려서부터 건강하고 실한 편이 아니었다. 운동을 좋아하기는 했지만 근력이 약해, 힘을 쓰거나 몸을 부딪치는 운동보다는 순발력이 필요하고 네트를 사이에 두어 몸싸움이 필요 없는 스포츠를 즐겼다. 축구처럼 격렬한 운동을 하면 며칠 동안 근육통이 심하고 다른 사람들보다 회복도 더뎠다. 관절도 약해서 발목을 접질리는 일도 잦았으며, 다른 관절들도 부상을 입는 일이 많았다.

발목의 아킬레스건이 완전히 파열되어 재건 수술을 받은 적도 있다. 무릎은 전방십자인대 파열로 이식수술을 받았는데 해가 더할수록 시큰거리기도 한다. 팔꿈치에는 테니스 엘보가 있어서 다소 무리했다 싶으면 아프고, 어깨는 양쪽 쇄골이 한 번씩 골절된 적이 있고, 오른쪽 어깨는 움직일 때 '뚝~ 뚝~' 소리가 날 정도로 관절의 안정성이 떨어진다. 손목은 자전거를 타다 넘어져 잘못 짚은 후로 몇 달 동안이나 움직이기조차 힘들었다.

그래도 다행히 허리는 그동안 튼튼했었다. 딱히 아팠던 적도 없었고 허리 힘이 필요한 운동에서 남들에게 뒤지지 않았기에 '나는 허리가 튼튼하다'고 자부했었다. 그런데 그 허리가 부실해지다니….

허리는 건물의 기둥 같은 것이어서 허리 그 자체로 끝나지 않는다. 거기에 파급되는 전신의 부분들이 즉각적인 영향을 받을 수밖에 없다. 허리가 안 좋으면 당장 걷고, 눕고, 앉는 기본적인 동작부터 불편해진다. 이런 것들이 내 정신을 번쩍 들게 하였다.

우리 병원에 오는 환자 중에도 요통을 호소하는 분들이 많다. 특히 농사를 짓거나 건설 현장에서 일하는 분들이 많은 지역이기 때문에, 허리를 다쳐서 만성적으로 통증을 갖고 있는 사람들을 거의 날마다 만나다시피 한다.

허리가 아플 때 표현하는 말이나 형용도 매우 다양하다. 시큰거린다, 우리~하게 아프다, 욱신거린다, 뜨끔뜨끔하다, 결린다, 묵직하다, 끊어질 것 같다 등등…. 솔직히 말하자면 내가 허리를 다치기 전에는 환자들의 이와 같은 표현을 확실하게 이해하지는 못했었다. 그런데 직접 다쳐보니 환자들의 표현이 그대로 가슴에 와 닿기 시작했다. 이런 것이 시큰거리는 것이구나, 이럴 때는 우리~하고 묵직하고, 이럴 때는 욱신거리는 것이구나. 참 우리말은 표현이 구체적이고 섬세하고 정확하다.

외국인 환자들이 병원에 와서 자신의 통증과 그 느낌을 어떻게 의사에게 전달할 수 있겠는가, 거의 불가능할 것이다. 외국인 환자와 대담할 때 가장 답답한 것은 환자가 증상을 설명할 때다. 내가 허리 통증의 다양함을 알고 나서야 그들과의 소통은 단순한 언어 소통이 아니었다는 것, 언어 이전의 더 깊은 풍습과 전통의 소통이 아니었나 하는 생각이 들었다.

발목, 손목, 무릎, 어깨, 팔꿈치 같은 관절은 내가 다치거나 아팠던 적이 많았기에 한마디만 들어도 금세 알아차릴 수 있다. 부상의 원인이 무엇이며, 해부학적으로 정확히 어느 부분이 문제인지, 회복에 어느 정도의 기간이 소요되며, 통증이 얼마나 심한지. 뿐만 아니라 양방병원에서는 어떤 치료 방법을 쓰고 한방 치료와 어떻게 차이가 나는지도 대략 설명할 수 있다. 그것은 내가 해부학 수업 시간에 배웠을 뿐만 아니라 직접 몸으로 체험해 보았기 때문이다. 아무리 공부를 많이 하고 머릿속으로 다 알고 있다고 할지라도 몸으로 한번 겪어 보면 그 모든 지식이 순서대로 꿰어지고 체계가 잡혀 정리된다.

질병이나 부상에 대한 교과서적 지식은 의사가 환자보다 더 많이 갖고 있을지 몰라도, 그 병에 대한 이해는 아파본 사람만이 알 수 있는 것이다. 허리를 다쳐 통증 때문에 괴로웠지만 누워 있는 동안 요통에 대해 내가 가지고 있던 피상적 지식들이 제대로 이해되고 바로잡혔다.

내가 어렸을 때는 근골격계가 약하여 자주 다치는 것에 대해

속도 많이 상했었다. 그런데 지금은 그런 경험들을 바탕으로 환자를 진료하고 치료할 뿐 아니라, 그들의 마음을 위로하고 돌보는 데에 큰 도움이 된다. 내가 관절이 약하다고 하면 나와 허물없이 친한 사람들은 내게 핀잔을 주기도 한다. 의사가 관절이 아프다고 하면 환자들이 오겠느냐고. 하지만 그것은 하나만 알고 둘은 모르는 말이다.

병을 앓아 본 의사가 그 병의 치료법에 대해 더 많이 연구하기 마련이다. 약한 아이를 둔 의사가 소아 환자를 건강하게 치유해 주려 고민하고, 힘든 일을 많이 겪어 본 의사가 정신적으로 아파하는 환자의 마음을 더 잘 이해하고 더 효과적으로 치료할 수 있다. 관절이 아픈 경험이 있는 의사가 전혀 없는 의사보다 그 치료법을 더 잘 아는 것은 당연하다.

그렇게 살다 가는 거지

보통 오복五福으로 치는 것은 그 첫째가 수壽요, 그 뒤를 이어 부富, 귀貴, 강녕康寧, 자손중다子孫衆多를 꼽는다. 그런데 우리가 사는 이 시대에 단순히 장수한다는 것을 으뜸의 복이라고 말할 수 있는지 의심스럽다. 온몸이 망가질 대로 망가져서 고통스러워하는 환자들을 보면, 부실한 몸으로 100세까지 사는 것이 무슨 의미가 있으랴 하는 회의가 든다. 그러나 의사이기 때문에 질병에 시달리는 환자를 대하는 것이 나의 임무이며, 고통 가운데 살아가야 하는 환자들과 함께 나누어야 하는 절망과 암담함이 내가 감내해야 할 날마다의 정서다. 생명에 대한 애착은 인간의 본능일진대 그에 대해 어찌 가볍게 언급할 수 있으랴. 특히 육체의 질병을 치료해야 하는 의사의 자리에서는 더할 것이다.

병원에 자주 오는 노인 중에 당뇨를 앓고 있는 환자가 있다. 그는 당뇨가 생긴 지 30년도 넘어 지금은 날마다 인슐린을 주사하고 있다고 한다. 그런데도 달달한 음료수의 유혹을 떨쳐 버리지 못해 하루에도 믹스커피를 여러 잔 마셔야 한단다. 신장이 제 기능을 못해 인공 오줌보를 달고 살면서도 식욕을 관리하기가 어렵다고 하니, 그 모습을 마주 대할 때마다 너무나 안타깝다.

"지금부터라도 운동하시면 더 나빠지진 않을 텐데요. 어려운 운동이 아닙니다. 예를 들면 병원에 오실 때 조금씩이라도 멀리 돌아서 오시면 그것이 곧 운동이지요."

"운동? 나는 운동하기 싫어. 걷는 것도 귀찮어. 그냥저냥 살고 싶은 대로 살다가 가는 거지 뭐."

그러나 나는 그에게 '그럭저럭 살다가 간다'는 말이 '고통 없이 편안하게 간다'는 말과 다르다는 것을 설명해 줄 수가 없다. 기회 있을 때마다 그의 병이 얼마나 심각한가를 깨우쳐 주고 그도 간간이 고개를 끄덕이면서 수긍하지만, 그의 상태는 내가 바라는 만큼 눈에 띄게 나아지지 않는다. 옆에서 아무리 좋은 조언을 해 줘도 결국 자신의 건강은 스스로 책임을 지고 관리해야 한다.

그의 앞에 앉으면 가끔 내가 무력하다는 것을 깨닫곤 한다. 아무리 좋은 의사도 병에 시달리는 환자에게는 일정한 거리 밖에 있는 제삼자요, 관찰자이며, 기껏해야 조력자에 지나지 않는다. 최선을 다하는 의사도 물론 중요하지만, 최선을 다하는 환자가 더 우선되어야 한다.

한의학 서적인 《황제내경黃帝內經》에 '성인불치이병치미병聖人不治已病治未病'이라는 구절이 있다. 이는 '성인은 이미 발병된 병을 고치려 하기보다 아직 걸리지 않은 병을 미리 예방한다'고 풀이할 수 있을 것이다. 요즘 우리나라는 40세 이상 국민에게 격년으로 기본 건강검진을 무료로 제공한다. 각자의 의지와 노력만 있으면 스스로 건강관리를 할 수 있게 되었으니, 예전과는 비교가 안 될 만큼 좋은 환경이 되었다.

"안녕히 주무셨어요?" "진지 잡수셨어요?" 우리가 대수롭지 않게 주고받는 가벼운 인사들은 결코 가볍거나 하찮은 말이 아니다. 숙면을 취하고 음식을 제대로 섭취하고 정상적으로 배설하는 일들, 건강이란 이렇게 평범한 생활 습관들이 누적되어 이루어진 결과라는 것을 우리는 쉽게 잊어버린다. 너무도 당연하고 진부한 말이겠지만, 평소에 조금씩이라도 절제하고 자기 관리에 힘쓴다면 더 나은 노년을 보장받을 수 있을 것이다.

웰빙과 웰다잉

한때는 유행처럼 웰빙well-being 열풍이 번졌었다. '잘 산다'는 것은 그 의미와 방향이 광범위하여 잘 먹고 잘 입고 풍족한 가운데서 누리는 윤택한 삶 전체를 포함시켜야 하겠지만, 웰빙은 그 중에서도 잘 먹는 것과 특별한 연관이 있는 듯하다. 궁핍한 시기를 견뎌 온 70대~90대 어른들에게 '보신'은 '고기를 먹는 일'과 같았다. 돌잔치나 결혼식에 초대를 받으면 뷔페식당에서 허리띠를 풀어놓고 배가 부를 때까지 먹었다. 그것이 불과 20년 전 일이다.

하지만 경제가 조금씩 발전하고 사회 분위기가 삶의 질을 중시하는 쪽으로 바뀌면서 과식을 하거나 육류를 탐하는 식습관은 바람직하지 못한 것으로 인식되기 시작했다. 고급 식당에 가면 유기농 자연식, 무공해 식품, 조미료를 첨가하지 않고 조리한 음식을 아주 조금씩 골고루 예술품처럼 내온다. 음식뿐 아니라 주거, 의류, 가구 등에 이르기까지 주위 모든 환경에 웰빙 바람은 빠른 속도로 확산되고 발전해 왔다.

그런데 이제는 웰빙 자리에 웰다잉well-dying이 자리를 잡는 바람이 불고 있다. 내가 어릴 적에 외할머니 칠순 잔치를 했는데, 그때 할머니는 "인생 칠십 고래희라고 했는데 내가 일흔까지 살다니… 남 보기가 부끄럽구나" 하며 어색해하셨고, 축하하러 온 손님들도 칠십이라는 나이를 놀라울 만큼 고령으로 여겼던 것이 생각난다. (할머니는 그 후로도 23년을 더 건강하게 사셨으니 스스로를 잘 관리하신 것 같다.)

지금은 60세는 중년이요, 80세가 되어야 비로소 노인층에 끼일 수 있는 시대다.

음식이 풍성해진 요즘 양보다 질에 더 큰 가치를 두듯, 수명이 길어질수록 나이보다 삶의 질을 따지게 되었다. 그래서 최후의 순간에도 인공호흡기에 의지하여 생명만 연장하려는 사람들보다 품위 있고 깨끗한 최후의 이미지를 남기고 가려는 사람들이 증가하는 추세다.

앞으로 우리는 원하건 원하지 않건 모두 90세 이상 100세까지 살게 될지 모른다. 육신은 점차 쇠약해 갈 텐데 우리 몸이 맞이하게 되는 긴 시간의 선물을 어떻게 수용할 것인가. 오복 중의 첫째라는 장수를 무상으로 누리면서 살아 있는 마지막 날까지 웰빙 하다가 웰다잉 하기 위해서는 불치이병치미병不治已病治未病의 의미를 차분하게 새겨봐야 할 것이다.

몸보다 마음이 아픈 사람들

담을 넘는 원장님

저녁 무렵, 퇴근 준비를 하고 있는데 전화벨이 울렸다. 이맘때쯤 오는 전화라면, 보통 몇 시까지 병원에 와야 치료를 받을 수 있느냐고 묻는 전화일 것이다. 크게 신경을 기울이지 않고 하던 일을 계속했다. 그런데 전화를 받은 간호사의 통화가 길어졌다.

"네… 네? …그래요? …어쩐대? …지금요? 글쎄요… 우리가 도움이 되려나?"

간호사가 내게 전화를 넘겨주었다. 우리 병원에 자주 오는 S할머니였다.

요약하자면, 집에 들어가려고 대문 열쇠를 아무리 찾아도 없더란다. 가방과 옷을 다 뒤져도 찾을 수 없어서 담 너머 현관문을 보았더니, 나올 때 현관문에 열쇠를 꽂아 둔 채 대문을 닫아 버렸다는 것이었다. 정신이 오락가락해서 평소에도 그런 적이 몇 번 있었고, 그럴 때마다 마침 지나던 동네 사람들이 담을 넘어서 대문을 열어 주었는데 지금은 지나는 사람도 없으니 도와주었으면 좋겠다는 거였다.

S할머니의 집은 병원에서 200m 정도밖에 안 되고, 지금은 환자도 없고 마침 퇴근하려는 참이니 흔쾌히 가겠다고 하였다.

"에이~ 괜찮아유. 무슨 원장님이 직접 와유? 그냥 간호사만 보내도 돼유. 밑에서 나를 밀어 주면 내가 담을 넘어도 되니까."

간호사들도 젊지 않은데 아무래도 그들보다는 내가 낫지 않겠는가? 게다가 S할머니가 담을 넘는다니! 그는 평지를 걷다가도 다리에 기운이 없어 자주 넘어지는데 담을 넘겠다니. 그 말을 듣고 나는 마음이 급해졌다. 아무리 예전에도 몇 번 담을 넘은 적이 있다고는 하지만 잘못하다가는 큰 사고로 이어지겠다는 생각에 발걸음을 서둘렀다.

나는 어렸을 적 몸이 꽤 날랬다. 내 어릴 적 첫 번째 별명이 '미꾸라지'였고, 학교 운동회에서는 계주 선수로 뛰기도 했다. 술래잡기를 할 때면 눈 깜짝할 사이에 담을 넘어 옆집 장독대에 숨었고, '못 찾겠다 꾀꼬리' 소리가 울릴 때까지 나는 거기서 조용히 쉬고 있었다. 심지어 대학 졸업 사진은 다른 친구들과 다르게 찍고 싶어서 높은 나무 위에 올라가 포즈를 잡았으니, 돌아보면 나도 은근히 튀는 행동을 좋아했었나 보다. 비록 지금은 나이가 들어 그 때와 다르지만 낮은 담 하나 넘는 정도야 어려울 것 없었다.

우리가 도착하자 할머니의 얼굴이 금세 밝아졌다.

"아유~ 원장님이 직접 담을 넘으면 어떡해유. 그냥 나만 살짝 올려줘도 되는데… 여기, 여기가 넘기 쉬워유."

말과 다르게 나를 이끄는 그의 행동에 웃음을 참으며 담을 넘었다. 내가 열어 준 대문을 통해 들어와 열쇠를 확인한 S할머니는 우리가 돌아가는 것이 못내 아쉬운 듯 자꾸 별 의미 없는 말을 이어갔다.

집으로 돌아가는 내 발걸음이 무거웠다. 사실 나는 며칠 뒤에 이곳 생활을 마무리하고 떠날 것이다. 멀지 않은 청주에 신설된 한방병원의 요청을 받아들인 것이다. 나는 오래 고민하지 않을 수 없었다. 이곳에 있는 동안 소박한 정을 나누었던 따뜻한 사람들과 헤어진다는 아쉬움이 매우 컸고, 그중 한 사람이 S할머니였다.

S할머니는 오랫동안 혼자 살면서 우울증까지 앓고 있다고 하였다. 그는 평소에도 병원에 자주 와서 허리며 어깨 부위의 치료를 받는다. 올 때마다 우리와 이야기하기를 좋아하는 S할머니에게 우울증이 있다는 것은 의외였다. 하지만 알아 가는 시간이 길어지면서 자신의 속 깊은 이야기를 꺼냈고, 할머니의 얼굴에 언뜻언뜻 비치는 그늘을 보고야 그를 더 이해할 수 있었다.

S할머니는 외출도 잘 하지 않고 기껏해야 병원과 교회 정도만 오간다고 했다. 다른 사람들과 있을 때는 좀 나았지만 혼자 집에

있으면 공연히 눈물도 나고 때로 삶에 회의가 느껴진다고 하기도 했다. 어쩌면 할머니는 자신의 우울함을 극복하고 잊어버리기 위해서 오히려 더 쾌활하게 말하고 행동하려 노력했는지도 모른다. 그리고 가끔 과도해 보이는 언행을 우리가 잘 받아준 것도 그의 숨통을 열어 주는 데 도움이 되었을 것이다.

S할머니의 눈물

코로나를 겪으면서 내가 점심 식사를 주로 한의원에서 해결한다는 것을 안 뒤로, 할머니는 수시로 정성껏 만든 반찬이며 간식거리며 먹을 것들을 갖다 주었다.

"원장님, 이거 어제 만든 건디, 맛이 있을랑가 모르겄네."

겉으로는 시큰둥하게 말하면서 커다란 비닐봉지에서 반찬통을 내놓는 그의 정성이 고마웠다.

"원장님, S할머니에게도 원장님 떠나신다는 소식을 미리 알려주어야 하지 않을까요?"

할머니를 걱정하는 간호사가 조용히 내게 물어왔다.

"그러게요. 얘기를 하긴 해야 하는데, 언제 어떻게 해야 할지…."

그런 나의 고민은 의외로 쉽게 해결되었다. 소식을 미리 알게 된

다른 환자가 내게 하는 말을 듣고 할머니도 알게 되었던 것이다.

"원장님, 아쉬워서 어떡해유~ 이 시골에 와서 고생만 하셨는데, 좋은 데로 가시니까 말리지도 못하겠구."

"이 동네에 이제 병의원이 없어서 어떡한대유? 차도 없고 몸 불편한 사람들은 이제 아픈 데가 생기면 꼼짝없이 참아야겠네."

다른 사람들의 시끌벅적한 대화에 처음에는 이게 무슨 소리냐며 옆 사람에게 여러 번 되묻고 확인하더니 커졌던 할머니의 눈은 충격을 받은 듯 이내 초점을 잃었다. 사람들이 다 집으로 돌아갈 때까지 그는 안정이 되지 않는 듯 앉았다 섰다를 반복했다. 그러더니 이내 얼굴을 가리고 흐느끼기 시작했다.

"원장님이 안 계시면 어떻게 헌대유. 지금까지 얼마나 큰 의지가 되었는데…."

그를 위로할 말이 생각나지 않았다. 그저 한 번씩 들르겠다고, 나중에 식사나 함께 하자고 토닥여 줄 뿐이었다. 그 이후 S할머니는 치료를 받지 않는 날에도 공연히 들러 시시콜콜한 이야기를 하였다. 그리고 올 때마다 눈물을 보였다. S할머니 말고도 몇몇 환자들이 내가 이곳을 떠난다는 소식을 듣고 크게 실망하였다.

그동안 많은 환자들을 진료하고 치료했지만, 정말 기억에 남는 환자는 몸이 아픈 사람들이 아니라 마음에 상처가 있는 사람들이다. 그들의 아픔을 함께 느끼고 공감하며 마음을 일으켜 주곤 했던 사람들, 떠나는 나도 그들 못지않게 허전하고 섭섭했다. 그들은 기억에 영원히 고마운 선생님으로 남을 것이라고 하였지만, 곧 나보다 좋은 의사를 만나기 바란다. 그리고 빨리 잊고 밝은 마음을 회복하기 바란다.

나를 계속 시골 한의사라고 해도 될까? 도시가 싫어서 정 많고 수더분한 사람들이 있는 시골을 스스로 선택했다가 다시 도시로 돌아가게 되었다. 그러나 도시에서 일하든 시골에서 일하든 나의 내면은 항상 순수하고 따뜻한 시골 의사로서 살고 싶다.

S할머니의 눈물을 보며 나는 나를 돌아보았다. 그들이 나를 대하는 것처럼 나도 그들을 진심과 정성으로 섬겼던가? 과연 나는 그들의 존경과 사랑을 받을 만한 자격이 있는가? 생각할수록 부끄럽다. 이것은 평생 내가 품고 나를 다그치며 수련해야 할 질문이며 숙제가 될 것이다.

농부의 마음

비가 와야 혀

올여름은 정말 지독히도 뜨거웠다. 뉴스에서는 매일 '기록적인 폭염' 운운하며 이 더위의 원인인 북태평양 고기압을 원망했다. 나는 병원에서 20m 정도 떨어진 식당에서 점심 식사를 하곤 한다. 5천 원이라는 가격도 부담스럽지 않거니와 맛도 재료도 흠잡을 데가 없고, 무엇보다 거리가 가깝기 때문이다. 올여름에는 더 많이 들렀다. 겨우 20m를 걷는데도 살갗에 와 닿는 햇볕은 뜨겁다 못해 따가웠다.

그 성난 햇살을 뚫고 병원에 오시는 할아버지 할머니들을 뵐 때마다 감사하기도 하고, 한편으로는 더위로 인해 건강에 이상이 생기지는 않을는지 걱정도 된다. 수분 섭취는 적절히 잘하고 계시는지, 땡볕에서 무리하게 일하지는 않으시는지 진료를 하면서 유심히 살피기도 한다.

하지만 할아버지 할머니들의 걱정거리는 다른 데 있었다. 비가 오지 않아 땅이 마르고 농작물들이 타들어 가는 것이 당신들의 건강보다 훨씬 더 크고 심각한 걱정이다.

"빨리 비가 와야 혀~ 그렇지 않으면 고추고 깨고 다 죽어 버린다니께~"

나야 농사에 대해서는 문외한이라서 그분들이 언급한 것이 '고추'와 '깨'였던가 다른 것이었던가 지금 확신이 서지도 않지만, 그분들의 걱정은 어쨌든 가뭄과 농작물에 관한 것이었다.

7, 8월에 남쪽 지방에서 태풍이 올라온다는 뉴스를 들을 때마다 그 소식이 오히려 반가웠다. 태풍이 비를 몰고 와서 땅을 적실 뿐 아니라 북태평양 고기압을 멀찌감치 밀어내 주기를 바랐다. 하지만 그 기대는 매번 무너지고, 기세등등하게 북상하던 태풍들도 우리나라에 도달할 즈음에는 태풍이라 불리기에도 초라한 행색으로 변해 있었다. 내가 살아오면서 태풍을 이렇게 기다렸던 때가 또 있었던가?

그런데 이번에는 정말 제대로 된 태풍이 접근한다고 한다. 솔릭이라는 이 태풍은 강하기도 강할 뿐 아니라 한반도 남서쪽에서부터 서울을 가로질러 통과한다고 하니 우리나라에 직접적인 영향을 가할 것이 분명하다. 통상적으로 주위로부터 태풍의 눈을 향해 바람이 반시계 방향으로 불어오는 데다가 태풍은 북쪽으로 이동하기 때문에 바람의 방향과 태풍의 이동 방향이 중첩되는 곳은 강한 바람을 맞게 된다. 그래서 태풍 진행 경로의 오른쪽은 '위험 반원'이라 불린다.

그런데 이번 태풍은 한반도 서쪽 지방을 통과할 것으로 예상되는지라 거의 전국이 위험 반원에 들어갈 가능성이 크다. 방송에서는 강풍과 폭우로 인한 피해를 염려하는 기상 캐스터들의 목소리가 커지고 있다. 나도 방송을 들으면서 태풍이 줄 수 있는 피해에 대해 슬슬 걱정하기 시작한다.

순간 나는 헛웃음을 지을 수밖에 없다. 며칠 전까지만 해도 '제대로 된 태풍'이 어서 와서 가뭄을 해갈해 주기를 바랐는데, 이제는 태풍이 몰고 올 비바람을 걱정하고 있으니 인간이란 얼마나 변덕스럽고 나약한 존재인가? 몇 주만 비가 오지 않아도 가뭄 때문에 발을 동동 구르고, 하루 이틀만 비가 많이 내려도 여기저기서 물난리로 피해가 속출하는…. 그런 것이 바로 인간의 모습인데, 우리는 얼마나 자주 우리의 연약함을 부인하며 마치 혼자 힘으로 잘 살 수 있는 것처럼 고개를 치켜드는 것일까?

말이 통하는 사람, 정이 통하는 사람

나는 주로 촌노村老나 하루 벌어 하루 먹고 사는 일용직 노동자들과 의료상담을 많이 한다. 연구단지에서 환자들을 진료할 때는 말이 잘 통해서 편했다. 어려운 용어로 설명할 때도 잘 알아듣고 그에 대해 적절한 리액션을 보이거나 질문을 던지기도 하고, 어떤 사람은 나에게 공부할 숙제를 던져 주기도 하였다.

그러나 대화는 잘 통했을지 몰라도 그들은 자신의 지식과 경험 체계 안에서 나를 판단하고 재단하였다. 한의학에서만은 적어도 내가 그들보다 전문가인데도, 상담을 시작할 때부터 그것을 인정하려는 자세를 보이는 사람들이 많지 않았다. '과연 이 사람이 실력 있고 의지할 만한 의사인가?' 하는 의문을 가지고 나를 테스트하는 것 같았다.

나는 어떻게 해서든지 그들을 이론적 체계로 이해시키고 그들의 건강 상태에 대한 내 견해에 동의하도록 만드는 노력을 해야 했다. 그러나 그들이 내 견해에 동의하는 것과 내 치료법을 받아들이는 것은 별개의 문제였다.

"아, 알겠습니다. 당신의 말이 맞습니다. 하지만 한의학적인 치료를 받는 것은 시간을 두고 생각해 봐야겠습니다. 안녕히 계십시오"라는 취지의 말을 남기고 진료실을 나간 사람들도 많다. 그것은 때로 발이 푹푹 빠지는 갯벌에서 씨름하는 것과 같기도 했다. 씨름에서 이기더라도 기운은 기운대로 쓰고, 온몸은 만신창이가 된 기분이 들었으니 말이다.

시골에서 진료하는 지금은 완전히 그 반대여서 대화가 잘 이어지지 않는 경우가 많다. 적절한 질문과 대답이 오가지 않고,

질문과는 전혀 상관없는 대답이 돌아오거나 아예 대화 자체가 불가능한 경우도 많다. 어려운 용어를 쓰지 않아야 하고, 쓰더라도 쉬운 말로 잘 설명해야 한다. 열심히 설명했는데도 귀가 어두운지, "응? 뭐라고?"라는 반응을 반복적으로 보이는 어르신들을 대할 때면 힘이 빠지기도 한다. 하지만 적어도 연구단지에서보다 의사의 말을 신뢰하는 사람들이 많은 것은 사실이다.

어르신들이나 일용직 노동자들은 자신들의 부족함을 인정하고 의사의 의견을 존중하며 진료와 치료에 임한다. 환자들이 나를 신뢰할수록 나는 더 큰 책임감을 느끼며 어떻게 해서든지 좋은 결과를 얻기 위해 애쓴다.

농부들은 날씨처럼 스스로 어찌할 수 없는 조건에 의해 일의 성패가 결정되기 때문에, 자신의 한계와 연약함을 쉽게 인정할 수밖에 없을 것이다. 그러나 교육을 많이 받고 지식이 풍부한 사람들은 스스로 일의 성패를 결정할 수 있다고 생각한다. 그래서 몸에 심각한 이상이 오거나 어려운 병을 앓게 되는 등의 상황에 이르러서야 어쩔 수 없이 자기의 나약함을 인정하게 되는 것 같다. 나도 후자 그룹에 속하는 사람일 것이다.

그러나 나는 농부와 같은 마음을 가지고 싶다. 노력하더라도 잘되지 않을 때도 있고, 때로 내 속에서 불쑥불쑥 솟아오르는 교만의 마음이 나를 이기기도 하지만, 순수하고 겸손한 농부의 마음이 내 안에서 내 사람됨을 양육하고 구성했으면 좋겠다.

드디어 내일이면 강한 태풍이 한반도에 상륙할 거라는 기상특보가 뉴스 헤드라인을 장식하고 있다. 태풍에 대비하여 병원 옥외 간판이라도 묶어 둬야 하나 어쩌나? 지금 이 상황에서 우리가 뭘 특별히 대비할 수 있으랴? 농부의 마음으로 그저 조용히 기도하는 수밖에….

아래로 흐르는 사랑

목숨을 마음대로 할 수 있는가

"어이구~ 원장님, 일찍 나오셨네유~"

아직 9시도 되지 않았는데 H아버님이 병원에 들어오며 인사를 건네신다. 환자 중에는 만성적 통증을 호소하는 노인들이 많다. 아마도 시골 마을이기 때문일 것이다. 어느 시골이나 비슷하겠지만, 시골 분들은 이른 새벽부터 밤 늦도록 몸이 불편해도 참고 이겨가며 살아온 사람들이다. 그런 분들은 거의 매일 아침, 마치 출근부에 도장을 찍듯 병원에 들러 각자의 증상에 따라 여러 가지 치료를 받으신다.

될 수 있으면 찜질도 오래, 물리치료도 충분히 하길 원하고 때로는 코를 골며 맛있게 주무시는 분들도 적지 않다. 치료를 받고 나면 안마의자가 있는 방에 가서 한참을 만족스러울 만큼 머물다가 가신다. H아버님도 그런 분 중 하나다.

그런데 그날따라 H아버님은 급한 일이 있다며 서둘러 병원 문을 나가셨다. 어디선가 걸려온 전화를 받고 나서였다. 그분뿐 아니라 평소에 하루가 멀다고 오시던 어르신들이 병원에 나타나지 않으셨다. 그 동네 사정에 밝은 간호사가 말했다.

"저 위쪽에 사시는 아버님 한 분이 돌아가셨대요. 집에서 제초제를 마시고 돌아가셨다네요."

돌아가신 분은 간암을 앓고 있었다고 한다. 화학치료 요법 등 좋다고 하는 치료를 받아도 돈만 많이 쓸 뿐, 좋아지는 듯하다가 다시 악화되기를 반복했다고 한다. 건장했던 체격도 살이 다 빠져 뼈만 앙상하게 되었고, 주위 사람들에게는 내색하지 않았지만 마지막이 가까워 왔음을 스스로는 알 수 있었을 것이다. 돌아가시기 얼마 전 자식들을 모두 불러놓고 재산 분배도 마치고 유언도 미리 하셨다고 한다. 그리고 그날은 막걸리병과 제초제를 가지고 방에 들어가 조용히 스스로 삶을 마치셨다고 한다.

최근에 보고된 OECD 건강보고서를 보면 우리나라 자살률이 세계 1위라고 한다. 그것도 2위 그룹의 1.4배에 달하는 압도적인 1위다. 하루에 40명이 넘는 사람들이 스스로 목숨을 끊는다니 심각한 일이다.

청소년들은 성적에 대한 스트레스로, 청년들은 취업이 되지 않아 결혼도 못하고 나이만 먹어 가다가 미래에 대한 희망이 보이지 않아서, 중장년층은 경제적인 원인으로, 그리고 노년층은 외로움과 생활고로 그런 선택을 하는 비율이 점점 높아진다고 한다. 그 이유가 무엇이건 눈앞을 가로막는 절벽이 너무 높아서 절망하다가, 더는 헤어나오지 못하고 현실에서 도피하는 마지막 수단으로 그런 선택을 할 것이다. 행복은 성적순이 아니라고, 조금만 더 참으면 좋은 날이 분명히 올 거라고, 알고 보면 당신보다 불행한 상황에 있으면서도 꿋꿋하게 살아가는 사람들이 많다고, 아무리 토닥이며 위로해 줘도 다시 일어설 힘을 얻지 못했을 것이다.

우리 마을 그 어른도 그런 선택을 하기까지 얼마나 많은 갈등을 견뎠을까? 스스로 제초제를 마시고 돌아가시기까지 마음에 품었을 외로움이 내 가슴을 아리게 한다. 당신의 병이 치료되지 못할 것이라는 사실을 스스로 알았을 테니 더 힘이 들었을 것이다.

병원에서는 생명을 연장하는 치료를 권유했겠지만, 결국 죽을 것이라면 괜히 자식들에게 금전적 부담만 더 지게 하고 병간호하는 수고를 더하게 하고 싶지 않았음에 틀림없다. 혹시 스스로 생을 마감함으로써 자녀들이 그로 인한 불이익을 받지 않을까 고민도 하고, 부모가 자살했다는 멍에를 평생 짊어지고 살아야 하는 자식들의 고통도 생각했을 것이다.

"저 집 자식들은 대체 부모한테 얼마나 소홀히 했기에 아비가 그런 선택을 하게 되었을까?" 주위 사람들이 수군거릴 것을 예상했겠지만, 그런데도 극단적인 선택을 한 것은, 동네 사람들이 이미 자신의 딱한 상황을 잘 알고 있었다는 것도 한몫하지 않았을까. 부모로서는 자신의 아픔보다 자식에게 짐을 안겨 준다는 사실이 더 견디기 어려웠을 것이다.

버림받는다는 것

혼자 사는 할머니가 계신다. 빼빼 마른 몸에 움푹 팬 볼, 천식으로 인해 빨리 걷지도 못하고 평지를 걸을 때도 숨차 하는 그분은 우리 한의원에 거의 매일 오신다. 심장이 안 좋아 항상 가슴이 답답하고, 허리도 아프고, 소화기도 좋지 않고, 다리에 힘도 없어 가볍게 넘어지는 일이 많다고 한다. 맥을 짚어 보니 화맥火脈이 많이 뛰는 것을 확인하고 여쭈어 보았다.

"어머님, 예전에 스트레스 많이 받으셨어요?"

어머님은 물끄러미 내 얼굴을 올려다보더니 한숨을 쉬며 말씀하셨다.

"흐음~ 아유~ 많~이 받았지요."

그러곤 말을 잇지 못하시는 그분에게 더 여쭤 볼 수가 없었다.

이번 여름이 너무 더워 그 어머님이 걱정되었다. 아니나 다를까, 더위를 드셨는지 미열이 오르고 머리가 띵하듯 아프다고 하셨다.

"어머님, 더운데 집에 계시지 말고 그냥 우리 한의원에서 종일 계세요. 여기는 어차피 에어컨을 계속 틀어 놓으니까 시원하고 좋잖아요."

그렇게 어머님은 거의 매일 한의원에 오셔서 TV도 보고 안마의자도 이용하며 시간을 보냈다. 주위 사람들로부터 전해 들은 얘기로는 다른 곳에서 사시다가 자녀들이 이곳으로 어머님을 이사시킨 후 버리고 갔다고 한다. 그 소문이 사실인지는 모르겠지만, 어머님은 이번 추석에도 찾아올 사람 없이 혼자 지낸다고 했다.

소문이 사실이 아니길 바라지만, 가족이나 명절 얘기가 나오면 안색이 어두워지시는 그분의 모습을 보면 마음이 편치 않다. 아무리 내리사랑이라고 하지만 현실은 너무나도 가혹하다. 부모는 자녀들에게 부담을 주지 않기 위해 목숨을 스스로 끊기도 하는데, 자녀들은 부모가 짐이 된다고 버리는 것이 현실이다. 부모에게 그렇게 불효하는 것을 그들의 자녀들도 지켜보고 있을 텐데, 자녀들의 시선이 두렵지 않은 것일까? 그들이 부모에게 행했던 것처럼 먼 훗날 자기 자녀들도 그렇게 행동할 수 있다는 것을 애써 모른 척하는 것일까?

까마귀도 어미가 늙으면 새끼가 먹이를 물어다가 봉양한다는 반포지효反哺之孝까지 언급하지 않더라도, 부모를 멀리 내다 버리고 과연 남은 생애를 마음 편하게 살 수 있을까?

그런 만행을 올추석에 또다시 떠올려야 한다는 것이 마음 아프다.

인간이라 부르기에 심성이 모자란 사람들을 일컬어 인면수심人面獸心이라고 하지만, 이런 경우는 인면수심이라는 단어를 쓰기가 짐승들에게 미안할 따름이다. 그런 사람들도 자기 자녀들은 끔찍하게 사랑할 것이다. 그리고 그들이 부모에 대해 행한 일을 '내리사랑'이라는 말로 억지 포장을 할 것이다. 내리사랑이라는 말이 오늘따라 무섭게 느껴진다.

생각을 잃어버린 병

아침저녁으로는 공기가 꽤 쌀쌀하다. '역사적인 폭염'이라고 연일 떠들어대더니 언제 그랬더냐 싶다. 얼마 전까지만 해도 7시경 퇴근하려고 주차장으로 향할 때면 해가 중천에 떠 있어 시간을 다시 한 번 확인하기도 했다. 그런데 이젠 그 시간이면 오히려 너무 캄캄해서 놀라곤 한다.

병원 주변에는 주로 나이가 지긋한 어르신들이 혼자 혹은 내외가 단출하게 살고 있고, 그들 외의 젊은 층은 대부분 세종시 건설 현장에서 일하는 노동자들이다. 어르신들은 일찌감치 귀가하여 잠자리에 들고, 노동자들도 새벽부터 일터로 나가야 하니까 저녁에도 일찍 숙소로 향한다. 그래서 해가 지기 시작하면 골목에도 큰 거리에도 통행자들이 많지 않다.

며칠 전 퇴근하려고 병원 문을 나서는데 골목길 저만치에 웬 사람이 우두커니 서 있었다. 가까이 다가가 보니 깡마른 체격의 낯익은 얼굴이었다. 나는 그를 C아버님이라고 부른다. 그를 처음 만난 것은 1년 전, 개원 기념으로 떡을 돌릴 때였다. 시루떡과 절편을 음료수와 함께 들고 동네 게이트볼장에 들렀다. 예상대로 여러 어르신이 계셨고, 그중 C아버님도 있었다. 그는 막걸리를 한잔했는지 얼굴이 불콰하게 되어 기분 좋은 표정을 하고 있었다. 그 뒤로 그는 우리 병원에 자주 오는 편이었다. 얼마 동안은 매일 출근하다시피 했는데, 최근 한두 달 사이에 잘 안 보여서 속으로 궁금하던 차였다.

C아버님은 올해 79세, 요즘 나이로는 아주 많은 것도 아니다.

"아버님! 웬일이세요? 댁에 안 가시고 이 시간에 여기서 뭐 하세요?"

C아버님은 잠시 머뭇머뭇하였다.

"응? 응… 저… 근데… 우리 집이 워디여?"

아뿔싸! 집으로 가는 길을 잊어버린 모양이었다. 그 마을에 오래 살아서 C아버님 댁을 알고 있는 간호사가 집까지 동행하였다. 구부정하면서도 자신 없는 뒷모습이 유난히 쓸쓸해 보였다.

C아버님에게 치매기가 있다는 건 짐작하고 있었지만, 너무 빨리 진행되는구나 싶다. 언젠가는 치료비를 두 번이나 내려고 했고, 별로 넓지도 않은 병원 안에서 출입구를 찾지 못하기도 했다.

그러나 소소한 농담을 잘해서 분위기를 밝게 하고 남의 말에도 허허 웃으며 맞장구를 치기도 했다. 그는 어린애처럼 순수하고 명랑한 분이어서 대하는 사람들을 기분 좋게 하곤 했다. 그래서 C아버님의 일이 더 마음을 어둡게 한다. 항상 혼자 나다니는 걸 보면 옆에서 챙겨 줄 만한 사람이 없나 보다.

이제 우리는 고령 사회도 지나고 초고령화 사회로 치닫고 있어 노인 문제가 커다란 사회적 이슈가 되었다. 치매에 관한 문제가 그중 하나다. 치매에 걸린 당사자의 고통도 크겠지만 그를 챙겨야 하는 가족들의 고통도 그에 못지않으니, 환자 개인에게 한정된 문제가 아니다.

요즘은 환갑잔치를 하는 사람이 거의 없고, 80세라 해도 딱히 장수했다고 생각하지 않는다. 장수라는 것이 하나의 축복임이 분명하지만, 그것은 무병장수일 때에만 해당하는 말이지 유병장수有病長壽는 축복이 아니라 오히려 재앙이다. 더구나 그 병이 치매라면 장수라는 말이 어마어마하게 무거워진다.

치매는 영어로 dementia라고 하는데 dementatus라는 라틴어에 어원을 두고 있다. 'de'는 없다는 뜻이고 'ment'는 정신, 마음이라는 뜻이니 '정신(생각)이 없는 병'이라 할 수 있을 것이다. 치매에 걸리면 밤에 갑자기 일어나 집안을 배회하거나 이유 없이 집 밖으로 나가기도 한다. 식사를 하고 몇 분 되지 않았는데도 배가 고프다며 밥을 달라고 떼쓰기도 하고, 있지도 않은 일을

꾸며서 얘기하며 현실과 상상을 혼동하기도 한다.

이런 과정에서 가족 중 한 사람에게 억울한 누명을 씌우기도 한다. 자주 다니던 길도, 집이 어딘지도 몰라 길을 잃기에 십상이다. 오늘이 며칠인지도 모르고 방금 들은 말도 잊어버리고 물었던 말을 거듭 묻기도 한다. 공간지각능력도 떨어져 보호자 없이 외출했다가는 교통사고를 당하기 일쑤다. 이런 상태에서도 고집이 세어 다른 사람의 말을 잘 듣지도 않는다.

함께 살다 함께 간다, 걱정 말거라

몇 년 전 세상을 떠들썩하게 한 뉴스거리가 있었다. 90대 할아버지가 치매에 걸린 아내를 수년간 간호하다가 목을 졸라 죽이고 자신도 자살했다는 이야기다. 할아버지는 "78년이나 함께 살고 함께 가니 너무 슬퍼하지 말라"는 편지를 자식들에게 남겼다고 한다. 비록 법적으로는 아내를 죽인 '살해범'이지만 누구도 그 노인을 함부로 비난할 수 없을 것이다. 아흔이 넘은 나이에도 무거운 짐을 수년 동안 져야 했던, 그리고 아내의 목을 자신의 손으로 졸라야 했던 할아버지의 비극적인 현실에 한숨이 나왔다.

최근 몇 년 사이에 그와 비슷한 사건이 자주 일어나고 있다. 치매로 인해 자식들에게 짐이 되기 싫어 노인 스스로 생을 마감하는가 하면, 치매에 걸린 어머니를 간병하던 아들이 결국 어머니를 살해하고 자살을 기도한 사건도 있었다.

치매라는 병이 무서운 또 하나의 이유는 그것이 유전되기 때문이다. 부모님 중 한 명이 치매일 경우 자신이 치매에 걸릴 확률은 50%, 부모님 두 분 다 치매일 경우는 100%라고 한다. 치매에 걸린 부모를 간병하면서 이런 사실을 알게 된다면 심리적으로 더 절망감에 빠질 것이다. 따라서 간병하던 자녀까지 우울증에 걸려 최악의 선택을 하는 사건이 일어날 수 있겠다는 생각이 든다.

예전에 친구들과 우스갯소리를 하다가 "나는 벽에 똥칠할 때까지 살 거야"라고 농담을 했던 친구가 생각난다. 당시에는 웃고 지나쳤지만 지금 생각해 보면 정말 끔찍한 말이 아닐 수 없다. 그 친구는 "장수하고 싶다"는 말을 술김에 그렇게 표현했겠지만, 자신에게뿐 아니라 자손 대대로 저주가 될 말을 했다는 걸 알게 되면 경솔한 언사를 후회할 것이다.

보건복지부에서는 2025년에 치매 환자가 100만 명을 넘을 것이라고 한다. 우리나라 사람들의 기대수명이 증가함에 따라 노인 수가 급격히 늘기 때문일 것이다. 이를 바꾸어 말하면 치매 환자를 돌보며 고통받는 가족 수도 그만큼 증가한다는 이야기이기도 하다.

교육 수준의 높낮이와도 관계가 없고, 생활 수준이 좋건 나쁘

건 상관이 없다. 그러나 주목할 만한 점은 대인관계가 활발한가, 늘 혼자 지내는가와 관계가 있고, 성격이 명랑한가 우울한가와도 관련이 있다는 것이다. 자신을 드러내 보이지 않고 혼자 지낸다면 성한 사람도 병들기 쉬울 것이니, 치매뿐 아니라 다른 질병에도 취약할 수밖에 없다.

치매는 일단 발병하면 건강했던 상태로 다시 돌이킬 수가 없다. 뇌세포가 퇴화하고 뇌 신경 섬유의 상태가 나빠지면서 발병하기 때문에, 나이가 많아질수록 점점 더 악화될 뿐 좋아질 수는 없다. 현재로서는 생활 습관을 개선하고 약물치료를 병행하면서 뇌의 퇴화를 최대한 늦추는 방법을 쓸 뿐이다.

내일은 C아버님께 전화라도 한번 해 봐야겠다. 함께 사는 가족은 있는지, 식사를 챙겨 줄 사람은 있는지 모르겠다. 병원에는 커피나 녹차 대신 총명탕을 달여 놓을까? 효과가 빠르게 나타나지 않더라도 머리를 맑게 하는 약이니 적게나마 도움이 될 것이다.

몸에 좋아요

불로초를 찾는 사람들

요즘 '백년초'라는 것이 여러 미디어나 광고에 많이 보인다. 바야흐로 유행을 타고 있나 보다. 음료수와 분말, 알약 등 여러 형태의 제품이 만들어지고 있어서, 귀가 얇은 사람들이 '밑져야 본전'이라는 생각으로 망설임 없이 구매한다. 하지만 몇 개월, 길어 봐야 2, 3년 후면 백년초의 인기도 시들해질지 모른다.

몸에 좋다고만 하면 먹지 못할 것이 없는 것처럼 서두른다. 어떻게 조사를 했는지, 아니면 직접 체험했는지 전문가도 아닌 사람들이 더 앞장서서 맞는 말 틀린 소문을 가리지 않고 섞어서 광고한다.

우엉, 헛개, 블루베리, 율무, 강황, 동충하초, 홍삼, 아사이베리뿐만 아니라 이름도 생소한 수많은 종류의 건강기능식품들이 유행을 주도하며, 사람들의 눈과 귀를 붙잡아 두기 위해 애를 쓰기도 하고 소리도 없이 사라지기도 했다.

그런데 한 가지 흥미로운 것은, 그 모든 제품의 효과에 대한 설명이다. 어쩌면 모두 입을 맞추기라도 한 것처럼 뇌출혈, 뇌경색, 동맥경화 등의 심혈관계 질환, 당뇨, 비만, 치매에 좋을 뿐 아니라 피부 건강과 다이어트에도 효과적이며 성장기 어린이와 청소년에게도 좋다는 등 천편일률적 광고 문구가 진부하게 이어진다. 이만하면 가히 만병통치약이며 진시황이 찾아 헤매던 불로초가 아니겠는가?

만병통치약이라는 말처럼 못 믿을 말은 없다. 만 가지 병을 치료한다는 것은 단 한 가지 병도 제대로 치료하지 못한다는 말과 같다.

“헛개나무 음료에 사내 남男이라고 쓰였는데, 정말 남자에게 좋은가요?”

“제가 우엉차를 마시고 있는데, 괜찮을까요?”

“저희 집에 선물로 받은 수삼이 잔뜩 있는데 물처럼 달여서 먹고 있어요. 괜찮겠죠?”

직업이 한의사여서 지인들과 가벼운 대화를 하다 보면 건강식품에 관한 질문을 많이 받는다. 나는 그 사람들에게 되묻는다.

“무슨 목적으로 그것을 드시려는 거죠?”

대부분 내 질문에 당황하며 얼버무리곤 한다. 그냥 ‘몸에 좋다’고 해서 먹는다는 것이다. 그러나 ‘몸에 좋다’는 말은 참으로 막연하다. 예전에 어떤 광고에 유명한 한의사가 나와서 한 말이 있다.

"여러분, 강황이 몸에 좋은 것 아시죠?"

과연 몸의 어디에 어떻게 좋은 것일까? 모든 사람의 어떠한 경우에도 강황이 다 좋은 것일까? 강황은 주효능이 파혈破血 행기行氣다. 즉 어혈을 풀어 주고 기를 잘 통하게 해 준다는 것이다. 따라서 성격이 급하고 더위를 많이 타는 사람, 출혈성 질환을 가지고 있는 사람, 혈압이 높고 쉽게 흥분하는 사람에게는 상황에 따라 오히려 해가 될 수도 있는 것이다. 아무리 좋다는 약도 내게 잘 맞을 것인가 그렇지 않을 것인가부터 따져 봐야 한다.

만병통치약은 어디 있을까

시중에 유통되는 건강기능식품들은 거의 만병통치약인 듯 광고를 하고 있지만, 약에는 기본적으로 가장 중요한 주효능主效能과 그에 따르는 부효능副效能이 있다.

주효능이라는 것은 그 약재가 가진 가장 주요한 특징을 말하며, 부효능은 주효능만큼은 아니지만 조금씩이라도 인체에 영향을 미칠 수 있는 효과를 말한다. 비유하자면, 망치는 못을 박고 뽑는 데 최적화된 도구지만, 망치의 뾰족한 끝부분으로 가는 철사를 자를 수도 있고, 망치 머리를 빼면 북을 치는 채로도 사용할 수 있다. 심지어 비상시에는 깨끗하게 씻어 수박 같은 과일을 쪼개 먹는 데 쓰일 수도 있을 것이다. 그렇다고 망치로 북을 치거나, 철사를 자르거나, 과일을 쪼개 먹는 사람은 거의 없을 것이다.

강황은 아픔을 멈추게 하는 효능도 가졌지만, 통증 억제를 위해 굳이 그것을 쓰는 경우는 별로 없다. 강황보다 더 효과 좋은 지통제止痛劑가 많기 때문이다. 한 가지 건강기능식품에 여러 효과가 있다고 광고를 곧이곧대로 믿는 것은 어리석은 일이다. 그것이야말로 건강기능식품을 판매하는 '장사꾼'들이 원하고 노리는 바다. 우선 내가 어떤 목적으로 그것을 섭취하려는 것인지를 확실히 하고 그것에 특화되고 최적화된 식품이나 약품을 고르는 것이 현명한 방법이다.

몸에 걸치는 옷은 유행을 따라도 되지만, 건강을 위한 약은 유행을 좇아서는 안 된다. 소위 새로 '뜨고 있는' 건강기능식품이 출현하면 한의사들은 긴장하고 본초학 서적을 찾아보게 된다. 조만간 해당 약재에 대한 환자들의 질문이 쏟아질 것이기 때문이다. 그런데 재미있는 것은, 그 약재들 중 다수가 한의대에서 교재로 쓰는 《본초학》에 기술된 수백여 가지 약재 중에 존재하지 않는다는 것이다. 심지어는 수만 종류의 약재가 기술된 《중약학대사전》에조차 없는 것들도 있다. 설령 《본초학》에 기록된 약재라 할지라도 다른 약재들에 비해 효능이 매우 약해 실제로는 약으로 거의 쓰이지 않는 것들도 많다.

우리나라에서는 지자체에서 자기 고장의 지방경제 발전책의 하나로 그 지방 특산품을 전략적으로 육성하기도 한다. 그 과정에서 약재의 효능은 부풀려지고 광고 또한 터무니없이 과장되어 유행처럼 바람을 일으키는 이유가 되기도 한다.

자기의 체질에 맞게 약을 쓰라는 말이나 약재의 효능을 알고 쓰라는 말은 사실 어려운 주문이다. 우리는 대부분 자신의 체질을 제대로 파악하고 있지 않다. 더구나 약재의 효능을 어찌 다 알겠는가. 그렇다고 자칭 전문가라는 사람들의 검증되지 않은 지식과 현란한 언변에 귀를 기울였다가는 오히려 건강을 망칠 수 있다.

"아는 게 병, 모르는 게 약"이라는 말이 맞다. 지나친 건강염려증으로 전전긍긍하다가 우리가 매일 먹는 밥보다도 못한 것들을 만병통치약으로 믿고 오남용하기 쉽다. 정작 내 몸의 심각한 문제가 무엇인지는 모르면서 말이다.

백세시대를 살아가게 될 우리에게 중요한 것은 건강이다. 그러나 좋은 약재도 잘못 쓰면 독이 될 수 있으므로, 주관 없이 휩쓸리다가는 오히려 건강을 해치기 쉽다. 차라리 무심한 듯이 마음을 평안하게 다스리는 것이 옳고 바르게 사는 일인지도 모르겠다.

마음을 치료하는 의사

거봐, 당신 때문이라잖아

현대 의학에서 가장 많이 쓰이는 약을 꼽으라면 아마 소염진통제일 것이다. 환자는 주로 통증 때문에 병원을 찾고, 통증은 염증을 수반하기 때문에 병원에서는 거의 모든 환자에게 소염진통제를 쓴다고 해도 과언이 아니다.

하지만 소염진통제는 그저 아픔을 누그러뜨려 주는 대증치료對症治療의 수단이다. 아프면 진통제를 처방하고 잠을 못 자면 수면제를 권하며 염증이 있을 때 소염제를 주는 대증치료만 할 것이라면 굳이 의대를 나올 필요도 없을 것이다. 그것도 세계에서 부모들의 교육열과 학생들의 학습량이 둘째가라면 서러울 우리나라에서도 가장 뛰어난 학생들만 뽑는다는 그 의대를 말이다.

정상적인 의사라면 단순히 대증치료만 하기보다, 항상 통증의 원인이 무엇인지 알아내고자 노력하고 그것을 치료하기 위해 고민할 것이다. 그리고 환자를 잘 관찰하고 여러 가지 사항을 질문하기도 할 것이다. 언제부터 이상이 있었는지, 통증의 양상이 시간에 따라 변화하지는 않는지, 평소와 다르게 행동한 일은 없었는지, 안 먹던 음식을 먹지는 않았는지, 심지어 대소변의 모양이나 색깔이 어땠는지 묻기도 한다. 모두 병의 원인을 알아보기 위한 질문이다. 그런데 환자들은 자신의 몸에 대해 전혀 모르고 있는 경우가 많다. 의사는 가능한 모든 정보를 종합하고 연결하여 퍼즐을 맞추듯 원인을 알아내야 한다.

며칠 전 한 부부가 우리 병원에 왔었다. 여자는 무척이나 피곤해 보였다. 며칠 동안 잠을 자지 못해 꼬박 밤을 새웠다는 여자는 피곤해도 잠을 이루지 못한다고 울상을 지었다. 그 이유를 모르겠지만 우선 몸이 너무 힘들어 보약을 먹고 싶다고 했다. 체형과 얼굴, 혓바닥 모양과 눈꺼풀을 살펴보았다. 스트레스를 받거나 신경 쓰이는 일은 없느냐고 물었지만 괜찮다고 했다.

문진이 끝난 다음 맥을 짚고 내린 결론은, 평소에 스트레스에 민감한 성격인 데다가 최근에 분명 큰 스트레스를 받았을 것이라는 거였다. 환자 본인은 스트레스가 없다고 했지만, 몸이 말해주고 있었다. 음陰이 허虛하여 양陽을 누르지 못하면 밤에도 허양虛陽이 망동妄動하여 잠을 이루지 못하게 되는데, 그녀의 상태가 바로 그렇다고 설명해 주었다.

계속 그녀와 대화를 나누면서 남편에게도 질문을 하나씩 던졌다. 결혼한 사람에게 스트레스의 진원지는 주로 배우자이기 때문이다. 아니나 다를까! 어느 순간 그녀가 손뼉을 치며 눈을 동그랗게 뜨고 남편을 바라보았다.

"아, 그때! 당신이 별것도 아닌 일로 나한테 뭐라고 쏘아붙였잖아. 내가 그때 얼마나 속이 상했다고! 억울했지만 당신이 더 화낼까 봐 아무 말도 못했었어!"

가스레인지 불을 끄지 않아 냄비가 넘쳤고, 그 때문에 다툼이 일어났는데 가스불을 꼭 자기가 꺼야 하냐는 둥 복잡하고 시시콜콜한 이야기를 내 앞에 쏟아냈다. 표정은 웃고 있었지만 말투에는 아직도 억울한 기분이 묻어 있었다.

예상치 못한 폭로가 이어지자 남편은 어색한 웃음을 지으며 안절부절못하고 있었다. 기회는 이때였다. 나는 남편에게 부드럽게 설명하면서 그녀의 편을 들어주었다.

"갱년기의 여자는 시한폭탄과 같은 존재입니다. 특히 아내의 경우는 남들보다 음陰이 약해서 쉽게 짜증이 올라올 수 있습니다. 조금만 더 참아 주세요. 나이가 들수록 남편은 더 약해져야 하고 아내에게 져줘야 한답니다."

나는 뻔뻔하게 나 자신도 잘 지키지 못하는 내용을 그에게 설파하였다.

그는 멋쩍은 웃음을 지으며 앞으로 조심하겠다고 아내에게 사과

하였다. 개선장군같이 만면에 웃음을 띠고 가벼운 발걸음으로 병원 문을 나서는 그녀의 말소리가 진료실까지 들렸다.

"거봐~ 이게 다 당신 때문이라고! 아유~ 상쾌하네! 호호호."

"알았어~ 내가 미안해. 하하."

그녀는 내가 남편을 자기 대신 나무라고 꾸짖어 준 것이 내심 속시원한 모양이었다. 그녀는 보약을 주문하고 집으로 돌아갔지만, 약을 먹지 않아도 아마 그날 밤부터 잠을 잘 이루기 시작했을 것이다.

몸에 이유를 알 수 없는 이상이 생기고 불편할 때, 그 이면에는 해결되지 않은 정서적·심리적 불안정이나 상처가 있는 경우가 많다. 단순히 발목을 접질리거나 허리를 삐끗한 환자를 치료하여 나았을 때도 기분이 좋지만, 이 경우와 같이 내면의 원인을 발견하여 문제가 해결되도록 도왔을 때의 보람에 비하면 비교할 바가 못 된다. 하지만 항상 이렇게 할 수 없다는 것이 아쉽다. 때로는 시간의 제약으로, 혹은 환자들의 지나친 자기 방어로 인해 내면의 깊숙한 원인을 끄집어내기가 힘든 경우도 많다.

명의名醫보다 더 높은 수준의 의사를 신의神醫라 부른다. 예전에는 신의를 목표로 삼았지만 그보다 더 나아가 마음을 치유해 주는 심의心醫가 되고 싶다. 그렇게 하자면 오랜 시간과 공을 들여야 하기에, 많은 에너지도 필요하고 줄곧 연구하는 의사가 되어야 할 것이다. 때로는 "괜히 오지랖 넓은 척하지 말고 몸이나 치료하라"는 까칠한 환자들의 불평을 듣게 될지도 모른다. 하지만 환자들이 눈물을 흘리며 고마워할 때면 모든 것을 다 보상받는 느낌이 든다.

실력을 갖추었을 뿐 아니라 마음이 따뜻한 의사. 세월이 지나도 내가 과연 그런 위치에 오를 수 있을까? 그저 특별한 욕심 내지 않고 하루하루를 사는 수밖에 없을 것 같다. 아까 오셨던 할머니의 구멍 뚫린 양말이 자꾸 마음에 걸린다. 다음 장날에는 두터운 겨울 양말을 한 묶음 사서 병원에 비치해 두어야겠다.

괜찮아, 할 수 있어

가깝게 지내는 사람이 갑상선 질환을 앓고 있다. 그는 평생 병원을 드나들면서 살아야 한다는 진단을 받았다고 한다. 지난번 만났을 때는 백혈구 수가 다시 극감했다며 걱정했다. 그는 평소에도 신경이 예민했고, 질병을 앓기 시작한 후로는 걱정이 더 많아져 잠을 못 이루는 것 같았다. 그래서 이번에는 상담에 오랜 시간을 들였다.

"백혈구란 우리 몸에 해로운 것이 들어오면 막아내는 투사들과 같지요. 외적이 침범해 오면 막아내는 군인이나 경찰 같은 역할을 합니다. 그런데 그 군인이나 경찰의 힘이 누구의 몸에 들어 있는 것이나 다 같은 것은 아닙니다. 잘 훈련된 군인도 있고 아주 실력이 뛰어난 경찰도 있지 않겠습니까? 너무 걱정하지 마세요. 제가 보기에 다른 사람의 군인이나 경찰보다 훨씬 똑똑해서 잘 싸울 겁니다. 고민하지 말고 잘 잡수시고 잘 주무시고 즐거운 마음을 가지세요. 걱정하는 마음은 군인들의 사기를 떨어뜨리지만, 감사하고 기뻐하는 마음은 그들에게 힘을 줄 겁니다."

얼마 뒤 다시 만났을 때 그는 웃으면서 인사를 했다.

"선생님 말씀이 맞아요. 제 군사들은 아주 실력이 뛰어난가 봐요. 그리고 백혈구 수도 훨씬 더 늘었어요. 병원에서 놀라더군요."

나이가 들어가면서 나는 가끔 지난날을 돌아다본다. 한때는 내 적성에 맞지 않는 공부를 하면서도 다른 사람들의 인정을 받기 위해 치열하게 노력하기도 했지만, 결국 내 삶을 지탱해 준 것은 자신에 대한 자존감이었다.

세 아이를 키우면서 나는 아이들에게 말 한마디 한마디를 무척 조심스럽게 한다. 혹시 나도 모르게 그들의 자존감을 짓밟는 말을 하는 것은 아닐까, 너무 내 입장에서만 판단하고 있는 것은 아닐까 생각하게 된다.

"괜찮아."

"잘하고 있어."

"너는 잘될 거야."

때로는 내 이성을 거스르기도 하고 마음에도 없는 말을 주문처럼 내뱉기도 한다.

"Spare the Rod, Spoil the child."

한때는 이 속담을 금과옥조처럼 생각하던 때가 있었다. 그런데, 이제는 그 금과옥조가 달라졌다.

"Spare the Rod, And accept who he(she) is. Or you'll spoil the child."

사람의 인생을 바꾸는 것은 제재가 아니라 칭찬과 보상인 것 같다. 이 진리를 조금 더 일찍 알았더라면 나와 아이들이 더 행복하지 않았을까 생각해 본다. 그러나 지금이라도 알았으니 다행이다.

어린 신부

어느 날 한 부부가 병원을 찾아왔다. 잔뜩 긴장하고 있는 아내는 한눈에 보기에도 동남아시아 사람 같았는데, 유난히 큰 눈을 더 동그랗게 뜨고 남편에 떠밀리듯 앞서 들어왔다. 20대 초반의 아내는 기혼이라 하기에는 너무 어리다 싶을 만큼 앳된 얼굴이었다. 하지만 그 또래 여성에게서 흔히 볼 수 있는 발랄함이나 쾌활함은 보이지 않고 그늘진 표정을 하고 있었다.

거의 서른 살 정도는 연상으로 보이는 남편은 아내 건강이 걱정

된다면서 내 앞에 앉자마자 아내의 상태를 설명하느라 바빴지만, 정작 환자 본인은 아무 말이 없었다. 처음에는 아내가 한국말에 익숙하지 않아서 도와주느라 그러는 줄 알았다. 그런데 그게 아니었다. 만일 내가 중간중간 말을 끊지 않는다면 종일이라도 계속할 것처럼 그는 말을 이어 갔다.

아내의 맥을 짚어 보니 화맥火脈이 유난히 강하게 뛰었다. 나는 아내에게 가장 힘든 일이 무엇인지, 특별한 걱정거리가 있는지 물었다. 말을 능숙하게 하지는 못해도 그녀는 내 말을 모두 이해하는 듯하였고, 스스로 대답하려고 했다. 하지만 남편은 아내가 입을 열기도 전에 먼저 끼어들었다.

"힘든 일이라는 게 뭐가 있겠어요? 내가 돈 벌어다 주지, 친정집에도 적지 않은 돈을 부쳐 주지, 자기는 집에서 삼시 세끼 잘 먹으면서 밥이나 하고 살림이나 하고 애나 키우면 되는데, 특별한 걱정거리가 있을 리 없죠. 외출하고 싶으면 외출하고, 운동하고 싶으면 운동도 하고, 친구 만나고 싶으면 친구 만나고. 이런 생활을 하면서도 스트레스가 있다고 한다면 그것은 엄청 배부른 소리지…."

그는 어린 아내에게 훈계를 섞어 가면서 말을 이어 갔다. 심지어 내가 이야기를 할 때도 군데군데 말을 끊고 자기 하고 싶은 말을 했다. 그러다 보니 굳이 말하지 않아도 될 비밀스러운 이야기들, 자신의 치부가 될 수도 있는 이야기까지 털어놓았다.

남편이 말을 하는 동안 아내는 고개를 보일 듯 말 듯 가로젓기도 하고 남편을 턱 끝으로 가리키기도 했다. 나는 아내 되는 사람의 표정으로 상황을 대충 파악할 수 있었다. 그녀는 내게 이렇게 호소하는 것 같았다.

'저렇게 자기가 하고 싶은 말만 하고, 내 말은 전혀 듣지도 않고 들으려고도 않는답니다.'

'나는 아직 한국말을 잘 못하지만 말할 틈을 주지도 않아요.'

'어디 가서 마음놓고 크게 소리를 지르든지 울어 보기라도 하면 속이 좀 뚫릴 것 같습니다.'

남의 말은 전혀 들으려 하지 않고 자기 말만 앞세우기에 바쁜 남편과 살면서 그녀는 속으로 얼마나 답답했을까? 마음속에 있는 불만을 한마디라도 털어놓으면 수십 마디 잔소리를 견뎌야 했을 것이다. 그치지 않을 것 같은 잔소리를 듣느니 차라리 모든 스트레스를 속으로 삭이며 혼자 견디는 것이 속 편했을 것이다.

서양에도 그런 말이 있는지 모르지만, 우리 말에는 '속이 상한다', '속이 썩는다'는 말이 있다. 하고 싶은 말을 눌러 두면 속이 썩을 것이다. '애간장이 녹는다'는 말도 있다. 너무 초조하고 걱정스러우면 순간순간 타들어가는 것같이 편치 않을 것이다. '울화통이 터진다'는 말도 있고, '분통이 터진다'는 말도 있다. 화가 나서 참을 수 없는 상황에 이른 것이다. 무서워서 '간이 졸아붙는다'는 말, 놀라서 '간이 떨어질 것 같다'는 말도 있다. 성질이 느긋하여 잘 견디고 맘이 좋은 사람을 '쓸개가 빠졌다'고 하고, 겁이 없는 사람을 '간이 부었다'고 표현하기도 한다. 모두 신체의 내장과 연결된 말인데, 사람의 심정과 신체의 반응을 적절하게 연관시키고 있는 것이 참으로 놀랍다.

어렸을 적에 어머니가 역류성 식도염으로 고생하시던 일이 생각난다. 무엇인가 목에 걸려 있는 것 같아서 답답하다고, 음식은 제대로 넘어가는데 이상하다고, 침을 자주 삼켜 보지만 여전하다고 하시던 말. 병원에서는 약을 처방해 주었지만 별 효험이 없었고 어느 날 저절로 나았는데, 나는 그날을 확실하게 기억한다. 어머니의 박사학위 논문이 통과된 바로 그날이었다.

어떤 한 가지 일에 마음을 쏟고 혼을 바치고 그것 때문에 걱정을 하다 보면 신체 기능이 제대로 작동하지 않는 현상을 일으킨다. 정신과 육체는 나누어 생각할 항목이 아니다. 몸의 상태는 정신이 어떠한가를 설명하고, 정신은 몸의 상태에 따라서 그 기상도를 달리한다는 것이다.

잠깐 마주 앉아서 이야기를 듣는 나도 마음이 답답했는데, 라오스에서 왔는지 미얀마에서 왔는지 멀리 고향과 부모를 떠나온 어린 신부는 그동안 얼마나 힘들었을까. 그녀가 호소하는 신체적 증상들이 결국 마음의 병에서 온 것임을 확신할 수 있었다. 나는 그날 소화제를 처방하였다. 남편은 침을 놓아 달라고 했지만 그럴 필요도 없었다. 그리고 다음과 같이 당부하였다.

"한국 노래 부를 줄 아세요? 노래를 큰 소리로 부르시면 병에 아주 좋을 겁니다. 남편께서 가르쳐 주셔도 좋습니다."

아내가 여전히 고개를 숙이고 있는 동안 남편이 빙그레 웃었다.

"그거야 쉽지요."

그러나 우리말이 서툰 아내를 가르치면서 남편이 얼마나 아내를 구박할까 걱정되어,

"그냥 라디오를 켜놓고 따라 불러도 돼요. 노래를 부르면서 말도 많이 배우게 될 겁니다. 꼭 그렇게 하세요. 그리고 남편분께서는 되도록 잔소리를 줄여 주십시오. 그게 아내를 위한 길입니다."

가만히 고개를 끄덕이며 엷은 미소를 띠던 그녀의 눈엔 눈물이 그렁그렁하였다.

물과 불의 조화

시장 거리 빵집

우리 병원은 세종시에 있지만, 조치원에서도 멀지 않다. 차를 타고 10분이면 조치원 오일장을 구경할 수 있고, 점심시간에 조금만 서두르면 시장 안 시끌벅적한 중국집에서 맛있는 짜장면을 먹을 수 있다.

조치원 시장에 갈 때면 거의 빼놓지 않고 들르는 빵집이 있다. 전통시장 모습이 궁금하여 구경하러 갔다가 아이들이 좋아하는 마늘 바게트가 눈에 띄어 들어선 것이 인연의 시작이었다. 그 집은 우리 아파트 단지에 있는 대형 프랜차이즈 베이커리와는 다른 점이 있었다. 우선 푸짐하니 먹음직스러워 보였고 가격도 저렴했다. 처음에는 얼마나 맛있을지 확신이 없어 주저했었다.

내가 어렸을 적만 해도 동네마다 소박한 빵집이 두어 군데씩 있었다. 간판이나 인테리어가 휘황찬란하지도 않았고, 아르바이트생의 서빙도 없었지만, 식빵 한 덩이를 사면 덤이라며 곰보빵 하나를 얹어 주는 마음씨 좋은 사장님이 운영하는 곳이었다. 그런데 언제부터인지 동네 빵집들이 사라지고, 무슨 뜻인지도 모르겠고 발음하기도 쉽지 않은 프랜차이즈 베이커리들이 그 자리를 점령하였다. '××제과점'이나 '○○빵집'은 촌스럽다고 생각했을까? 새로 생기는 빵집 이름들은 죄다 외국말이다.

시장통에 있는 그 빵집을 보며 예전의 우리 동네 빵집에 대한 기억이 떠올랐다. 성산동 33번 버스 종점에 있던 가나안제과점을 추억 속에서 불러내듯 그 후로도 가끔씩 조치원 시장 빵집을 찾는다.

빵을 잔뜩 안고 들어서는 나를 보면서 웬 빵이냐며 관심을 보이던 가족들은, 조치원 시장 빵집에서 사 왔다는 말에 금세 표정이 시들했다. 말로 표현하지는 않았지만, 조치원 시장 빵집이라니! 별로 맛을 기대할 수 없을 거라는 표정이었다. 하지만 맛을 본 우리 식구들은 다들 눈을 동그랗게 떴다.

"응? 뭐야! 괜찮은데!?"

평소에 먹던 프랜차이즈 베이커리의 빵들이 공장에서 찍어 낸 것처럼 얕은맛이라면, 시장 빵집에서 파는 빵들은 그와 다르게 재료도 풍성히 들어가서 그런지 맛도 훨씬 구수하고 깊었다. 그 후로는 아이들이 조치원 시장의 빵을 사 오라고 내게 부탁하기도 한다.

걸핏하면 화내는 사람

장날이던 어느 날 그 빵집에 들러 빵을 고르고 있을 때였다. 시장 통로 가판대에 놓인 빵을 쟁반에 담아서 가판대 너머의 사장님에게 돈과 함께 넘겨주면 되는 구조였다. 나보다 나중에 온 한 아저씨가 빵 몇 개를 대충 집어 쟁반에 올려놓았는데 그 쟁반은 진열된 다른 빵들 위에 놓여 있는 것처럼 보였다.

"아저씨, 쟁반을 빵 위에 올려놓으시면 빵이 눌려서 안 돼요."

"아, 안 올려놨어~ 쟁반을 들고 있잖아!"

짜증이 섞인 아저씨 목소리가 곧바로 들렸다. 그러고는 앞에서 계산 중인 다른 사람을 무시하고 쟁반을 불쑥 내밀었다.

"얼마예요?"

다른 사람들도 여러 명 기다리고 있는데, 참 성미도 급한 사람이라는 생각이 들었다.

"다른 분들이 차례를 기다리는데, 잠깐만 기다리셔야죠."

"에잇! 빵 안 사. 왜 트집이야?"

내가 당한 일도 아니었지만 황당했다. 사장님의 말투에는 별로 짜증이 섞이지 않았는데, 그 아저씨가 먼저 버럭 화를 내며 쟁반을 집어던지듯 내려놓고 가는 것이었다. 씩씩거리며 멀어져 가는 그 아저씨와 사장님을 번갈아 바라보다가, 나는 사장님의 눈치를 슬슬 보며 말하였다.

"참 나, 별꼴을 다 보겠네! 자기가 짜증을 냈으면서 왜 남보고 난리지?"

나는 사장님에게 조금이라도 위로가 될까 하여 잘 들리도록 큰 소리로 중얼거렸다.

그런데 그는 오히려 별일 아니라는 듯이 아무 말도 하지 않았다. 그런 그의 반응이 오히려 나를 더 안타깝게 했다. 그런 일을 얼마나 많이 당했으면 저렇게 아무렇지 않은 듯이 넘길 수 있을까?

물과 불

사람의 몸에는 물水과 불火이 함께 존재한다. 이 두 가지는 우리가 살아가는 데 반드시 필요한 것들이며, 그들이 서로 균형을 잘 이루고 있어야 우리 몸은 건강한 상태를 유지할 수 있다.

불은 우리가 살아가는 힘과 에너지가 되며 면역력과 생명력 그 자체다. 그래서 불이 약한 사람은 추위를 타고 조금만 몸을 써도 기운이 없어 자꾸 누울 자리를 살피게 되며, 밥맛이 없어서 많이 먹지도 않지만 조금 먹더라도 설사하거나 소화를 잘 못 시킨다. 성격적으로도 내성적이고 소극적이며 쉽게 우울해진다. 옷을 남들보다 여러 겹 껴입고 여름에도 에어컨이나 선풍기 바람을 싫어한다. 손발이 쉽게 차가워져서 잘 때도 장갑을 끼고 양말을 신기도 한다. 찬바람을 쐬거나 찬물로 머리를 적시기만 해도 쉽게 감기에 걸리며, 구내염이나 대상포진에 잘 걸리기도 한다.

불이 강하다고 무작정 좋은 것도 아니다. 추위를 타지는 않지만 더운 여름을 견디기 힘들어한다. 성격이 급하여 기다리는 일을 고역스러워하고 혈압이 쉽게 올라 뇌출혈에도 취약하며, 스트레스에 민감해져 스트레스성 당뇨에도 걸리기 쉽다. 열이 오르면 눈이 뻑뻑해지고 두통이 있으며, 피부가 건조하여 가렵거나 염증성 질환이 잘 생기기도 한다. 쓸데없는 생각과 걱정이 많아 잠을 잘 못 이루기도 하며, 그로 인한 만성 피로를 달고 살기도 한다. 불이 너무 강하면 분노를 주체할 수 없고 폭력성이 강해지며, 성욕이 과도하여 문제를 일으킬 수도 있다.

반면에 물은 우리 몸을 순환하는 재료가 되며 환경의 변화에도 항상성을 유지할 수 있도록 도와주는 방패 역할을 한다. 불이 너무 강하게 올라오지 않도록 물이 눌러 주어, 넘치는 불로 인해 생기는 제반 증상들을 완화시켜 준다. 보일러의 불이 강해도 파이프에 물이 충분하다면 가열된 물이 온 집안을 두루 따뜻하게 해 주듯이 물은 불이 망동妄動하는 것을 제어하는 역할을 한다. 이를 음양오행에서는 보통 수극화水克火라고 한다.

수水가 충분한 사람은 불이 잘 제어되기 때문에 웬만한 일에도 스트레스로 힘들어하거나 화를 잘 내지 않고 온화한 성품을 보이지만, 불火이 지나치게 강한 사람은 화산이 폭발하듯 분노를 쏟아낸다. 물이 충분하지 못하여 작은 불도 제어하지 못하는 사람은 쉽게 짜증을 내고, 평소에는 온화한 모습을 보이는 것 같지만 환경 변화에 민감하며 스트레스에 예민하게 반응하기도 한다. 화를 내는 스타일로도 그 사람의 체질적 특성을 대략 짐작해 볼 수 있는 것이다.

빵집에서 화를 버럭 내고 간 아저씨는 얼굴이 붉고 기다리지 못하는 급한 성격을 보아, 불이 너무 강하게 타오르는 사람이었으리라.

제2부

꼭 시골 한의사 같아요

나는 '시골 한의사'라는 수식어가 마음에 들었다. 따뜻하고 수더분하고 구수해서 벽이 느껴지지 않는 의사, 환자들의 마음속 아픔까지 포근하게 품어 줄 것 같은 시골 한의사. 나는 앞으로 시골 한의사다운 한의사, 시골 한의사 같은 이웃이 되도록 노력해야겠다는 다짐을 한다.

겨우 50년 전

당연하지 않은 것들

7월에는 의료 봉사를 떠날 준비에 마음이 바쁘다. 아내도 거기에 맞춰 휴가를 내고 아이들은 여름방학이 되자마자 함께 떠난다. 아직 저개발 상태인 동남아시아 허름한 마을에 머물러 있는 일주일간의 짧은 봉사 기간은 내게 의사의 긍지와 보람을 느끼게 해 줄 뿐 아니라 삶의 활력소를 재생시켜 준다. 의료 봉사단에는 한의사, 의사, 치과의사, 간호사, 약사 등 10여 명의 의료 요원과 가족들까지 동행하는데, 모두 30명이 훌쩍 넘는다.

의료인이 아닌 사람들은 자기가 할 수 있는 일이 얼마나 있을까 지레 걱정하지만, 정작 현장에서는 그들의 도움이 절실하다. 한꺼번에 몰려드는 사람들을 줄 세우고 번호표를 나누어 주는 일, 알코올 솜으로 치료할 부위를 소독하는 일, 체온을 재어 기록하는 일, 환자를 구분하여 약을 포장하고 나누어 주는 일,

청소하고 식사 준비를 하는 일 등 할 일은 충분히 많다.

10여 년 여름 의료 봉사를 계속하는 동안 가족들의 정신도 훨씬 건강해지고 겸허해지고 성숙했다. 지구촌 어느 곳에는 이렇게 어려운 환경에서 살고 있는 사람들도 있다는 것을 알게 되고, 우리가 이들을 도와줄 수 있는 처지인 것이 얼마나 감사한 일인가를 마음 깊이 느끼게 된다.

그러나 재작년부터는 코로나19 때문에 어느 곳도 갈 수 없게 되면서 마음 한구석이 쓸쓸하고 허전하다. 반드시 해야 할 숙제를 하지 못했다는 것, 우리를 기다리는 그들이 실망할 것을 생각하면 미안하고 불편하다. 그들은 요즘처럼 역병이 난무하는 어려운 세상을 어떻게 헤쳐 나가고 있을까, 희생자는 많지 않을까 걱정이 크다.

병원 벽에 걸어 놓은 그들의 사진을 아쉬운 마음으로 들여다본다. 나는 진료실에서 에어컨 바람을 쐬며 편히 지내고 있는데, 사진 속 그들은 검게 그을고 깡마른 얼굴, 퀭한 눈으로 뜨거운 태양 아래서 차례를 기다리며 서 있다. 그들의 옷은 흙탕물에 얼룩덜룩하고, 입고 있는 티셔츠엔 '○○학원', '○○동호회' 등 한글이 눈에 띈다. 아마 헌 옷들을 모아 우리나라 어느 단체에선가 보냈을 것이다.

물끄러미 사진을 들여다보면서, 내가 이 땅에서 누리고 있는 것들이 얼마나 풍요로운가, 풍요를 넘어서서 이미 사치를 부리고 있는 것은 아닌가 하는 생각이 든다. 깔끔한 옷에, 광택이 나는 구두를 신고, 파인 곳 하나 없이 깨끗하게 포장된 도로 위를, 녹슬지 않은 차를 타고 달리는 것. 이런 것들이 내게 당연히 주어져야 할 권리는 아닐 것이다. 따져 보면 우리가 풍요로워진 것은 오래된 일이 아니다. 우리도 저들처럼 구호물자를 받으면서 가난에 허덕이던 때가 있었다. 겨우 50여 년 전 일이다.

나도 지금 호화로운 소비를 하며 사는 것은 아니다. 오래된 옷들도 아깝다고 버리지 않아, 옷장에는 20년이 넘은 옷들도 많이 있다. 결혼할 때 맞춘 양복도 처음에는 공부하느라 입을 일이 별로 없었고, 나중에는 시대에 뒤떨어진 패션 때문에 걸어만 놓은 지 20년이 넘었다. 우리 부부에게는 의미 있는 옷인데다 몇 번 입지도 않아 새 옷과 다름없으니 버리지도 못하고, 보관하자니 앞으로도 입을 일이 없을 것 같고 쓸데없이 공간만 차지하여 진퇴양난이다.

일 년에 몇 번 자선 바자회 같은 행사가 열리면 입지 않는 옷들을 모아 기증하기도 하는데, 큰맘 먹고 쇼핑백에 넣었다가 은근슬쩍 다시 꺼내어 옷장 원위치에 갖다 놓기도 한다. 새 옷은 아껴 두고 헌 옷부터 입다 보면 아껴 뒀던 새 옷도 나중에는 헌 옷이 되어 버린다. 아끼다가 똥 된다는 말이 생각나지만, 오랜 습관을 바꾸는 게 쉽지 않다.

"지금 남는다고 함부로 버리면 벌 받는다."

부모님께서 늘 하시던 말씀이다. 그러나 버리지 않고 나누는 일은 하나님께서도 좋아하실 것이다.

곧 봄이 되면 바자회가 또 열리겠지. 이번에는 큰맘 먹고 내 옷장을 비워야겠다. 넉넉해지는 공간만큼 내 마음도 넉넉해질 것이다.

빵을 밟은 아이

고3인 둘째 아이를 태우고 학교 기숙사에 데려다주는 길이었다. 아이와 속 깊은 말을 나누고 싶어서 우리 부부는 이 시간을 매우 소중하게 여긴다. 평소 묻는 말에나 겨우 대답하던 아이가 스스로 말을 꺼내면 우리는 조용히 경청하면서 되도록 많은 말을 유도해 내려고 박자를 맞춰 주곤 한다. 그날따라 아이는 무척 흥분한 목소리를 높이며 얘기를 꺼냈다.

"아빠, 아빠, 내가 요새 학교 급식실 음식물 쓰레기 실태 조사를 하고 있는데 말이야, 우와~ 먹을 수 있는 아까운 음식을 그냥 버리는 경우가 너무나 많더라구!"

이어지는 말을 들으며 우리도 적잖이 놀랐다. 처음에는 학생들이 먹고 남은 음식을 버린다는 말인 줄 알았는데, 그게 아니었다. 배식이 끝나고 남은 음식, 먹다가 남긴 음식을 버리는 게 아니라 손도 대지 않은 깨끗한 음식을 그대로 버린다는 것이었다.

학생들이 식당 메뉴가 싫다며 매점 음식으로 식사를 대신하는 날이나, 식사를 거르고 곧장 학원으로 간 아이들이 많은 날은 나누어 주지도 못한 채 남게 되는 음식을 고스란히 버린단다. 요플레나 요구르트처럼 포장을 뜯어야 먹을 수 있는 음식은 뚜껑을 열고 내용물을 음식물 쓰레기통에 쏟아 버린다는 말을 들으면서도 그걸 그대로 믿기가 어려웠다.

차라리 급식실에서 일하는 아주머니들이 가지고 가서 집에서 먹어도 되지 않을까? 물론 그렇게 했을 때 발생할 수 있는 부작용이나 걱정들이 있을 수 있지만, 멀쩡한 새 음식을 그대로 쓰레기통에 버린다는 것은 상상만 해도 마음이 불편했다.

먹던 밥을 남기거나 버리는 것은 나쁜 습관이라는 말을 귀가 아프게 들으면서 자랐다. 아버지와 어머니는 물론이고 할머니의 교육은 더 철저하였다. 밥그릇은 쌀 한 톨 없이 늘 깨끗하게 비워야 했으며, 국그릇의 국물도 남기지 않으려고 노력했다.

어렸을 적에 읽은 책 중 안데르센 동화집에 〈빵을 밟은 아이〉라는 동화가 있었다. 음식물을 하찮게 생각하던 소녀가 빵을 버리고 밟은 후로 지옥에 떨어졌다는 이야기다. 그 동화책을 읽은 지 40년이 넘은 지금까지도 나는 친구들이 남긴 음식을 보는 것조차 불편하다.

안데르센 동화를 읽었기 때문만은 아니었다. 할머니는 밥이

쉰 듯해도 버리지 않고 물에 여러 번 헹궈서 당신이 드셨고, 쌀 한 톨이 농부의 땀방울이며 핏방울이라고 하셨다.

내 진료실에 걸려 있는 사진 속 사람들의 남루하고 고단한 모습에서 우리 할아버지와 할머니의 모습을 발견한다. 나는 앞으로 아무리 잘살아도 사치스러운 생활은 하지 못할 것 같다.

그런 할머니를 보며 나도 모르는 사이에 검소함이 몸과 마음 깊이 배어 버렸다.

그해 여름 라오스

흙투성이 맨발로

해마다 여름이면 뜻이 같은 사람들과 함께 떠나는 해외 의료 봉사를 기다리게 된다.

라오스로 4년, 미얀마로 11년을 다녔으니 벌써 15년째다.

14년 전, 당시 3년째 의료 봉사를 하고 있던 분들이 나에게 함께 가지 않겠느냐고 요청해 왔었다. 이제 막 개업한 풋내기 의사가, 병원은 제대로 자리 잡지도 않았는데 일주일이나 문을 닫아야 한다는 것이 무척 고민되었다. 아이들이 어려서 떼어놓고 부부만 갈 수도 없었기에 온 가족이 함께 가야 하는 경비도 부담되었지만, 일주일간 환자를 보지 못하는 손실도 만만치 않았다. 하지만 이 모든 걱정거리를 뒤로 하고, 나는 어떤 '사명감' 같은 것을 품은 채 온 가족을 데리고 라오스로 떠났다.

2008년 여름, 라오스의 시골은 뜨거웠다. 평소에 병원을 구경조차 하기 힘들었던 사람들은 한국에서 온 의료진을 찾아서 구름처럼 모여들었다. 그나마 차로 이동할 수 있는 사람들은 다행이었다. 우기라서 매일 몇 번씩 몰아치는 소나기가 한 번 지나가고 나면 길은 온통 진흙탕이 되어 환자들의 발은 완전 흙투성이였다. 하지만 먼길을 걸어서 모여드는 그 간절함은 처절함이라고 표현할 만했다. 차비를 아끼기 위해서였는지 아니면 마땅한 교통편이 없어서였는지, 1박2일을 걸어서 왔다는 사람도 있었다. 아마도 교통비 한푼이라도 아끼기 위해서였으리라.

아침 8시에 시작되는 진료를 위해 버스를 타고 7시 반경 예정된 장소에 들어서면서 나는 벌어지는 입을 다물 수 없었다. 그 이른 시각에 100명이 넘는 사람들이 기다리고 있었다. 아열대 지방의 더운 날씨에 낡은 선풍기 한 대도 찾기 힘든 곳에서, 나의 첫 해외 의료 봉사는 그렇게 시작되었다. 그리고 그날 우리는 자그마치 천 명에 가까운 사람들을 진료하고, 치료하고, 그들에게 약을 나누어 주었다.

제발 이 사람을 고쳐 주세요

말은 통하지 않았지만, 나는 그들의 눈에서 막연한 기대와 슬픔을 읽을 수 있었다. 아니, 그 기대 어린 눈빛에도 불구하고 내가 그들에게 해 줄 수 있는 일이 별로 없다는 것이 슬펐다고 표현하는 것이 맞을 것이다. 중풍으로 몸의 반쪽을 쓰지 못하는 사람들, 눈이 보이지 않는 사람들, 아이가 잘 걷지 못한다며 소아마비를 앓아 한쪽 다리가 가늘어진 아이를 업고 온 사람들…. 수준 높은 현대 의학으로도 어쩔 수 없는 사람들이 어디서 그렇게 모여들었는지 계속 줄을 이었다.

양방洋方 치료법으로 어쩔 수 없는 환자들은 어김없이 한방韓方 파트로 보내졌다. 2천 년 전 예수님의 시대에도 이런 사람들이 구름처럼 몰려들었을 것이다. 그 당시나 지금이나 인간은 왜 이리 나약하고 불쌍한 존재일까? 비교적 의학이 발달하였다는 한국에서 의사로 살고 있지만, 왜 우리는 이리도 무기력한 것일까? 이런 탄식이 절로 나왔으나, 밀려드는 환자가 너무 많아 그런 생각을 하는 시간을 갖는 것조차 사치였다.

그러던 중 오른쪽 반신을 못 쓰는 중풍 병자가 나에게 왔다. 중풍을 앓은 뒤 누워 지냈다는 그녀는 예순 살도 안 되어 보였다. 철없는 아들이 누워 있는 그녀에게 일어나라고 윽박지르며 팔을 잡아당기는 바람에 그녀는 어깨까지 빠져 있었다. 그렇게 덜렁거리는 팔을 양파망같이 허술한 천으로 동이고 다른 사람의 부축을 받으며 내 앞에 와 앉았다.

"하아~~ 나보고 어떻게 하라구요!"

나도 모르게 혼잣말이 튀어나왔다. 아, 나는 그녀에게 해 줄 수 있는 일이 없었다. 한숨과 함께 기도가 저절로 나왔다.

'제발 이 사람을 고쳐 주세요. 저는 할 수 있는 일이 없습니다.'

침을 놓으며 나는 주책없이 흘러내리는 눈물을 몰래 훔쳤다. 그리고 서둘러 다음 환자에게로 움직였다.

잠시 후 아까 침을 맞았던 그녀가 다시 내게로 다가왔다.

"자, 손을 들어보세요."

나는 다른 환자에게 늘 해 오던 대로 나도 모르게 그녀에게 말했다. 그녀는 손을 들었다. 나는 그때까지만 해도 무슨 일이 벌어지고 있는지 알지 못했다. 그녀는 통역하는 사람과 시끄럽게 대화를 나누기 시작했다. 이내 통역이 흥분된 어조로 말했다.

"이제 팔이 움직인답니다!!"

나는 그 자리에 얼어붙은 듯이 서서 전신으로 흐르는 전율을 느꼈다.

'그래 맞다! 이 여자는 반신불수였지!'

그리고 그들은 또다시 큰 소리로 대화를 나누었다.

"이분의 팔이 평소에는 얼음처럼 차가웠는데, 이제 온기가 돌기 시작한답니다!!"

아무 말도 못하고 멍하니 서 있는 내게 그녀는 연신 허리를 굽혀 절하며 울기 시작했다.

"컵짜이~ 컵짜이 라이라이~"

그녀는 고맙다는 말을 반복했지만, 나는 오히려 그녀에게 고맙다며 울고 있는 그녀를 가만히 안아 주었다. 정말로 고마웠다. 하나님께 그리고 그녀에게.

이것이 기적인가

그렇게 기적을 경험한 후 낙후지역에서의 의료 봉사는 나에게 꼭 해야 할 사명이 되었다. 기적이 일어나지 않더라도, 우리의 노력이 당장 눈앞에서 열매를 맺지 못하더라도, 이것이 바로 나의 길이라는 마음을 갖게 되었다. 이제 더는 눈앞의 손해에 고민하지 않고 매년 여름휴가를 대신해 저개발 나라로 의료 봉사를 떠난다.

올해도 40명에 가까운 사람들이 함께 다녀왔다. 10년 전에 초등학생이던 아들이 올해는 의과 대학생이 되어 함께 갔다. 계속 함께 봉사를 다니면서 자란 다른 가정의 아이들도 그동안 의대생, 한의대생, 치대생, 간호대생들이 되어 동행하였다. 얼마나 놀랍고 기쁜 일인가.

15년 전, 나는 개발도상국의 불쌍한 사람들을 위해 나의 것을 희생하면서 봉사하러 간다고 생각했었다. 그러나 15년이 지난 지금 돌아보면, 그 과정을 통해 우리 아이들은 일상생활에서 자신들이 누리고 사는 것에 감사할 줄 알게 되었고, 자기들도 다른 사람들에게 도움이 되는 삶을 살고 싶다는 꿈을 품게 되었다. 몇 년 전만 해도 다른 사람들에게 봉사활동에 참여하자고 권하지 못했는데 이제는 자신 있게 말할 수 있다. 당신 자신과 당신의 자녀들을 위해 공부하러 가자고 말이다.

요즘 뉴스의 헤드라인은 온통 날씨에 관한 이야기가 차지하고 있다. '20년 만의 더위', '30년 만의 폭염'이라는 말이 이제는 놀랍지 않다. 서울은 오늘 기상관측 111년 만에 가장 높은 온도까지 끓어올랐다고 하니 지구가 더워진다는 말이 확실한가 보다.

올해는 장마도 일찍 끝나고 7월 중순부터 일찌감치 더위가 시작되었는데, 한참 더워지던 지난주 나는 미얀마에 가 있었다. 더운 나라에서 더위와 싸울 각오를 단단히 했었는데, 한국 기온이 미얀마보다 훨씬 높았다는 것을 전해 들으면서, 내가 봉사를 다녀온 것이 아니라 피서를 다녀왔음을 깨달았다.

그늘 속에 시드는 영혼을 위해

_2019년 미얀마

돌아오는 길

귀국한 지 일주일이 다 되었는데 아직도 피곤함이 그대로 남아 있는 것 같다. 비행시간이 그리 길지도 않았는데 밤새 비행기를 타고 와서 그렇겠지만 여독이 쉽게 가시지 않는다. 목베개를 미리 챙겼어야 했는데, 좁고 불편한 이코노미석에서 목을 가누지 못하고 밤새 졸다 깨다 하는 것은 여간 힘든 일이 아니다. 매년 겪는 일인데도 올해는 특히 더 힘들게 느껴졌다.

올해도 여름휴가를 대신해 미얀마에 일주일간 있었다. 8년 전 처음 본 양곤의 모습은 마치 우리나라 60년대 서울과 비슷했다고 할 수 있을 것이다. 미얀마의 대중교통을 경험해 보겠다고 탔던 낡은 시내버스의 밑바닥은 녹슬고 구멍이 뚫려 통나무 같은 것으로 덧대 놓았었다. 보수를 제때 하지 않아 여기저기 구멍이 난 아스팔트 도로가 바닥을 덧댄 통나무 틈새로 보이는 불안한 버스 속에서, 나는 안전해 보이는 곳을 찾아서 발을 딛고 서 있었다.

거리를 오가는 차들은 대부분 너무 오래되고 낡았다. 짐칸에 사람을 빼곡하게 태운 작은 트럭들이 위태하게 뒤뚱거리며 달리고 있었다. 횡단보도도 거의 보이지 않았는데, 쌩쌩 달리는 차들을 피해 사람들은 위험하게 무단횡단을 하였다.

그런데 해가 바뀔수록 고물차들은 점점 사라지고 깨끗한 차들로 바뀌었다. 도로도 깨끗하게 포장되고 보수도 제때 이루어지기 시작했다. 몇 년 전부터는 차들이 너무 많아 출퇴근길 정체도 심해졌다. 사람들을 가득 태우고 다니던 낡고 작은 트럭들이 이제 보이지 않았다. 아웅산 수치 여사가 가택연금에서 풀려나고 그 대가로 미얀마에 대한 경제제재가 해제되면서 많은 외국 기업들이 미얀마로 진출하여 경제도 눈에 띄게 발전하게 되었다고 한다. 하지만 도심을 조금만 벗어나면 금세 서민들이 사는 허술한 동네를 볼 수 있다.

우리가 이번에 봉사활동을 한 지역도 판잣집들이 밀집해 있는 마을이었다. 평생 한 번도 병원 치료를 받아본 적이 없는 사람들이 와서 치료를 받았다. 치료 침대조차 변변치 않아 탁자 위에 사람을 눕히고 구부정한 자세로 온종일 애쓴 선생님들은, 하루를 마무리하는 모임에서 자신들이 과연 그들에게 최선의 치료를 베풀었는지 돌아보며 오히려 안타까워했다.

평생 좁은 약국에서 일하며 보람을 느낀 적이 없다는 한 약사님은 "내 생애에 나의 직업에 대해 보람을 가장 크게 느낀 날이다"며 감격스러워했다. 밀려드는 환자 때문에 제대로 쉬지 못하는 상황인데, 냉커피를 타 주며 서로 응원하고, 조용히 어깨를 주물러 주며 힘을 불어넣어 주었다.

낙후된 지역에서 의료 봉사를 하다 보면 평소에 접하기 힘든 환자들을 대하게 된다. 양방 치료로는 낫기 어려운(정확히 얘기하자면 현대 의학으로는 치료할 수 없는 게 맞는 표현이지만) 환자들은 접수 창구에서 주로 한방으로 보낸다. 기적처럼 환자들이 호전되는 현상들이 이상하게도 유독 한방 치료에서 많이 나타나기 때문이다.

나를 기다리는 사람들

이번에도 중풍 후유증으로 왼쪽 몸을 잘 쓰지 못하는 아저씨가 한방으로 보내졌다. 지팡이를 짚은 채 불편한 걸음걸이로 나타난 그분은 왼쪽 팔을 들지 못했다. 나는 침을 놓고 그를 부축한 채 함께 치료실을 걸어 다녔다. 20여 분이나 되었을까? 그의 걸음걸이가 더 편해지고 팔이 올라가기 시작했다. 그의 밝아지는 표정에 나도 흥분되고 주위에서 보던 사람들은 탄성을 지르면서 동영상을 찍기 시작했다. 그는 팔이 머리 위까지 올라간다며 아직은 온전치 못한 움직임으로 자신의 팔을 연신 들어 보였다. 다음 환자를 보아야 했기에 그를 보내야 했지만, 그는 내일 또 오면 안 되느냐고 나에게 간청하였다. 나의 마음은 기쁨과 감사로 충만하였다.

평소에는 보기 힘든 그런 일들이 유독 낙후지역 의료 봉사에서 잘 나타나는 이유는 무엇일까? 아마도 그들이 현대 의학으로는 치료 불가능한 환자들이므로 내가 더욱 간절하고 안타까운 기도로 매달렸기 때문이 아니었을까? 환자가 치료되는 것은 내 의술이 훌륭하여 되는 일이 아니라는 것을 알기에, 나는 여름 의료 봉사 기간이 가까워지면 더 경건한 마음으로 준비하게 된다.

미얀마를 방문한 첫해에 한 가정을 가 볼 기회가 있었다. 10여 평 남짓해 보이는 집은 대나무로 기둥을 세우고 땅에서 1미터 정도 높이에 나무와 지푸라기 같은 재료들로 바닥을 엮어 겨우 비만 피할 수 있게 만든 공간이었다. 집이라기보다 거적 같은 것으로 바닥과 외벽과 지붕을 만든 허술한 평상이라고 하는 편이 더 맞을 것이다.

빗물이 고인 진흙탕 웅덩이를 징검다리로 건너가면 바로 그 집 입구였다. 방이라고 하는 마룻바닥 틈 사이로 흙탕물이 고여 있는 땅바닥이 보였다. 마치 논 위에 집을 만들어 놓은 것 같았다. 사람이 살기보다는 모기들을 비롯한 벌레들이 서식하기에 좋은 장소였다.

교장 선생님을 하다가 퇴임하고 경비원을 하신다는 60대 할아버지 부부와 그들의 두 딸, 그리고 어린 손녀가 그 좁은 공간에 살고 있었다. 아빠는 일찍 돌아가시고 열악한 환경에서 가족들과 살고 있는 그 아이는 결핵을 앓고 있었다.

호기심 가득한 동그란 눈을 뜨고 우리를 바라보는 아이의 얼굴은 가련하고도 예뻤다. 기력도 없었지만 창백하고 수척한 얼굴로 우리에게 미소를 지으려고 애쓰던 아이의 이름은 네잉삐아웅이었다. 변변치 않은 할아버지의 벌이로는 손녀의 치료비를 감당할 수 없었기에, 그들은 그저 손녀가 잘 이겨 내기를 바라고 있을 뿐이었다.

몸이 편치 않은 할머니에게 침을 놓고 손을 잡아 주며 위로하는 것밖에 우리가 할 수 있는 일은 없었다. 함께 간 간호사는 참고 참다가 끝내 울음을 터뜨렸다. 그 아이가 결핵 치료제를 복용하고 적절한 치료를 받을 수 있도록, 그리고 성장하면서 충분한 교육을 받을 수 있도록 소액이라도 도와주고 싶다는 우리 일행의 마음을 전하자 할머니는 고맙다면서 눈물을 흘렸다.

다행히 네잉삐아웅은 약을 일 년 동안 열심히 복용하여 결핵을 이겨 내었고, 그 다음 해에는 우리를 밝은 모습으로 맞이하였다. 올해도 네잉삐아웅과 그 가족들을 다시 만났다. 이제는 키도 나만큼이나 큰 10대 후반의 숙녀가 되어 있었다. 매년 보는 얼굴이지만 네잉삐아웅의 할아버지와 할머니는 이번에도 눈물을 훔치며 우리를 반겼다.

우리 아이들뿐 아니라 해마다 부모를 따라 함께 봉사를 다닌 아이들도 사춘기의 열병을 앓지 않고 조용히 어른이 되어 가는 것을 보면, 어려운 이웃을 돕는다는 목적으로 시작한 의료 봉사로 가족을 지키는 큰 선물을 받았다는 생각이 든다. 참으로 감사한 일이다.

나 역시 공연한 욕심에 눌려 비틀거리거나 쓰러지지 않고 작은 일에 감사하며 겸손하게 살려고 노력하게 되었다. 이것은 10여 년간의 의료 봉사활동이 내게 준 커다란 포상이다.

내년에는 어쩌면 더 낙후된 지역으로 가게 될지도 모르겠다. 어디로 가든지 또 다른 중풍병자를 만나고 또 다른 네잉뻬아웅을 만나게 될 것이다. 그가 누구든 다른 사람의 일생에 잊을 수 없이 감사한 한 사람으로 남을 수 있다는 것은 얼마나 보람되고 기쁜 일인가? 내가 협력하여 이룰 수 있는 일이 무엇일지, 내가 만나야 할 그늘 속에 가려진 영혼이 누구일지 벌써 내년이 기다려진다.

마음이 따뜻한 의사

아이가 좀 아파요

50대로 보이는 아주머니 한 분이 20대의 딸과 함께 우리 병원을 찾아왔다. 온화한 인상의 아주머니는 딸이 체한 것 같다며 딸의 손을 잡고 진료실로 들어왔다. 하늘거리는 원피스를 곱게 차려입은 딸은 별말이 없었고 어머니만 계속해서 딸의 증상에 대해 이야기했다.

아주머니 말을 들으며 나는 딸의 얼굴을 살펴보았다. 하지만 혼자서만 말을 하는 어머니에게 아무런 불만이 없는 듯 지극히 편안하였다. 그 알 수 없는 표정을 해석하기 위해 유심히 쳐다보는 내게 아주머니가 말했다.

"아이가 좀 아파요. 그래서 표현을 잘 하지 못합니다."

언뜻 알아차리지 못했지만, 딸은 발달 장애로 인해 자신의 증상을 잘 설명할 수 없었던 것이다.

대학생 시절 우리 교회에서도 발달 장애 아동들을 돕기 위해 정기적으로 봉사활동을 다니는 분들이 계셨다. 나도 그분들과 함께 다니면서 몇 년간 그들을 도운 경험이 있기에 발달 장애인을 대하기가 어렵거나 어색하지 않다. 그날 치료가 만족스러워서였을까? 아니면 자신들을 대하는 나의 태도가 마음에 들어서였을까? 그날 이후로 그들은 우리 병원의 단골이 되었다.

아주머니는 항상 딸과 함께 병원에 왔다. 딸이 환자일 때는 물론, 아주머니 몸이 불편할 때도 두 사람은 그림자처럼 붙어 다녔다. 나는 그들과 친해지면서 자연스레 가족 구성원에 대한 이야기 등 개인적인 내용들을 알게 되었다.

첫째 딸은 발달 장애를 갖고 있었지만, 둘째는 우리나라 최고 명문대학, 셋째인 아들은 미국 최고 명문대학에 다니고 있었다. 아주머니는 자녀들이 서로 화목하고 우애가 좋다고 흐뭇한 표정으로 말하곤 했다. 듣기 좋은 말이었다. 참 다행이라는 생각이 들었다. 지금은 어머니가 딸을 데리고 다니며 보살펴 주지만, 언제까지 그럴 수는 없지 않겠는가? 부모가 세상을 떠난 후에 둘째와 셋째 동생들이 사회적으로나 경제적으로 자립하여 언니, 누나를 도울 수 있다면 부모로서 정말 든든하겠다는 생각이 들었다.

첫째가 장애를 가지고 태어났기 때문에 둘째나 셋째 아이를 갖기 겁이 나고 무서웠을 텐데, 과감히 시도한 그들의 용기에 마음속으로부터 박수를 보냈다.

친구는 둘째를 가졌을까

대학 시절 함께 공부한 친구가 있다. 학부 때부터 박사 과정까지 함께했으니 10년이 넘는 시간을 가까이 지낸 친구다. 그 친구는 캠퍼스에서 만난 동기 여학생과 학부 때부터 커플이 되어 오랜 동안 사귀었다. 함께 박사학위를 마치고 결혼한 두 사람은 우리나라 최고의 대기업에 같이 입사하면서 다른 사람들의 부러움을 받으며 결혼 생활을 시작했다.

특히 그의 아내는 당시 우리나라에서 새롭게 부상하던 첨단 분야에서 촉망받는 엘리트로 주목받았다. 행복하기만 할 것 같던 그들에게 이상이 생겼다는 것을 알게 된 것은 결혼한 지 몇 년이 지난 후였다. 첫 아이가 자폐아 진단을 받았다는 것이었다. 큰 충격을 받은 그의 아내는 다니던 직장을 그만두고 아이를 돌보는 데만 전념했다. 그녀는 둘째 아이를 갖는다는 것이 사치라고 생각하는 것 같았다.

나중에 그들의 사정을 알게 된 내가 "그래도 동생들을 더 낳아야 너희가 첫째를 더 이상 돌볼 수 없게 되는 상황이 오더라도 그 아이들이 첫째를 돌볼 수 있지 않겠니?" 하고 설득했지만, 그들에게는 마음의 여유가 없는 것 같았다. 다른 사람의 조언은, 그저 장기를 두고 있는 두 사람을 보다가 어깨너머로 무책임하게 던지는 훈수로밖에 들리지 않았으리라. 같은 상황에 처해 보지 않은 사람으로서 내가 어찌 그들을 온전히 이해할 수 있으며, 감히 그들에게 이래라저래라 할 수 있겠는가? 마음으로는 너무도 안타깝고 걱정되었지만 내가 할 수 있는 일은 거기까지가 전부였고, 그 후 살아가기에 분주하여 자세한 소식을 주고받을 기회가 없었다.

가끔 연락이 닿아 안부를 물을 때도 아이에 대한 질문은 조심스러워서 다른 이야기만 나누다가 대화를 끝내곤 했다. 그들이 그 후에 아이들을 더 낳았는지, 아니면 계속 첫째 아이에게만 집중하느라 둘째를 생각할 겨를이 없었는지는 알 수가 없다. 하지만 만일 후자의 경우라면 참 안타까운 일이다.

그렇게 인구 조절이 되는 거죠

벌써 20년 정도는 되었을 것이다. 외숙모님이 암 진단을 받고 서울 큰 병원에 입원해 계셨었다. 그 병원은 우리나라에서 최고로 뛰어난 의사들과 장비를 갖춘 초대형 병원이다. 환자는 물론이지만 그 곁에서 사랑하는 사람의 아픔을 바라보는 가족들 마음은 얼마나 안타까웠을까? 담당 의사에게 외삼촌이 애원하듯 물었다.

"선생님, 수술이 안 된다고 하셨는데 다른 치료 방법은 없을까요?"

"네, 없습니다."

"선생님, 그럼 아내가 얼마나 더 살 수 있을까요?"

"얼마 못 사실 겁니다. 길어야 석 달 정도?"

"그래도 뭔가 해 볼 수 있지 않나요?"

"방법은 아무것도 없습니다."

의사의 기계적인 대답에 외삼촌은 원망과 절망 섞인 목소리로,

"선생님, 가족들은 애가 타는데 선생님 대답은 너무 매정하신 것 아닌가요?"

"매정한 것이 아니라 솔직한 거죠."

그리고 의사는 열려 있는 엘리베이터 안으로 들어가면서, 말문이 막힌 외삼촌과 환자 그리고 가족들을 향해 마지막 쐐기를 박듯 한마디를 더 던지고 갔다고 한다.

"뭐 그렇게 해서 인구 조절이 되는 거 아니겠습니까?"

나는 그 이야기를 전해 듣고 내 귀를 의심하지 않을 수 없었다. 그 의사는 지식에 있어서는 최고일지 몰라도 인간으로서 지녀야 할 기본적인 공감 능력은 전혀 갖추지 못한, 인두겁을 쓴 기계와 다를 바 없을 것이다. 외숙모님은 그 의사가 내뱉은 무례한 말을 듣고는 이를 악물고 투병 생활을 하셨다.

"나는 기어코 이겨 낼 거야. 암을 이기고 삼천리 방방곡곡에 다니면서 간증할 거야. 그래서 그 의사에게 복수할 거야."

외숙모님은 자신의 의지대로 암을 이기고 여러 곳을 다니면서 간증도 하셨다. 의사가 선언한 석 달을 지나고 3년도 지나 5년까지 건강하게 사셨다.

피와 눈물이 있는 사람

존경하는 스승님이 내가 개업을 준비하고 있을 때 하신 말씀을 나는 잊지 않고 있다.

"이 원장은 의사가 반드시 품어야 할 마음이 무엇이라고 생각하세요? 나는 환자를 긍휼히 여기는 마음이라고 생각해요. 지식이나 의술보다 더 중요한 것은 환자를 내 가족처럼 생각하고 불쌍히 여기는 마음입니다."

개원한 후 나는 그 스승님의 말씀을 마음 깊이 새기고 환자들을 긍휼과 사랑의 마음으로 대하려고 애를 쓴다. 날마다 변함없는 모습으로 모든 환자를 그렇게 대하기는 어렵겠지만, 그들의 입장에서 생각하고 위로하려고 노력한다. 환자들 중에는 얼마나 아팠느냐, 얼마나 힘들었느냐는 말만으로도 눈물을 흘리는 사람들이 있다.

며칠 전에 처음 찾아온 한 환자가 병원 문을 나서면서 환한 얼굴로 한마디 했다.

"원장님, 원장님과 얘기하고 나니 벌써 절반은 나은 것 같습니다. 허허~"

환자의 그런 얼굴과 표현들이 내게는 어떤 보약보다도 힘을 준다.

의사에게 동병상련의 정이 있으면 좋겠지만, 환자가 겪는 온갖 병의 고통과 괴로움을 의사가 다 직접 겪어 볼 수는 없다. 그러나 상대의 아픔에 깊이 공감하면서 환자의 입장에 서려고 노력할 수는 있을 것이다. 이것은 의사로서 반드시 갖춰야 할 필수 덕목이라고 생각한다.

다가오는 시대는 인공지능이 인간보다 더 정확하게 질병을 진단하고 치료할 수 있을 거라고 하는데, 아무리 뛰어난 인공지능이라도 심장에 따뜻한 피가 흐르고 함께 흘릴 수 있는 눈물을 가진 인간의 마음을 뛰어넘지는 못할 것 아니겠는가?

나는 지식이 뛰어난 의사라는 칭찬보다 마음이 따뜻한 의사라는 말을 듣고 싶다. 말은 쉬워도 실천하기가 쉽지 않겠지만, 좌우명처럼 평생 마음에 품고 살아간다면 느끼지 못하는 사이에 그에 가깝게 변화되어 갈 수 있으리라 믿는다.

내일도 지팡이를 짚은 환자들이 많이 오실 거다. 쪼글쪼글한 손, 굽은 허리, 온 얼굴에 주름을 잡으면서 웃는 모습, 그들은 최선을 다해 한 생애를 선량하게 살아온 분들이다. 그분들에게 몸의 병을 고치는 의사로서보다 마음의 외로움을 안아 드릴 수 있는 따뜻한 이웃이 되고 싶다.

이것은 내가 시골 의사이기 때문에 누릴 수 있는 특권이요 행복이 아닐까 감사히 여기면서….

태어나고 죽는 일

만혼의 위기

얼마 전 뉴스에서 우리나라 출산율 저하에 대해 크게 다룬 적이 있다.

인구 감소 문제는 한두 해 사이에 떠오른 것이 아니지만, 작년 한 해 동안 우리나라 신생아 수가 40만 명 이하로 떨어졌다고 하니 걱정스럽다. 딸애가 다니는 초등학교는 광역시의 학교 중에서도 꽤 큰 곳인데도, 한 반에 학생 수가 30명이 되지 않는다고 한다. 내가 초등학생일 때는 한 반에 70명이 넘었는데, 겨우 30여 년이 지난 지금 그 절반에도 못 미친다니 놀랄 만한 일이다. 통계자료를 보면 1982년만 해도 한 해 출생아 수가 80만이 넘었다는데 감소 곡선이 너무 가파르게 내려가고 있다. 이 추세로 계속된다면 큰일이다.

매스컴에서는 출산율 감소 원인을 여러 관점으로 분석하고 있다. 높은 집값, 엄청난 교육비, 해마다 상승하는 청년 실업률, 열악한 보육 시스템, 물가 상승률에 못 미치는 경제 성장률, 공해로 인한 건강상태의 악화 등. 그리고 각 원인에 따라 전문가들이 내놓은 해결책들도 다양하다.

그러나 한의사로서의 견해를 말하라고 한다면, 나는 결혼이 늦어진 것을 첫째 원인으로 들겠다. 결혼이 늦어진다는 것은 모체母體의 나이가 많아진다는 것인데, 모체의 나이가 많아지면 신체적 노화에 따른 불임률도 높아진다. 애초부터 아이 갖기를 원하지 않는 사람도 더러 있기는 하다. 그러나 아이를 갖고 싶은데 임신이 되지 않아 마음 졸이는 부부들이 훨씬 더 많은 것 같다.

특히 요즘 들어 우리 병원에도 불임 때문에 찾아오는 부부들이 적지 않다. 병원을 개업한 지 얼마 되지 않을 때 불임 환자 몇 명을 치료한 적이 있다. 그 소문이 크게 났을 리도 없는데 멀리서 찾아오는 불임 환자들이 있다. 그 중 첫 번째 성공 케이스였던 부부를 잊을 수가 없다.

라자스와리의 눈물

하루는 피부가 가무잡잡한 부부가 찾아왔다. 더운 초여름 날씨인데도 머리에 흰 천을 쓴 채 출입구 밖에서 머뭇거리는 여인 뒤로, 그의 남편인 듯한 사람이 호기심 어린 눈을 크게 뜨고 아내를 앞세우며 들어왔다. 한눈에 보기에도 인도 사람이었다. 그들 특유의 인도식 영어 발음은 미국식 영어로 교육을 받은 내게 쉽지 않은 장애물이었다. 21세기에도 카스트제도가 존재하는 인도에서 그들은 좋은 사회적 계급을 부모로부터 물려받았을 것이다. 엘리트 코스를 밟은 남편이 우리나라 대덕연구단지에 초청되어 함께 왔다고 여자가 말했다.

앳된 얼굴의 '라자스와리'라는 여자는 20대 후반쯤 되었었다. 인도의 조혼 풍습에 따라 결혼한 지 10년이 되었지만 아직 아이가 없다고 말하는 그녀의 눈에는 슬픔이 가득했다. 한국에서의 연구 연한이 거의 끝나 내년이면 인도로 돌아가야 하는데, 귀국하기 전에 한국 의료기술의 도움을 받아 아이를 갖고 싶다고 했다.

어떻게 해서 우리 병원을 알게 되었는지 모르지만, 그녀는 간절한 눈빛으로 도움을 요청했다. 참으로 난감했다. 사실 생명을 잉태하도록 한다는 것은 신神의 영역에 속하는 일이며, 아무리 임상 경험이 풍부한 의사라도 "제가 할 수 있습니다"라고 감히 말하지 못할 참으로 신비로운 일이다.

양의학에서는 인공수정이나 시험관 시술 같은 방법을 시도하는데, 이 방법들은 호르몬을 투여하여 배란을 유도하기도 하고, 난자와 정자를 채취하여 배양관에서 인공적으로 수정시키기도 한다. 수정란이 착상된 뒤에도 자궁벽의 두께를 유지시키기 위해 호르몬제를 투여하는 등 인위적 방법을 쓴다. 그래서 성공 확률에 대한 객관적 지표도 존재하고, 성공률도 비교적 높다.

하지만 한의학에서는 천연 약재를 달여 먹여 임신에 좋은 몸 상태로 바꾸고 자연히 임신되도록 도와주는 것이니, 그 성공 여부나 확률에 대해 장담하기 어렵다. 더구나 결혼한 지 10년이 되었는데도 임신이 되지 않은 부부가 내년에는 '열매'를 가지고 돌아가야 한다니, 나는 더 자신이 없었다. 개인마다 몸 상태와 체질이 천차만별이고 고서에서 전해 내려오는 처방 종류도 수십 가지가 넘는다. 경험이 일천한 한의사로서 어떤 처방을 어떻게 써야 할지 눈앞이 캄캄하였다,

그들은 한의학에 신뢰를 가질 만한 경험도 없었을 텐데, 태어나서 한 번도 맞아본 적이 없는 침도 마다하지 않았고 무엇이든 시키는 대로 따르겠다며, 나를 삼신할미 우러러보듯 하였다. 그럴수록 나는 부담과 책임감에 억눌렸다.

라자스와리는 성실하게 치료를 받았다. 우리 가족에게 미안한 말이지만, 아이 셋을 낳을 때까지 나는 내 아이를 가지려고 그렇게 간절히 기도해 본 적이 없다. 그러나 나는 그들의 문제가 우리 가정의 문제인 것처럼 간절하였다.

생명의 축복

치료한 지 반 년이 지나고 새해가 밝았다. 1월 1일 신년 연휴에 집에서 쉬다가 이메일을 확인하고서 나는 소스라치게 놀랐다. 라자스와리가 보낸 이메일에는 "I AM PREGNANT!!"라는 글자들이 축복처럼 빛나고 있었다. 나는 나도 모르게 "감사합니다! 감사합니다!"를 되뇌었다. 내 아이가 생겼을 때보다 더 흥분했고, 감사했고, 기뻐서 집안 곳곳을 뛰어다녔다.

그들 부부가 인도로 돌아가기 전 내게 인사를 왔을 때 우리는 함께 손을 잡고 눈물을 흘리며 서로에게 감사하였다. 그들은 내게 선물이라면서 인도 전통 셔츠를 주었다. 그 옷은 우리나라에서 입기는 거북했지만 내겐 좋은 기념품이었다. 그들이 인도로 돌아간 후 얼마나 지났을까, 딸 쌍둥이를 낳았다는 편지를 보내왔다. 언제든 꼭 한 번 인도에 와서 '당신의 딸들'을 봤으면 좋겠다는 내용에 웃음이 나오면서도 뿌듯했다.

외국인 과학자들 사이에 소문이 퍼졌는지 그 일이 있은 후 얼마 동안 인도, 러시아, 리투아니아, 우크라이나 등지에서 온 과학자들이 치료를 받기 위해 방문하였고, 아이를 갖지 못해 힘들어하는 부부들도 연이어 찾아왔다. 고마웠지만 한편으로는 당혹스럽기도 했다. 그들을 어찌 다 만족시킬 수 있단 말인가?

한의원 환자들은 참으로 다양하다. 단순히 손목, 발목, 허리를 삐어서 오거나, 근육이 뭉치고 긴장되어 통증을 호소하는 환자들, 감기 환자들, 비염, 아토피, 피부질환 환자들이 있는가 하면, 때로는 당뇨 같은 만성 질환이나 심지어 정신 질환까지 고쳐 달라고 오기도 한다. 다행히 환자들의 증상이 극적으로 호전될 때는 나도 그들 못지않게 가슴이 벅차오른다.

그러나 가장 기쁠 때는 불임부부에게 새로운 생명이 잉태되었다는 소식을 들을 때다. 언제 우리 병원에 왔었는지 기억도 가물가물한 환자가 아이를 데리고 와서 "선생님 덕분에 생긴 아이가 이렇게 컸어요"라고 말할 때는 세상을 다 가진 기분이 된다.

지난주에도 반가운 이야기를 들었다.

"왜 그 아무개 부부 있잖아요. 거기도 선생님 약을 먹고 아이를 낳았는데 모르셨어요? 가 보라고 해도 처음에는 못 들은 척하더니 결국은 선생님께 왔었어요."

한편으로는 좋으면서도 마음 한쪽에 섭섭하기도 하고 궁금한 마음도 들었다.

'그냥 아이가 생겼다는 전화라도 한번 해 주지….'

그래도 섭섭한 마음은 중요하지 않다. 하나의 귀중한 생명이 이 세상에 태어나는 데 일조했다는 것이 얼마나 귀한 일인가!

언젠가 한 번 꼭 인도에 가 보고 싶다. 거기서 예쁘게 잘 자라고 있을 '내 딸들'을 보고 싶다. 그들이 건강하게 잘 자라고 있다는 생각만으로도 나는 행복하다.

세상에는 아이를 낳고 싶어 열심히 노력하여도 뜻을 이루지 못하는 사람이 있는가 하면, 아이를 갖기 싫어서 온갖 방법으로 피임하는 데도 아이가 생겨 귀찮아하는 사람도 있다. 아이러니가 아닐 수 없다.

아이가 생겼을지도 모르겠다며 낙태하는 방법을 문의하러 찾아온 여자분이 있었다. 한약으로 낙태시키는 방법은 알지만, 그것은 내가 할 일이 아니라며 정중히 거절하였다. 그날은 온종일 기분이 우울하였다. 생명을 탄생시키는 것도 마음대로 되지 않을진대 생명을 거두는 일은 더욱이 함부로 해서는 안 된다. 의사는 다만 신의 뜻 안에서 환자들의 아픔을 치료하기 위해 노력할 뿐이다.

스물두 번째 임신

며칠 전 인터넷에서 놀라운 뉴스를 접했다. 빵집을 운영하는 영국의 40대 부부가 임신을 했는데, 22번째 임신이라는 뉴스였다. 한 번의 유산 외에는 모두 정상 분만을 했으니 현재 아이들만 20명이라는 말이다.

기사에 올라 있는 사진에는 갓난아이를 안고 있는 부부 주위로 이미 성인이 된 자녀로부터 젖먹이까지 한눈에 셀 수 없을 만큼 많은 사람들이 환하게 웃고 있었다. 첫째가 30세 아들, 둘째가 25세 딸이라고 하는데, 둘째 딸은 벌써 아이 셋을 가진 엄마라고 했다.

그 집의 하루 빨랫감은 18kg에 달하고, 청소하는 데 매일 3시간씩 걸리며, 일주일 식비만 53만 원이 들어 외식은 생각하기 힘들다고 했다. 정부에서 지급받는 보조금이 한 달에 100만 원 정도라고 하니 경제적으로도 쪼들릴 수밖에 없을 것이다. 그 가족이 할 수 있는 최고의 외출은 돈이 들지 않는 산책이라고 하는데, 사실 다 함께 산책하는 일도 그리 쉽지는 않을 것이다.

그 인터넷 뉴스에 댓글이 줄을 이었다. 가족을 응원하는 댓글도 많았지만, 비판적인 댓글도 만만치 않았다. 대책 없고 무책임하게 낳기만 했다는, 태어난 아이들의 삶과 행복에 대해서는 생각해 보지 않았느냐는 투의 글들이었다.

그런 댓글들이 완전히 틀린 이야기는 아니지만, 나는 그 뉴스에 등장하는 둘째 딸의 현재 상황에 주목하였다. 거의 매년 태어나는 동생들을 뒷바라지하느라 그녀는 어려서부터 엄마 노릇을 하며 자랐을 것이다. 매일 18kg의 빨랫감을 세탁하는 것도 아이 때부터 엄마를 도와가며 익혔을 것이다. 요리나 설거지 같은 집안 살림뿐 아니라, 웬만한 어린이집보다 더 치울 것이 많았을 것이니 3시간이나 소요되는 청소에 얼마나 힘이 들었을까? 사소한 일로 싸우는 동생들을 매일 중재하는 데도 엄청난 에너지가 필요했을 것이고, 동생들을 돌보느라 친구들과 놀러 다니지도 못했을 것이다.

그 뉴스에 달린 많은 댓글들처럼 그녀도 '지긋지긋한 육아 전쟁'에서 자유롭고 싶었으리라. 그런데도 그녀는 25세에 벌써 아이 셋을 가진 엄마가 되어 있었다. 젊은 나이에 결혼하여 몇 년간은 남편과 오붓하게 즐기고 싶었을 텐데, 왜 벌써 아이 셋을 낳은 엄마가 되었을까?

단언컨대 그녀는 "나도 이제는 독립하여 육아 스트레스로부터 해방되고 싶다"고 생각하지 않았을 것이다. 물론 힘들기도 했겠지만 그 모든 고통을 상쇄하고도 남을 만한 충만한 기쁨을 가족들로부터 얻었을 것이다. 만약 어려서부터 겪었던 생활이 행복하지 않고 지긋지긋하기만 했다면 과연 그녀는 자신의 엄마처럼 그렇게 일찍 아이를 낳았겠는가?

아이를 낳기 꺼리는 지금 대한민국의 젊은이들은 말한다. 아이 한 명을 키우기 위해서는 교육비뿐 아니라 그들을 세상에 세우기까지 얼마나 많은 돈이 필요한지 아느냐고. 그것을 충족시켜 주지 못하면 아이는 물론 가족도 불행할 거라고. 뿐만 아니라 적절한 문화생활과 품위 있는 사회생활을 하려면 아이를 낳기 어렵다고. 자녀를 스무 명 넘게 낳은 그 부부는 합리적인 사고력이 부족하고 미래에 대한 설계가 없는 사람들이며, 자신과 아이들을 불행하게 만드는 어리석은 사람들이라고 말이다.

그러나 나는 그들의 삶이 불행할 것이라는 견해에 동의하지 않는다. 영국의 그 가족들은 형제들끼리 서로 힘이 되어 주고 버팀목이 되여 어렵고 힘든 시기를 함께 이겨 나갈 수 있는 끈끈한 공동체임에 틀림없다. 낳고 기르고 가르치기 힘들지라도 자식은 짐이 아니다. 나를 선택하여 찾아온 귀한 선물이다.

나도 세상을 살아갈수록 가족의 소중함을 더 깊이 알게 되는 것 같다. 세상이 모두 등을 돌리더라도 가족들만은 끝까지 나의 편이 되어 줄 것이라는 믿음, 그 믿음은 큰 위기도 헤쳐 나갈 수 있는 엄청난 힘이다. 그리고 형제끼리 서로 힘이 되어 주고 의지할 수 있도록 키우는 것이 부모로서 반드시 해야 할 중요한 역할이라고 생각한다.

그러나 부모는 아이들의 삶 그 모든 부분을 끝까지 책임지고 일일이 개입하려는 욕심을 가질 때가 있다. 길게 내다보면 부모뿐 아니라 아이들의 미래까지 마음대로 흔드는 길인데도 인내심을 가지고 바라보고 기다리기가 쉽지 않은 것이다.

영국의 그 부부가 스물두 명의 자녀를 낳는 대신 단 한 명의 아이를 낳고 그에게 모든 정성을 쏟았다면 과연 그는 지금보다 행복했을까?

오래전부터 두 아들과 함께 여행을 하고 싶었다. 목적지를 정해 나는 따로 움직이고 아들 둘은 함께 대중교통을 이용하여 목적지까지 오도록 하는 국내 오지 여행 말이다. 부모 없이 두 형제가 서로를 의지할 수밖에 없는 상황에서 여러 어려움을 함께 헤쳐 나가는 경험을 하게 하고 싶었다.

좀 늦기는 했지만 올겨울에는 그런 여행을 할 수 있을까? 다른 급한 일들이 있어도 다시 미루지 말고 꼭 실행하고 싶다. 아이들이 내 품에서 떠나 완전히 독립하기 전에, 그들에게 물려줄 수 있는 아비로서의 유산처럼 꼭 그런 경험을 하게 하고 싶다.

지구촌에서 함께 사는 사람들

의관을 갖추고

우리 병원이 세종시에 속해 있다고 하지만, 엄밀히 말한다면 세종시 변두리니까 시골 마을이나 다름이 없다. 수년 전부터 정부 각 부처의 건물들이 우람하게 세워지고 아파트 단지도 속속 조성되면서 '세종특별자치시'라는 이름으로 불리기 시작했다. 앞으로도 늘어날 인구에 대비하여 필요한 기관과 편의시설들이 계속 지어질 것이다.

건설 현장에서 일하는 노동자들은 가능하면 값이 헐한 숙소를 물색하여 주변의 한적한 곳으로 모여들고 있으며, 마을에도 그 수요를 충족시키기 위해 시골 동네에 어울리지 않는 원룸들이 많이 생기게 되었다.

오후 5시가 지나면 건설 현장에서 하루의 작업을 마치고 저녁 식사를 하려는 사람들로 마을 식당들은 북적거린다. 그들은 이른 저녁을 먹고 숙소로 돌아가면서 탈진한 몸을 추스르거나 불편한 부위를 치료하기 위해 우리 병원에 들르기도 한다.

나는 병원에서 환자들을 진료할 때 보통 와이셔츠에 넥타이를 매곤 한다. 그러다가 퇴근 후 동료 의사들과 만나는 일이 잦은데, 그들의 옷차림을 보면 나처럼 정장 차림을 하고 다니는 사람이 별로 많지 않다. 대략 10% 정도나 될까? 나도 때로는 넥타이를 풀고 가벼운 복장으로 편하게 있고 싶다. 그러나 쉽게 이행하지 못하는 이유가 있다.

개원한 지 한두 달밖에 안 되던 어느 날이었다. 진료를 받으러 온 할머니 한 분이 나를 조용히 쳐다보면서 한마디 하셨다.

"원장님은 와이셔츠에 넥타이까지 매시고 참 단정하시네요. 저어~기 ○○병원 원장님은 후줄근한 잠바때기나 걸치고 다니고, 그런 차림으로 어떻게 환자를 본다고 하는 것인지. 쯧쯧쯧…."

그 말을 들으면서 나는 말없이 웃고 말았지만, 그 후 할머니의 말과 표정이 생각나서 내 편한 대로 입지 못하고 꼭 와이셔츠와 넥타이를 챙겨 입게 된다. 더운 여름에는 어쩔 수 없이 통풍이 잘 되는 반팔 '수술복'을 입지만, 그 외에는 되도록이면 흰색 의사 가운까지 챙겨 입는다. 혹시 너무 지나친 것이 아닐까 걱정하면서도 "의관이 바르면 사람이 바르다"라는 말로 합리화한다.

병원을 이곳으로 이전한 지 며칠 되지 않은 어느 날, 점심을 먹으려고 주변 식당을 찾아갔다가 난처한 적도 있었다. 평소처럼 정장을 하고 식당에 들어섰는데, 흙투성이의 안전화들이 식당 입구에 즐비해 있었다. 신발을 벗고 식당 방으로 들어서려고 고개를 드는 순간 허름한 차림의 많은 눈이 한꺼번에 나에게 향하는 것이었다. 모두 먼지가 잔뜩 묻은 작업복을 입고 있는데 나 혼자 양복 차림이니, 다른 데서는 눈에 띄지 않을 평범한 복장인데도 나 스스로 불편을 느낄 수밖에 없었다. 그 뒤로는 되도록 식사 시간을 늦추어 가거나 달리 해결하곤 한다.

이모부는 외국인 노동자

지난봄 어느 날 어스름에 한 외국인이 우리 병원을 찾아왔다. 그는 더듬거리는 우리말로 허리를 치료받고 싶다고 하였다. 중앙아시아 우즈베키스탄에서 왔다는 그를 M이라 하겠다. 우리나라에 온 지 10년 정도 되었다는 그는 귀밑머리가 희끗희끗했지만, 아직 40대였다. 상당한 수의 외국인 노동자들이 그러하듯 M도 의료보험 혜택을 받지 못하는 처지였다. 보험료를 내는 것이 부담스러워 혜택받기를 포기해 버리고, 웬만하면 병원에 가지 않을 요량으로 아파도 그럭저럭 버티는 눈치였다.

의료보험 혜택을 받는 사람들은 침, 뜸, 부항 같은 일반적인 치료를 받을 경우 1만 원이 채 되지 않는 금액만 내면 되는데, 혜택이 없다면 아무리 간단한 치료를 받아도 2~3만 원이 넘는다. 자기 나라를 떠나 먼 타국까지 와서 힘에 부치는 일을 하다가 허리를 다친 그에게 선뜻 진료비를 청구하려니 마음이 편치 않아 원래의 절반 정도밖에 안 되는 돈을 받고 치료해 주었더니, 그도 내가 자기를 배려하고 있다는 것을 아는 것 같았다. 아마 다른 병원에 다녀보고 비교해 보았거나 주위의 다른 사람들과 이야기해 보고 알았을 것이다. 다행히 그의 허리가 나았는데 그 뒤로도 우리 병원을 찾아오곤 한다.

M은 10년 가까이 한국에서 번 돈의 대부분을 가족에게 부친다고 했다. 떠날 때 어렸던 아들은 이제 성인이 되어 내년이면 한국으로 데리고 올 수 있을 것이라고도 했다. 자기 나라에서는 안정된 직장을 다녀도 월급이 우리 돈으로 20~30만 원밖에 안 돼 한국에서 일하는 것이 훨씬 낫다는 것이다. 자기가 한국에서 10년 일해 번 돈으로 좋은 집도 샀다며 환하게 웃었다. 웃을 때 M의 얼굴은 삶의 고단함도 육신의 불편함도 사라지고 기쁨과 희망으로 넘쳤다.

나는 M을 대할 때면 중동에서 근무하셨던 이모부를 생각한다. 내가 어렸을 적이어서 몇 년 동안이나 거기 계셨는지, 무슨 일을 하셨는지 자세히는 알 수 없다. 떠나시기 전날 밤 우리 집에서 가족들이 함께 식사했던 일, 그날 약주를 드시고 젓가락으로 장단을 맞추며 부르던 이모부의 노랫소리가 생각난다.

M을 대할 때 생각나는 것은 이모부만이 아니다. 우리 아버지 세대의 파독 광부들과 간호사들, 그리고 중동 건설 현장에 파견되었던 우리의 훌륭한 노동자들이 떠오른다. 지하 1,200m 갱도에 들어가서 석탄을 캐고, 뜨거운 중동의 사막 건설 현장에서 성실하게 일하여 외국인들의 인정과 찬사를 받았던 어른들. 그들이 벌어들인 외화는 우리나라 경제 발전에 크게 기여하였다. 그뿐 아니라 지금도 인종 차별의 설움을 참아 내며 세계 각지에서 묵묵히 일하는 우리 동포들이 많다.

벌써 잊어버리다니

M 외에도 우리 병원을 찾는 외국인 노동자들이 여러 명 있다. 베트남, 태국, 캄보디아, 중국, 연변 조선족들까지. 그들 대부분은 처음 병원에 들어올 때 약간 겁에 질린 듯한 표정을 보인다. 아는 사람이 없는 낯선 땅에서 이질감을 극복하고 외로움을 견디며 적응하는 일이 쉽지 않을 것이다. 특히 육체노동자로서 몸이 편치 않다는 것은 심각하고도 결정적인 고민일 것이다. 게다가 말조차 자유롭게 구사할 수 없는 처지에 병원에 와서 까다로운 증세를 설명하고 적절한 치료를 받아야 한다면 그 일이 보통

어려운 일이겠는가.

의료관광이라는 말이 새로 생겨날 만큼 발전한 한국의 의술은 지구촌에 이미 널리 알려졌다. 그리고 '한방 의료'라고 하는 한국 전통 의료기술과 방법을 그들은 신비한 눈으로 바라보고 있다. 나는 그들에게 가능한 한 최선을 다하여 내 진심을 전달하려고 한다. 내가 농담을 던지고 장난을 걸기라도 하면 그들은 긴장을 풀고 금세 얼굴에 웃음을 띤다.

가끔 우리나라 고용주들이 외국인 노동자들의 임금을 착취하거나 부당하게 대하는 일이 뉴스에 나오기도 하여 한심스럽고 창피하다. 우리가 아메리칸드림을 품고 무작정 미국으로 향했듯이 저들은 코리안드림에 부풀어 찾아왔을 텐데, 그들을 고용하기에 자격 미달의 모습을 들켜 버리고 마는 꼴이 아닌가?

"개구리 올챙이 적 생각 못한다"는 속담이 맞다. 인간의 존엄성을 서로 존중하며 지키는 것은 기본적인 양심의 문제이며 타고난 자질의 문제다.

내일도 또 한 사람의 이모부가 우리 병원을 찾아오기로 예약되어 있다. 나는 그를 진정한 마음과 정성으로 대할 것이다. 이모부는 외국에서 돌아오신 후 몇 년 되지 않아 위암을 앓으셨고 얼마 후 세상을 뜨셨다. 지금 우리 병원에 찾아오는 M처럼 이모부도 돈을 아끼려고 어지간하면 참고 견디며 그럭저럭 지내셨던 것은 아닐까. 그러다가 병이 깊어진 것은 아닐까. 살아 계실 때는 별 대화도 나누지 못했고 잘해 드린 것도 없는데, M을 바라보면서 나는 자주 이모부를 만난다.

M이 자기 아들을 우리나라에 데려와서 좋은 일자리를 찾아주길 바란다. 그의 아들이 선량한 고용주를 만났으면, 우리나라에 와서 좋은 것들만 배우고 경험했으면 좋겠다.

꼭 시골 한의사 같아요

지난주 어느 날 오후, 부르르 떨고 있는 전화기에 모르는 번호가 떴다. 나는 모르는 번호로 오는 전화는 되도록 받지 않는다. 쓸데없는 광고성 전화가 대부분이고 여론조사용 전화나 심지어 보이스피싱 같은 이상한 전화일 경우도 많기 때문이다. 환자 보느라 바쁠 때는 아예 받지 않는 것이 속 편하다. 누군지 몰라도 중요한 일이라면 문자를 하거나 다시 전화를 하겠지.

아니나 다를까 환자를 치료하고 조금 후에 돌아왔더니 문자가 와 있었다.

'안녕하세요? KBS **프로의 *** 작가입니다' 로 시작된 문자는 방송 출연을 부탁하는 내용이었다. 무슨 일일까? 많지 않은 시골 할아버지 할머니들을 진료하며 조용히 지내는 내게 느닷없이 웬 방송에 출연해 달라는 것일까? 그 프로그램은 누구나 알 만한 유명 프로그램이었는데 건강에 대한 정보를 자주 다뤄

의사들도 많이 출연하였다. 프로그램에 출연했던 한의사들의 모습을 떠올려 보았다.

그들은 보통 양의사들과 함께 특정 질병에 대해 논하고 그 병에 좋은 생활 습관이나 도움이 되는 식품, 약초에 대해 이야기하는 역할을 담당하곤 했다. 나 말고도 그런 이야기를 해 줄 수 있는 한의사들이 많을 텐데, 더욱이 임상에서 환자들을 보는 한의사보다는 한의대에서 학생을 가르치는 교수들이 더 적합할 텐데, 왜 내게 섭외를 시도하는 것일까?

시간 날 때 다시 연락을 드리겠다는 답문을 보내고는 한참 고민하였다. 머릿속에서는 이미 방송에 출연하고 난 후 여러 사람들의 악플에 시달리는 내 모습이 떠올랐다. 괜히 출연했다가 오히려 말 한마디 잘못해서 다른 사람들에게 욕만 먹는 것 아닐까? 내 안에 잠자고 있던 또 다른 '소심한 나'가 뒤에서 내 옷자락을 잡아당기고 있었다. 일단 무엇 때문에 내게 섭외 전화를 했는지 알아야 했기에 작가에게 전화를 걸었다.

한참 동안 작가와 통화하고서야 나는 안도의 한숨을 내쉬었다. 오랫동안 국내외에서 의료 봉사활동을 해 온 의사들을 초청하여 이야기를 나누는 거라고 했다. 다행이었다. 내가 가지고 있는 한의학적 지식을 현학적으로 부풀리거나 포장할 필요도 없고, 한의학적 견해가 서양 의학의 관점에서 보았을 때 과연 아무런 논쟁거리가 없는지 고민할 필요도 없었다. 그저 내가 그동안

해 온 봉사활동에 대해 이야기하고 내가 겪었던 경험들을 나누기만 하면 되는 것이었다.

사실 요즘 들어 나는 내게 '한의원을 운영하는 자영업자'로서 마케팅 능력이 별로 없다는 것, 그에 대한 관심조차 크지 않다는 것을 절감하고 있던 차였다. 돈만 주면 광고업체에서 한의원을 광고해 주는 블로그를 운영해 주기도 하고, 소위 '입김이 센' 엄마들의 사이트에 광고 글들을 올려 주기도 한다는 말을 들었다. 내가 전혀 신경 쓰지 않아도 척척 알아서 해 준다는 데도 나는 거기 합류할 마음이 별로 없다.

나는 그저 '시간이 걸리더라도 열심히만 하면 환자들이 점점 내 진심을 알아주겠지' 하는 편안한 마음으로 그 흔한 플래카드 하나도 걸지 않고 지냈었다. 내 그런 마음이 맹자의 '지성이면 감천'이라는 관점에서 본다면 옳은 길일 수도 있겠지만, 경영학적 관점으로 본다면 참으로 어리석은 생각일지도 모른다.

내 마음을 알기라도 한 듯 방송 작가의 전화는 적절한 시기에 걸려와 나를 흔들었다. 방송 출연을 통해 한의원이 홍보가 되고 수입이 늘어나는 것을 바랄지라도 그것이 절대 '속물적'이거나 잘못된 생각이 아니라고 한참이나 스스로를 설득시킨 뒤에야 방송에 응하겠다는 답을 주었다.

방송 녹화하기 며칠 전 작가와 인터뷰를 하였다. 언제부터 어떻게 봉사활동을 하게 되었는지, 국내와 국외에서 어떤 봉사를 해 왔는지, 봉사하면서 어려운 점은 없었는지, 특별히 생각나는 환자는 어떤 사람이었으며, 그에 대한 에피소드는 어떤 내용이었는지 등 여러 가지 질문이 쏟아졌다.

인터뷰를 마치고 녹화하는 날까지 며칠 동안 지난 시간들을 돌아보았다. 컴퓨터에 저장되어 있던 사진들, 어디에 있는지 한참 찾아야 할 정도로 평소에 잊고 지낸 사진들을 하나씩 불러내어 들여다보았다. 나는 특히 봉사활동을 떠나기 시작한 첫해의 사진에서 눈을 떼기 힘들었다. 청춘의 모습은 아니지만 그래도 지금보다는 훨씬 젊어 보이는 모습, 첫째 아이는 초등학교 고학년, 둘째는 유치원생, 셋째는 태어나지도 않았을 때였다. 아이들의 귀여운 모습을 보며 한참 미소를 짓고 있었다.

처음에는 라오스의 루앙프라방으로 갔었다. 루앙프라방은 유네스코에서 '죽기 전에 꼭 가 봐야 할 여행지'로 선정될 만큼 관광지로도 유명한 곳이어서 은근히 기대하는 마음도 있었다. 그런데 루앙프라방 공항에 내리면서 기대감은 의아함으로 바뀌었다. 국제공항이라기보다 우리나라에서도 찾아보기 힘들 정도로 아담한 크기의 시골 역에 가까운 루앙프라방 공항. 내가 가지고 있던 관광지에 대한 편견을 깨버린 루앙프라방의 모습은 '때 묻지 않은 순수함' 그 자체였다. 아마 그래서 도시 전체가 유네스코 문화유산에 등재되었나 보다.

왕래하는 차들은 낡고, 도로도 군데군데 파여 있었다. 자동차보다는 오토바이가 많은데 특히 택시를 대신하는 짐차는 어릴 때 보았던 삼륜차와 비슷했다. 신호등이 거의 없고 무단횡단하는 사람들이 많았다. 매일 내리는 비로 곳곳이 물웅덩이인 비포장도로 옆에는 진흙투성이의 개들이 낮잠을 자고 있었다.

루앙프라방뿐 아니라 주변의 낙후된 시골을 방문하면서 내 어릴 적 기억이 조금씩 떠올랐다. 1970년대 서울 서대문구 구산동도, 몇 년 후 이사한 성산동도 크게 다르지 않았다.

우리 일행 중 내 아이들을 비롯하여 자기 부모를 따라 그곳에 갔던 아이들의 눈에는 라오스의 거리가 그저 지저분하다는 생각만 들었을지 모르겠다. 그런데 나는 라오스의 거리를 보면서 잊고 있던 어릴 적 구산동과 성산동의 추억을 다시 떠올리며 묘한 향수에 젖어들었다. 그래서일까? 라오스로 4년간 다닌 후에는 계속 미얀마에서 봉사활동을 했지만, 라오스를 생각하면 첫사랑을 떠올릴 때처럼 아련함을 느낀다.

방송 후 주위 사람들로부터 칭찬과 격려의 말씀을 많이 들었다. 그런 좋은 말을 들으려고 봉사를 다니거나 방송에 출연한 것은 아니지만, 그래도 칭찬을 들으니 기운이 나는 것도 사실이다. 프로그램 첫머리에, 함께 출연한 다른 의사들을 MC가 소개하는 시간이 있었다. 다른 의사들은 '안과 전문의', '치과 전문의'라는 수식어를 붙여 불렀는데, 나에게는 '시골 한의사'라는 이름을 붙였다.

나는 그 수식어가 마음에 들었다. 따뜻하고 수더분하고 구수해서 벽이 느껴지지 않는 의사, 환자들의 마음속 아픔까지 포근하게 품어 줄 것 같은 시골 한의사. 나는 앞으로 시골 한의사다운 한의사, 시골 한의사 같은 이웃이 되도록 노력해야겠다는 다짐을 한다.

때묻고 구겨진 돈

우리 병원을 찾아오는 사람들은 주로 농사를 짓는 노인들이거나 건설 현장에서 일하는 일용직 노동자들이다. 농사를 짓는 노인들은 뜨거운 햇볕을 피해 아침 일찍 논밭에 나가 급한 일을 한바탕 마친 후에 병원에 오시는 할머니, 할아버지들이다. 치료도 받고 에어컨 바람도 쐬면서 휴식도 할 겸 병원에 들르는 것이다.

그리고 저녁 무렵이면 하루의 고된 노동을 마친 노동자들이 흙먼지가 잔뜩 묻은 옷차림으로 들어온다. 그들은 치료 베드에 흙먼지를 묻히는 것이 미안한 듯한 표정을 지으며 쭈뼛거린다. 샤워도 하고 옷도 갈아입고 오려고 했는데 시간이 너무 늦을 것 같아 어쩔 수 없이 그냥 왔다는 변명도 빼놓지 않는다.

이쪽 시골로 옮겨 오기 전에는 남루한 옷차림을 한 환자들이 거의 없었다. 말끔한 정장 차림의 연구원들이나 한껏 멋을 낸 귀부인들, 외모에서도 삶의 여유가 있어 보이는 사람들이었다. 물론 노인 환자들도 적지 않았지만, 대부분 공직에서 퇴직한 지 얼마 되지 않은 듯한 환자들로 차림새만 보아도 어떤 직종에서 일했는지를 대강 짐작할 수 있는 노신사들이었다.

사람 사는 동네는 거의 비슷하여 도시에서도 밀가루가 묻은 채로 짬을 내어 찾아온 베이커리 제빵사 아저씨도, 주위 상가에서 장기간 인테리어를 맡아서 일하는 이들도 있긴 했다.

그런데도 겨우 몇 달 사이에 내 눈이 많이 달라진 것 같다. 나는 요즘 깨끗한 옷차림의 환자들을 대하는 것이 어색해졌다. 말쑥한 차림으로 진료실 문을 열고 들어오면 나도 모르게 눈을 크게 뜨고 쳐다보게 된다. 그런 사람들은 동네 사람이 아닐 확률이 높다. 치료를 받으러 왔는지 병원을 상대로 영업을 하러 들른 사람인지, 또는 누군가의 소개를 받아 멀리서 나를 찾아왔는지 궁금해서 "무슨 일로 오셨나요?" 하려다가 겨우 "어디가 편찮으세요?" 어색한 질문을 던지기도 한다.

도시의 환자들은 양복 안주머니에서 혹은 핸드백에서 멋진 사각 장지갑을 꺼내어 깨끗한 카드나 새 돈으로 치료비를 계산한다. 그러나 시골 환자들이 내미는 지폐는 바지 주머니나 셔츠 윗주머니에 넣고 다니던 구겨지고 해지고 때가 묻은 것이다. 지폐를 내미는 손은 주름이 많이 잡혀 있고 굳은살이 박이고 상처가 있을 때도 많다. 때로는 손톱 밑에 때가 끼어 있기도 하다.

그러나 나는 멋진 장지갑에서 나온 빳빳한 새 돈보다 그 헌 돈이 더 귀하고 의미가 크게 느껴진다. 그런 헌 돈을 받을 때면 자꾸 미안하다는 생각이 든다. 저 구겨지고 때묻은 돈은 아침 일찍부터 고단한 몸을 수십 번, 아니 수백 번씩 굽혔다 폈다 반복하면서 일한 대가일 것이다. 돈을 벌어야겠다고 열심히 일했지만, 몸 어디가 고장이 났는지 뻐근하고 불편하여 병원에 왔을 것이다. 돈은 몇 푼 벌었을지라도 병이 나고 그 병이 깊어지면 번 돈의 몇 배나 되는 지출이 생길지도 모른다.

한의과대학에 다니는 동안 나는 계속 의료 봉사 동아리에서 활동했다. 매 주말이면 동아리 선후배들과 함께 정해진 장소에 가서 환자들을 치료하였고, 방학이면 일주일씩 한적한 시골을 방문하여 의료 봉사활동을 했다. 나에게 모든 의료행위는 봉사활동과 같았다. 약을 달이는 기계와 포장하는 장치를 사서 주변 병자들에게 탕약을 지어 무료로 제공하기도 했다. 학생 시절에 의료 봉사를 많이 했던 것은, 다른 사람들에게 도움을 주기 위해서 뿐 아니라 졸업 후 실제로 병원을 열었을 때 환자들을 치료하기 위한 임상 경험을 충분히 쌓기 위한 것이었다.

상대가 면허를 받은 의사가 아니라 아직 학생인데도 믿고 자신들의 몸을 선뜻 맡기는 분들이 나는 고마웠다. 그래서 그들이 병이 나았을지라도 나는 치료비를 청구할 생각 같은 건 하지 않았으며, 내가 더 베풀 것이 있으면 무엇이든 나누어 주고 싶었다.

그것이 습관이 되어 처음 병원을 열고 환자들을 받기 시작했을 때도 마음이 마냥 편하지만은 않았다. 지금까지 돈을 받고 환자들을 치료해 준 적이 없었으므로, 문득 치료비가 얼마라고 이야기하는 것이 너무도 미안하였다. 치료비를 받는 것은 의사이기 전에 사업자로서 당연한 권리인데, 아니 정해진 진료비를 받지 않으면 '환자 유인 행위'로 법에 저촉되어 오히려 처벌을 받을 터인데, 나는 그 당연한 말을 하는 것이 힘들었다. 임상 경험이 적지 않게 쌓인 지금도 환자에게 돈 이야기를 하기가 어려운 걸 보면, 그것은 단지 무료 봉사활동을 많이 했기 때문이라기보다 나의 성격 때문이 아닌가 싶다.

젊었을 때, 첫 아이가 잔병치레를 해서 병원을 많이 다녔었다. 돌도 안 되어 아직 말도 못하는 아이가 갑자기 아플 때처럼 속이 타는 일은 없을 것이다. 어떤 의사들은 되도록 적은 비용으로 좋은 결과를 얻을 수 있도록 환자의 처지에서 상담해 주었지만, 환자의 입장은 나몰라라 하고 비싼 치료만 권하는 의사도 많았다. 병을 치료하는 데 반드시 해야 하는 것도 아닌데 고가의 검사를 하도록 권하고 복잡한 과정으로 안내하여 치료하는 병원들을 경험하면서 '나는 앞으로 환자에게 과도한 부담을 안기는 치료법은 절대로 권하지 않아야겠다'고 다짐했었다.

한의원에서 판매하는 약 중에 소위 '보험약'이라고 불리는 것들이 있다. 수많은 한약 중에서 효과가 입증되고 치료약으로 활용할 수 있는 것들을 정부에서 정하면, 큰 제약회사에서 분말이나 액상으로 제조하여 쉽게 복용할 수 있도록 만든 약이다. 보통 한의원에서 달이는 탕약은 가격이 만만치 않다. 15~20일 정도 복용할 수 있는 소위 한 제劑의 가격이 20만 원을 넘으니, 하루에 먹는 분량의 가격으로 따지면 만 원이 넘는 셈이다.

그런데 '보험약'은 말 그대로 '의료보험'이 적용되기 때문에 하루 복용에 드는 가격이 천 원 내지 삼천 원 정도밖에 되지 않는다. 물론 보험약이 마냥 좋은 것만은 아니다. 먹기 쉬운 형태로 만들기 위해 부형제賦形劑가 첨가되고, 탕약으로 먹는 것에 비해 약효도 강하지 않다. 무엇보다 한의원을 운영하는 의사의 입장에서는 보험약을 처방했을 때 얻을 수 있는 수익이 거의 없다. 그래서 일반 한의원에서는 탕약을 더 권하기 마련이다.

나는 탕약을 권하기 전에 보험약을 먼저 써보라고 권한다. 보험이 적용되는 값싼 약을 쓰더라도 효과가 난다면 굳이 비싼 약을 쓸 필요가 없기 때문이다. 하지만 이런 내 자세가 스스로 합리적이라고 내세우고 싶을지라도 모든 사람에게 박수를 받는 것은 아니다. 효과가 약한 약을 싸게 파는 것보다 차라리 효과 좋은 약을 비싸게 파는 것이 낫다는 말, 그런 생각은 '가난한 사람의 마인드'라는 것, 수익이 많이 나지 않으면 의료 서비스의 질도 자연히 낮아질 수밖에 없다는 등의 의견도 충분히 일리가 있기 때문이다.

그리고 무엇보다도 그렇게 했을 때 환자들이 의사의 진정을 전혀 알아주지 않는다는 조언도 많이 듣는다. 하지만 제도적으로 '보험약'이 존재하는 이상 환자에게 알리고 사용 여부는 환자와 함께 의논해야 하는 것이 아니겠는가? 더구나 상황이 열악하고 가난한 사람들이 많은 시골에서는 이를 더욱 일반화해야 할 것 같다. 누가 알아주고 알아주지 않고는 그 다음 문제일 것이다.

내 지갑에는 항상 헌 돈이 있다. 천 원짜리는 천 원짜리끼리, 오천 원짜리는 오천 원짜리끼리, 만 원짜리는 만 원짜리끼리 모아서 지갑에 넣어 두되 헌 돈은 한쪽으로, 비교적 성한 지폐는 반대편으로 넣어서 정리해 놓는다. 하루 진료가 끝나면 거스름돈이 담긴 금고에서 헌 돈을 골라 내 지갑에 있는 성한 지폐와 교환한다. 그 헌 돈을 내 지갑으로 옮겨 담으며 그 지폐에 묻은 땀과 먼지에 감사한다.

그리고 그 돈을 버느라 고생한 사람들을 위로하는 심정으로 내 지갑에 있는 깨끗한 돈을 금고에 넣어 놓는다. 금고라고 해봐야 거스름돈을 주기 위한 잔돈을 넣는 용도라서 전부 합쳐도 10만 원도 채 되지 않는 작은 통이지만, 심신이 지친 사람들을 위해 준비한 깨끗한 잔돈, 내 작은 배려와 사랑을 거기 담는다.

내 지갑의 지폐도 오늘은 거의 다 헌것이 되었다. 새 지폐를 준비해야겠다.

신의神醫를 꿈꾸며

한의학의 진단 방법인 4진이란 소위 망진望診-문진聞診-문진問診-절진切診을 이른다. 망진望診은 환자의 생김새, 체형, 얼굴색과 표정, 자세 등을 관찰하여 병을 알아내는 진단 방법이고, 문진聞診은 목소리, 숨소리, 몸의 각 부분을 두드렸을 때 나는 소리를 듣거나 몸에서 나는 냄새를 맡아 진단하는 방법이며, 문진問診은 환자에게 여러 가지 질문을 던져 병의 원인을 알아내는 방법이고, 절진切診은 맥을 짚거나 몸의 여러 부위를 눌러보는 등의 수단을 이용하는 것이다.

원래 이 4진은 한의학에만 국한된 진단법이 아니었다. 요즘에는 누구나 한 번쯤 찍어 보았을 초음파 진단기나 CT, MRI 같은 기계도 우리나라에서 일반인들에게 널리 쓰이게 된 것이 불과 20~30년밖에 되지 않기 때문에, 그 이전에는 양의사든 한의사든 모두 4진법으로 환자를 진찰하였다.

의료기술이 발달하고 특히 진단기기의 혁신적인 발전이 이루어지면서 보다 정확한 검사와 진단을 할 수 있게 되었음은 물론이다. 하지만 진단기기에 너무 의지하게 된 나머지, 손으로 환자를 만져보고 진단하는 능력과 경험에 있어서 현대 의사들이 옛날 의사들보다 부족한 것은 사실이다. 기계가 없어도 오감을 활용하여 환자의 상태를 정확히 파악하는 능력을 키우는 것이 중요하다는 것은 아무리 강조해도 지나치지 않을 것이다. 의사는 기계의 도움 없이도 환자를 진찰할 수 있는 능력을 당연히 가지고 있어야 하기 때문이다.

그런데 이 망문문절望聞問切법은 책을 아무리 많이 읽고 고민하며 연구한다고 해도 익힐 수 있는 것이 아니다. 실제로 환자들을 많이 대하고 관찰하며 맨손과 오감으로 느끼는 수련을 많이 해야 비로소 자기의 것이 될 수 있다.

지금은 나도 임상 경험이 쌓이고 환자들을 많이 대하다 보니 노하우가 생겨 굳이 오랜 시간 이야기하거나 묻지 않아도, 얼굴과 체형만 보고도 상대의 상태를 대강 알 수 있다. 다만 성의 없이 진료하는 것처럼 보이지 않으려고 공연히 몇 가지 질문을 더 던지기도 한다.

그런데 개원한 지 얼마 되지 않았을 때는 환자를 진료할 때마다 마치 시험 문제를 푸는 것 같아 긴장하곤 했다. 한의대를 졸업한 지 얼마 되지도 않은 풋내기 적 한의사는 환자의 상태에 대해 얻을 수 있는 모든 정보를 얻어내기 위해 머리끝에서부터 발끝까지의 증상을 꼬치꼬치 묻고 또 캐물었다. 어떤 사람은 자세히 진료하는 것에 대해 고마워하기도 했지만, 때로는 별걸 다 물어본다며 짜증을 내는 사람도 있었다.

그나마 평소에 자기 몸을 잘 관찰하는 사람은 의사에게 정확한 정보를 전달해 주어 진단을 쉽게 하도록 도와주지만, 자신의 상태를 잘 모르거나 설명을 잘 못하는 사람들이 의외로 많다. 그럴 때는 스무고개를 넘듯 질문을 계속 던져 바른 진단을 내리도록 애를 쓴다.

또 어떤 경우는 동행한 가족이나 지인의 눈치를 보느라 자신의 상황에 대해 잘 설명하지 못하고 대충 얼버무리는 때도 있다. 그럴 경우는 환자가 솔직하게 이야기할 수 있도록 다른 사람을 물리치고 단둘이 대화해야 한다. 환자의 불편한 마음을 알아챌 수 있을 만큼 의사는 눈치가 빨라야 한다.

몇 년 전 일이다. 토요일이었을 것이다. 진료실로 일가족이 함께 들어왔다. 성큼성큼 큰 걸음으로 앞장선 남자의 뒤로 조심스레 여자와 아들이 뒤따랐다.

"가족들 보약 좀 한 제씩 해 주려고요."

걸음걸이만큼 음성도 시원시원하고 자신감도 묻어 있었다. 아마도 사랑하는 가족들에게 값비싼 보약을 선뜻 해 줄 수 있는 능력 있는 가장의 모습에 스스로 만족해하고 있는 것 같았다.

아내 먼저 진료를 시작했다. 그녀의 목소리는 겨우 알아들을 수 있을 만큼 작은 편이었다. 어디가 불편한지 묻는 물음에도 그저 괜찮다는 대답만 되풀이했다. 진맥할 때 심화맥心火脈이 손끝으로 느껴지기에 스트레스를 받는 일이 있느냐고 물어도 그저 없다고만 했다. 분명히 신경 쓰이는 일이나 걱정거리가 있을 텐데 하나도 없냐고 물어도 그냥 없다고 했다. 남자는 성격이 급해 보였다. 질문이 길어지자 옆에서 끼어들며 한마디 덧붙였다.

"딱히 불편한 건 없으니까 몸에 좋은 보약이나 한 제 해 주십시오."

다음은 아들 차례였다. 십 대 중반의 아들도 엄마와 비슷한 경향을 보였다. 아픈 데도 없고 불편한 데도 없다고 했다. 엄마와 비슷하게 화맥이 뛰는데도 스트레스가 없다고 하다니…. 이럴 때 굳이 끝까지 캐물어 환자의 상황을 정확히 파악하려고 하지 않는 것이 좋다. 계속 캐물어 봤자 두 사람은 괜찮다고 대답할 것이고, 남자는 대충 빨리 진료를 마무리하라는 무언의 압력을 표현하다가 끝내 짜증을 낼 것이기 때문이다. 마치 화장실에 가서 일을 보고 깨끗하게 닦지도 못하고 나오는 사람처럼 찜찜한 기분으로 진료를 마쳤다. 개개인에게 좋은 약을 맞춤형으로 짓기가 어려워 하는 수 없이 일반적인 보약을 지어 주어야겠다고 생각하면서 말이다.

그러나 이내 반전이 일어났다. 남편 뒤를 따라 진료실을 나서던 여자가 다시 혼자 들어왔다. 진료를 받을 의지가 없는 사람처럼 그저 괜찮다는 대답만 하던 그녀가 다시 들어오는 것이 의아스러웠다. 그 다음 순간 내뱉은 그녀의 한마디에 나는 몇 초 동안 아무 말도 할 수 없었다.

"선생님, 제가 맞고 살아요. 심지어 아이가 보는 앞에서두요."

그 한마디가 모든 것을 설명하고 있었다. 지나치게 자신 있고 성격이 급해 보였던 남자의 모습, 조심스러운 여자와 아들의 행동, 아무 데도 아픈 데가 없으며 특히 스트레스가 없다고 우기듯 되풀이하던 두 사람…. 내가 스트레스 받는 일이 정말 없냐고 되풀이해서 물었을 때 그녀는 얼마나 자신의 상황을 항변하며 크게 외치고 싶었을까? 그 답답함을 견디기 힘들었던지 그녀는 짧은 시간 동안 나지막한 소리로 자신의 상황에 대해 서둘러 설명하고는 다시 방을 나섰다.

그들이 나가고 난 후 가슴이 답답하고 화가 나서 한숨을 내쉬어야 했다.

'저런 나쁜 사람 같으니라고. 때리고서 미안하니까 보약 지어준다고 하는 건가? 차라리 때리지를 말지.'

그날 온종일 그들의 표정과 말투가 계속 머릿속에서 맴돌았다. 그리고 내가 왜 한 명씩 불러 일대일로 진료하지 않았던가 자책하기도 하였다.

약을 지어 보내면서 환자에게 위로가 될 만한 편지글을 써서 동봉할 뿐 아니라, 남자에게 보내는 편지도 따로 써서 보냈다.

"가족들에게서 화맥火脈이 동일하게 나타나는 걸 보니 스트레스에 민감한 체질 같습니다. 가족들과 대화를 많이 해 주시고 힘들 때 위로가 되고 의지할 수 있는 든든한 아빠와 남편이 되시기를 기도하겠습니다."

편지에 나무라는 말이라도 몇 마디 쓰고 싶었지만 가족들에게 불똥이 튈까 우려되어 차마 그러지는 못하고 최대한 부드러운 어투로 호소하였다. 그 일을 겪은 후에는 한 가족이 함께 내원하더라도 일대일로 면담하는 시간을 가지려고 노력한다.

선생님이 많은 학생을 오래 대하다 보면 거의 점쟁이 수준이 된다는 말을 들었다. 평생 고등학교, 대학교에서 학생들을 가르치셨던 우리 부모님도 그러셨다. 내 졸업앨범에 있는 친구들의 사진만 보고도 그들의 성격을 그대로 맞히셔서 놀랐던 기억도 있다. 모든 선생님이 그러지는 않을 거다. 아마 학생들에 대한 애정이 그만큼 많으므로 그들을 관찰하게 될 것이고, 작은 일에까지 일일이 관심을 가져야 그 수준에까지 이를 수 있겠지.

예전보다는 환자를 보는 안목이 생겼다고 했지만 나는 아직도 멀었다. 굳이 다 말하지 않아도 환자들의 몸뿐 아니라 마음까지 이해하며 치료해 줄 수 있는 그런 의사가 되고 싶다. 예로부터 그런 의사를 신의神醫라 하였다. 나는 아직 신의는커녕 그 반에나 다다를 수 있을까 싶지만, 마음으로 추구하는 꿈은 신의가 되는 것이다. 그렇게 되려면 환자에 대한 깊은 이해와 애정을 가지고, 어느 작은 면모도 무성의하게 지나치지 않는 의사가 되어야 할 것이다.

예리한 안목과 따뜻한 가슴으로 환자를 대해야 한다는 것은 의사로서 필수 요건이다. 날마다 내 모습을 반성하면서, 한 사람의 환자가 아닌 한 인간의 귀한 영혼을 대하는 마음으로 경건하게 진료실로 향한다.

제3부

먼길을 돌아왔다

박사 과정까지 마친 후, 다시 한의과대학에 입학하겠다고 했을 때 주변의 반응은 다양했다. 하고 싶은 일을 해야 한다면서 잘했다는 사람도 있고 응원하는 사람도 있었지만, 부모님의 실망과 놀라움은 컸다. 당연한 일일 것이다. 진실하게 내 편에 서서 용기를 준 것은 아내였다. 그의 마음은 수학 기간 6년 동안 변함이 없었다.

이렇게 좋은 날에

H할머니는 우리 병원에 자주 오시는 분이다. 예순이 좀 넘으셨는데 어디가 편치 않으신지 여쭤 보면 "안 아픈 데가 없이 온몸이 다 아프다"고 한다. 겉으로 보기에도 같은 연배의 노인들보다 훨씬 더 노쇠해 보인다.

얼마 전 할머니들끼리 대화를 나누는 걸 지나다가 얼핏 들으니, 예전에 산속에서 가족도 없이 혼자 살았다고 했다. 어른들 대화에 불쑥 끼어들 수도 없어서, 왜 가족이 없는지, 또 왜 산속에서 혼자 사셨는지는 묻지 못했다. 단지 조금씩 들리는 이야기들을 퍼즐 맞추듯 종합해 보면, 오래전 상당한 스트레스로 고생을 많이 했고, 거의 죽을 지경에 이르렀다가 다행히 용한 한의사를 만나서 침을 맞고 호전되었다는 사연 정도만 알 수 있었다.

그 한의사는 이미 세상을 떠났지만 당시에 효험을 극적으로 경험했기 때문인지 H할머니의 한의학에 대한 신뢰는 남다르다.

기관지 천식을 심하게 앓아 숨을 쉴 때마다 가슴에서 쌕~ 쌕~ 소리가 나고, 가까운 거리도 빨리 걷지 못하고 힘들어한다. 그래도 치료를 받으면 조금씩 편해진다면서 매일 오다시피 한다. 그런 할머니에게 관심을 더 가지게 된 것은 단순한 측은지심이 아니다. 그것을 넘어선 다른 이유가 있다.

한번은 치료실에서 고향 이야기를 나누게 되었다.

"어머님은 고향이 어디세요?"

"응~ 내 고향은 저어기 서해안에 있는 구시포라는 곳이어요."

구시포? 전에 몇 번 들었던 곳이다. 구시포라면 전라북도 고창에서 별로 멀지 않는 곳일 것이다. 부모님이 광주에서 근무하실 때 두 분이 함께 구시포에 다녀오셨다는 말을 들은 적이 있다. 고창 서정주 시인 기념관에 들러서 구시포에서 점심을 드셨는데 해산물이 아주 싱싱하고 푸짐하더라고 했다. 해안이 아직 개발되지 않아 오히려 더 마음에 든다고, 여름에 애들 데리고 가면 좋겠다고, 다른 곳처럼 위험하지도 않고 사람이 많지 않아 깨끗하고 조용하다고…. 그리고 "우리 언제 시간 나면 거기에 함께 가자"고 덧붙이셨다. 그러나 애들이 다 자란 지금까지 아직 가지 못하고 숙제로 남아 있는 곳이다.

"고향에 못 가 본 지 30년도 넘었지요. 아유~ 요새처럼 날이 좋을 때면 누가 날 차에 태워 고향에 데리고 가 줬으면 좋겠어요."

나는 그 순간 깜짝 놀라 잠시 얼어붙은 듯 서 있었다.

H할머니의 "요새처럼 날이 좋을 때면 누가 나를 차에 태워서…" 그 말은 바로 외할머니가 자주 하시던 말씀이기 때문이다. 외할머니는 엄격하고도 자애롭게 우리 남매를 키우고 보살펴 주셨다. 원래 조용하고 허약하신 할머니는 식사도 아주 조금씩 하셨다. 그래도 천성적으로 꽃을 무척 사랑하시어 할머니가 가꾼 정원은 우리 추억 속에 아직도 화려하고 무성해 있다. 할머니의 정성으로 여러 꽃나무며 과실수가 잘 자라던 집에서 할머니는 흐드러지게 핀 정원의 꽃들을 마주 보며 자주 대화를 하시곤 했다.

어느 봄날이었다. 그날도 할머니는 나지막하게 혼자 말씀처럼, "날씨도 좋구나. 이렇게 좋은 날, 누가 나를 좋은 차에 태워서 여기저기 산천 구경이나 시켜 줬으면 참 좋겠다" 하셨다.

나는 그때 초등학교 4학년이었던가, 5학년이었던가? 어린아이였지만 할머니의 그 말씀이 가슴 시리게 박히는 것 같았다. 그리고 속으로 생각하였다.

'내가 빨리 커서 돈을 벌면, 좋은 차에 할머니를 모시고 좋은 곳들을 구경시켜 드려야지.'

빨리 크는 일은 저절로 되어 어렵지 않았지만, 돈을 벌어 좋은 차를 사는 것은 쉬운 일이 아니었다. 박사 과정을 마치고 다시 수능을 치러 한의대에 입학한 나는 마흔이 되어서야 개업을 했으니 늦을 수밖에 없었다. 나만 나이들고 자란 것이 아니었다. 할머니도 나이가 들어 이미 구순이 넘으셨으니 나는 마음이 급했다.

그해에 이래저래 여윳돈이 생기게 되었다. 내가 타고 다니는 차는 따로 있지만 새 차를 사서 할머니를 모시고 가까운 곳이라도 몇 번 구경시켜 드린 다음 차는 아버지께 드릴 계획으로 차종을 알아보았다. 아버지께 모처럼 좋은 차를 선물하고 싶었기 때문에 가격도 만만치 않았다. 평소 친분이 있는 자동차 딜러는 국산 중형차를 추천했다. 다른 사람이 주문했다가 취소한 거라 가격이 좋다고, 이런 차는 하루 이틀 사이에 금방 팔린다는 것이었다.

하지만 검은 색깔이 마음에 들지 않았다. 검은색 중형차는 보통 관공서 간부들이 타는 차 같은 경직된 느낌을 주기 때문에 관심을 갖지 않았다. 그런데 그 후 며칠 동안 다른 차종을 알아보면서도 이상하게 그 차가 잊히지 않고 자꾸 떠올랐다.

'좋은 조건이니까 벌써 다른 주인이 나타났겠지. 하지만 일주일이 지나도 팔리지 않으면 나를 기다린 것으로 생각하고 사야겠다.'

일주일이 지난 후 설마 하는 마음으로 전화를 했더니 이상하게도 아직 남아 있다는 것이었다. 자동차 판매원도 이렇게 좋은 조건의 차가 주인을 만나지 못하는 건 평소에 없던 일이라고 했다. 완전히 만족스럽지는 않지만 나는 그 차를 사기로 계약했다. 그리고 며칠 뒤 차가 도착했다는 말을 듣고 서둘러 약속 장소로 나갔다. 새 차를 처음 넘겨받고 인수 절차를 거치는 동안 내 마음은 주말에 할머니께 달려가고 싶은 생각으로 가득했다.

그런데 그때 전화벨이 울렸다. 오랜만에 이모한테서 온 전화 내용은 청천벽력과 같았다. 외할머니께서 오늘 아침에 돌아가셨다는 믿기 힘든, 믿고 싶지도 않은 말이었다. 전화를 끊고 한참 동안 정신이 멍하였다. 이제야 할머니께, 오래전의 내 약속–비록 나 혼자만의 약속이지만–을 지키려고 했는데, 산천경개 좋은 곳에 모시고 다니면서 좋아하시는 아름다운 꽃들을 실컷 구경하시게 할 수 있었는데, 하필 차를 인수하는 날 할머니는 돌아가셨다. 너무도 섭섭하고 슬프고 허망했다.

장례식장에서 어른들은 나를 위로하였다. 어차피 노쇠하셔서 근래에는 사람도 잘 알아보지 못하셨으니 여행은 힘들었을 거라고, 네 마음을 할머니께서 알아주실 거라고. 3일장이 끝나고 발인하는 날이 되었다. 장지로 이동할 준비를 하고 있는데 외삼촌께서 나를 부르시더니 말씀하셨다.

"환아, 내가 보니 네 차가 크기도 적당하고, 아직 임시번호판을 달고 있는 새 차인데다 검은색이어서 할머니 영정을 모시기에 적격인 것 같다. 네가 제일 앞에서 할머니 영정을 조수석에 모시고 조심해서 가도록 해라."

그 말을 듣는 순간 나는 아무 말도 할 수가 없었다. 그저 무엇인가에 압도된 듯 고개를 끄덕이는 것 외에는. 한여름 8월인데도 날씨는 할머니의 성품처럼 전혀 덥지도 않고 화창하기만 했다. 나는 흠 하나 없는 새 차에 할머니를 모시고 천천히 산천

경개 나들이라도 가듯 장지로 향했다. "나 죽은 다음에는 꽃나무 아래 수목장을 해 다오." 늘 말씀하시던 대로 할머니는 평소에 당신이 물을 주고 거름을 뿌리셨던 것처럼 그렇게 좋아하시던 진분홍색 배롱꽃나무 아래 조용히 잠들어 누우셨다.

내가 조금 더 일찍 자리를 잡았다면 할머니가 살아 계실 때 소원을 들어 드릴 수 있었을 거라는 아쉬움이 아직도 마음속 깊이 남아 있다. 외할머니가 하셨던 말씀과 너무도 비슷한 H할머니의 한숨 섞인 탄식이 내 마음에 아프게 울려 온 것은 그 때문이었다.

장담할 수는 없지만 어느 휴일을 하루 잡아야 할 것 같다. "우리 언제 시간 나면 거기에 함께 가자" 하시던 어머니의 오래전 제안도 지킬 겸, 우리 가족 나들이에 H할머니도 함께 모시고 구시포에 한 번 다녀오면 어떨까? 여러 명이 함께 탈 수 있는 내 차가 제구실을 넉넉하게 할 수 있을 것이다. 그렇게 하지 않으면 H할머니가 더 나이들어서 떠난 다음에 또 다른 후회가 생기게 될지도 모른다. 그분에게 그렇게 하는 것은, 우리 외할머니를 생각할 때마다 나를 스스로 나무라곤 하는 마음속 빚을 갚는 길이 될는지도 모르겠다.

모세 엄마

병원 대기실은 보통 조용하다. 치료를 기다리는 환자들이나 이미 치료를 마친 분들이 소파에 앉아 조용히 TV를 시청하기 때문에 딱히 다른 소음이 생길 이유가 없다.

시골로 병원을 이전한 이후에는 그런 일이 거의 발생하지 않았지만, 대도시에 있을 때는 생각지도 않은 일들도 있었다. 학교에서 공부만 할 때는 몰랐는데, 병원을 열어 환자들을 보기 시작하면서 세상에는 별별 사람이 다 있다는 것을 체험하게 되었다.

환자와 환자 사이 또는 환자와 간호사 사이에 언성이 높아지기도 한다. 어떤 환자는 다른 사람의 물건에 손을 대기도 하고, 치료 과정이나 서비스에 불만이 있는 환자 혹은 그 보호자가 다른 사람들에게 들리도록 일부러 큰 소리로 항의하는 경우도 있다. 허약하거나 특수한 증세를 가진 환자가 의사의 지시를 따르지 않고 무리하게 몸을 움직이다가 실신한 일도 있었다.

병원에서 일어나는 모든 일에 최종적인 책임을 져야 하는 원장은 대기실에서 들리는 작은 소음에도 귀를 기울여 무슨 일인지 빨리 파악해야 한다. 이상한 일들이 자주 발생하는 것은 아니지만 만일의 경우에 대응하기 위해 모든 신경과 정신을 집중해야 한다.

나도 그런 일을 처음 겪었을 때 적지않이 당황하였다. 겉으로는 애써 태연한 척, 아무렇지도 않은 듯 상황을 제어했지만, 머릿속으로는 최악의 경우를 상상하기도 했다. 간단한 문제라면 그 자리에서 해결할 수 있으나, 때로는 일이 완전히 해결되기까지 몇 주가 걸리기도 한다. 그런 힘든 일을 겪은 후엔 온몸에 진이 다 빠져나간 듯해 움직이기도 싫다.

목소리 큰 동네 아주머니, 아저씨들이 실없는 농담을 간호사들과 주고받으며 깔깔거리는 소리가 들릴 때도 나는 깜짝 놀라 긴장하기도 한다. “자라 보고 놀란 가슴 솥뚜껑 보고도 놀란다”고 했던가. 그런 웃음소리에도 긴장하는 내 모습이 한편 우습기도 하고 한편 짠하기도 하다.

어느 하루는 대기실에서 평소에 듣지 못한 소리가 들려왔다. 일상적인 대화가 아닌 것이 분명한데 남자 목소리가 크게 들리는 것이었다. 순간 긴장하여 귀를 기울였다. 목소리가 크게 들리기는 했지만 무슨 말인지 알아듣기 어려웠다.

얼른 나가 보니 대기실에 20대 후반으로 보이는 남자가 소파에 앉아 간호사와 대화를 나누고 있었다. 한눈에 보기에도 발달 장애를 가진 청년인 것 같았다. 간호사와는 예전부터 알고 지내는 사이였는지 허물없이 웃으며 말을 주고받았다. 다만 말을 한 번에 알아듣기가 어려워 여러 번 되묻거나 목소리를 높여서 이야기를 해야 하는 상황이었다. 그렇게 목소리를 높이는 과정이 내 귀에는 심상치 않게 들렸던 것이다.

그의 이름은 모세라 했다. 그의 어머니가 병원에 오면서 아들을 데리고 온 모양이었다. 모세. 물에서 건져 냈다는 뜻의 이름이다. 이집트 통치하에서 식민생활을 하던 이스라엘 백성을 그 압제에서 구해 낸 지도자 모세. 말할 때 발음조차 알아듣기 어려운 발달 장애 청년에게 모세라는 이름은 어울려 보이지 않았다. 하지만 그의 성장 배경을 듣고서야 그 이름을 붙인 것을 이해할 수 있었다.

그의 어머니는 신실한 기독교인이었다. 자식들이 다 성장하여 더는 보살핌이 필요하지 않게 되었을 때, 다른 사람에게 사랑을 나누어 주는 삶을 살고 싶어 그녀가 선택한 것은 부모가 버린 아기를 입양하는 것이었다. 생활이 넉넉한 것도 아니고, 오히려 기초 생활 수급자로 어렵게 살고 있으면서 그녀는 자신이 가진 것을 나누어 주고 싶어했던 것이다.

이스라엘의 인구가 증가하는 것을 억제하려고 이집트의 파라오가 내린 명령은 "남자아이를 낳으면 죽이고 여자아이는 살려

두어도 된다"는 것이었다. 사람들의 눈을 피해 석 달 동안 아이를 키웠지만 결국 발각될 것이 두려워 모세의 어머니는 방수 처리한 갈대 상자에 아기를 눕혀 강물에 띄워 보낸다. 나일강의 거친 물결에 상자가 뒤집힐 수도 있고 악어에게 잡아먹힐 수도 있었지만, 그 상자는 목욕하러 나온 파라오의 딸에게 운명적으로 발견되어 그녀의 아들로 자라게 된다.

대기실에서 혼자 TV를 보며 알아듣기 어려운 말을 중얼거리는 모세를 두고 그의 어머니 '모세 엄마'를 만났다. 백발이 성성한 70대인 그녀는 아픈 곳이 많다고 했다. 아픈 곳이 많다고 호소하는 환자들의 목소리에는 보통 짜증이 섞여 있는데, 그녀의 얼굴엔 오히려 인자한 미소가 있었고 목소리에는 따뜻함이 넘쳤다. 부모에게 버림받아 그대로 놓아두면 홀로 살기 어려운 모세를 사랑의 손길로 보살피고 있는 그녀가 위대하게 보였다. 나일강의 험한 물결에서 모세를 건져 내어 왕자로 키운 파라오의 딸처럼, 그녀도 그를 거두어 키우면서 세상 풍파로부터 친부모처럼 보호해 주리라 다짐했을 것이다.

얼마 전 뉴스에서 기가 막힌 사고 소식을 접했다. 어느 정신병 환자가 고속도로를 역주행하다가 멀쩡한 한 여성을 사망하게 했다는 것이다. 교통법규도 잘 지키며 출근하다가 한순간 날벼락을 맞은 그녀는 결혼을 2주 정도 남겨 둔 20대 예비 신부였다.

시간이 지나면서 그녀에 대한 기막힌 뉴스들이 알려졌다.

그녀의 친모는 아이가 한 살 때 가출하여 새살림을 차렸고, 아버지는 다섯 살 때 돌아가셨다고 한다. 고모 부부가 그녀를 친자식처럼 키웠지만 친모는 단 한 번도 소식이 없었다는데, 이번 사고로 그녀가 사망하자 장례식장에도 오지 않던 친모가 보험회사와 회사를 찾아가 염치도 좋게 사망보험금과 퇴직금에 대한 권리를 주장했다는 것이다. 현행법상으로는 친권이 박탈되지 않은 이상 친권을 행사할 수 있다니 큰 문제다.

인간은 돈을 위해서 얼마나 추악해질 수 있는지, 그 바닥을 보는 것 같았다. 몰염치한 친모를 욕하면서 한편으로는 모세 엄마가 생각났다. 그 두 사람이 너무나도 극명하게 비교되었다. 아무나 모세 엄마가 될 수는 없다. 하지만 모세 엄마 같은 사람들이 우리 사회에서 인정받고 더 많은 혜택을 누릴 수 있어야 하지 않을까? 한 사람의 범인凡人으로서 혼자 지면에서 아무리 떠들어 봐야 해결되지 않을 문제를 가슴 아파하는 오늘은 참 우울하다.

모세 엄마는 모세에 대하여 부정적이고 비관적인 생각을 하지 않고 있는 것 같다. 남 앞에서 부끄러워하지도 않았으며 지극히 정상적인 자식, 독립된 인격체를 대하듯이 한다. 그러므로 다른 사람들도 모세를 함부로 대하지 않고, 이해와 아량이 넘치는 시선을 보낸다.

하지만 정작 그녀는 때때로 자기가 모세에게 짜증을 낼 때가 있다며 자책한다. 우리 사회가 아직 살 만하고 그 속에서 온기를 느낄 수 있는 것도 모세 엄마와 같은 사람들이 적지 않기 때문일 것이다. 나도 작으나마 나누어 줄 따뜻한 손을 내 도움이 필요한 사람들에게 더해 주고 싶다.

최고의 명약

나에게 최고의 명약을 들라면 망설이지 않고 심약心藥이라고 말하겠다. '심약'이라는 단어는 사전에 없는 말이지만 현실적으로는 분명히 존재한다. 어떤 명약도 마음의 상태가 부정적이거나 회의적이면 효과를 충분히 발휘할 수 없을 것이기 때문이다.

그러나 심약은 잠시 제쳐두고 최고의 명약으로 치는 것에 공진단이라는 것이 있다. 공진단은 옛날부터 황제에게 진상했다는 귀한 약이다. 녹용, 산수유, 당귀, 사향이 주재료이며, 주재료를 도와주는 보조 재료를 더 넣기도 한다. 공진단은 효과가 탁월하여 체력이 바닥나거나 정신적으로 스트레스를 많이 받는 사람들에게 금방 효과를 보여 주는 좋은 약이다.

그런데 사향 가격이 너무 비싸서 시중 한의원에서 판매하는 공진단 한 알 가격이 5만~10만 원 정도나 된다. 공진단을 전문으로 만드는 한의원의 경우, 판매하는 기본 단위 수량은 100알이라고 한다. 그렇다면 기본적으로 500만 원에서 1천만 원을 들여야 구매할 수 있다는 말이니, 보통 사람들은 엄두도 낼 수 없을 것이다.

그만큼 값비싸고 귀한 약이라서, 정치계 거물들에게 잘 보이려는 정치 초년생들이 뇌물성 선물로 공진단을 많이 선택한다는 말을 들었다. 그래서 한때 공진단을 일컬어 '삼김三金의 약'이라 불렀다는 말도 있다. 이익에만 눈이 멀어 양심을 외면한 사람들은 대체代替사향을 넣고도 진眞사향을 넣었다고 속여서 비싸게 팔기도 한다. 다른 약도 마찬가지지만 공진단을 구할 때는 반드시 믿을 만한 한의사를 찾아가야 한다. 그렇게 비싸고 구하기 쉽지 않은 약이지만, 만일 누군가가 나에게 단 한 가지 약을 추천해 달라고 한다면 나는 망설이지 않고 공진단을 꼽을 것이다. 내가 그 약효를 너무도 드라마틱하게 경험했기 때문이다.

KAIST 석·박사 과정, 내 주위엔 이성과 합리를 중요한 가치로 여기면서 서양 과학을 연구하는 친구들이 진을 치고 있었다. 과학과 공학 각 분야에서 최고를 자부하는 교수들과 학생들이 항상 예리한 지성을 유지하려 애쓰고 있었으며, 실생활에서도 '왜?'라는 질문이 일상적으로 제기되었다. 또 문제를 해결함에 있어서 변죽을 울리지 않고 직접 정곡을 파고들며, 바늘로 찔러도 피 한 방울 나올 것 같지 않은 냉철한 판단력으로 문제를 해결하는 천재들을 보는 것도 어렵지 않았다.

그런 분위기의 압박 때문이었을까, 언제부터인지 원인을 알 수 없는 두통이 가끔 찾아왔다. 아마도 석사 과정 때였을 것이다. 처음에는 잠깐 약하게 느껴지던 것이 시간이 지날수록 나를 점점 더 괴롭혔다. 박사 과정 때는 더 심해져서 일단 두통이 시작되면 빨리 잠자리에 드는 것이 상책이었다. 대부분 푹 자고 일어나면 나아졌지만 때로는 아침까지 고통이 지속되기도 했다.

대학병원에 가서 MRI를 찍었지만 별다른 이상이 없다고 했다. 뇌혈관만 확인하는 MRA 영상을 찍어 보아도 별다른 이상이 나타나지 않았다. 분명히 이상이 있을 텐데 그럴 리가 없다고 자꾸 되묻는 나에게, "이상이 없다고 하면 다행이라고 생각해야지 왜 자꾸 묻느냐?"는 의사의 대답이 돌아왔다. 대학병원에서도 결국 속시원한 원인이나 치료법을 들을 수가 없었던 것이다. 그러나 "아무 이상이 없다"는 그 말은 "앞으로도 당신은 꼼짝없이 이 두통을 계속 견뎌야 한다"는 선고나 다름없었다.

처음엔 스트레스가 원인일 거라고 생각했지만, 내가 희망하던 대로 30대 중반 나이에 제2의 대학 시절을 만끽하던 때도 여전히 이유 없는 두통에 시달렸다. 수업 시간에 두통에 관련된 이야기가 나오면 "혹시 내 두통을 치료하는 방법에 대한 힌트를 얻을 수 있을까?" 하여 모든 신경을 집중해 들었다. 하지만 예과생으로서 한의학에 대한 지식도 없었던 터라, 강의를 들어도 알아듣지 못하거나 해답을 쉽게 얻을 수 없었다.

대학교에서 축제나 작은 행사라도 열리면 막걸리는 빠지지 않는 단골 메뉴였다. 주머니 사정이 넉넉지 않은 대학생들에게 두부 한 모와 잘 익은 김치에 막걸리 한 병 정도는 가성비價性比 높은 음식이며 주전부리이자 낭만이었다. 하지만 나는 막걸리를 입에 댈 수 없었다. 이상하게 막걸리는 한 잔만 마셔도 두통이 시작되었기 때문이다.

그러던 어느 날 동아리 선배들이 지리산 자락으로부터 도움을 요청하는 호출을 보냈다. 한의사로 활동하고 있는 선배들이 약을 만드는 데 포장할 인력이 필요하다는 것이었다. 경험이 일천한 후배로서 선배들의 호출은 정말 고마운 일이다. 도움에 대한 대가를 받지 못하고 오히려 내 비용이 들더라도 선배들과 함께 일하면서 많은 것을 배울 수 있었으니까.

그 동아리는 모든 한의과 대학에 회원이 있는 '전국 단위 동아리'였기에 전국에서 학생들이 모여들었다. 우리는 조금 늦게 도착했기 때문에 서둘러 일을 시작했다. 구슬만 한 크기의 정체 모를 단丹에 순금 박막薄膜을 입히는 작업이었다. 이쑤시개 두 개를 양손에 하나씩 잡고 동그란 약을 이리저리 굴려가며 금을 입히는 작업이 처음에는 어색하고 손에 익지 않았다. 아차 하는 순간 약은 탁자 위를 돌돌 굴러서 마룻바닥에 떨어지기도 하였다. 찌그러지고 뭉개진 그 약은 이미 상품성을 잃은 듯이 보였다.

버리기는 아깝고 다시 쓰기는 힘들 것 같아, 나는 그것을 툭툭

털어 내 입에 넣었다. 작업에 익숙해지기 전까지 그렇게 세 알을 '어쩔 수 없이 내 입에 버렸'더니 옆자리에 있던 선배가 내게 한마디 했다.

"그거 뭉개지더라도 먹지 말고 따로 모아 놓으세요. 비싼 약입니다."

머쓱해진 나는 더 집중하여 실수하지 않으려고 노력했다.

그날 밤 일을 모두 끝낸 후 선배들은 우리를 위해, 지리산에서 갓 잡은 암퇘지 수육에 두부김치와 막걸리 등 푸짐한 상을 내놓았다. 공기 좋은 지리산에서 먹는 신선한 돼지 수육은 그야말로 예술이었다. 아! 하지만 다른 술도 많은데 왜 하필이면 막걸리란 말인가! 내 두통의 주범인 막걸리를 피하고 사양하던 나도 분위기가 무르익어 가면서 한 모금씩 먹는 시늉을 했다. 한 모금이 한 잔이 되고, 한 잔이 두 잔으로 되면서, 나는 넘어서는 안 될 선을 넘고 있었다. 머리가 아플 것을 각오하면서 분위기에 취하고 사람에 취하여 내 손으로 지옥의 문을 두드린 것이다.

그런데 이상했다. 그날도, 다음 날도 두통이 없었다. 며칠 동안이나 관찰했지만 마찬가지였다. 신기해서 나는 따로 막걸리를 사다가 마셔 보기도 했다. 그러나 10년이 넘게 나를 괴롭히던 정체 모를 두통은 그날 이후 20년이 다 된 지금까지도 나를 떠나고 없다. 내가 뭔지도 모르고 주워 먹은 그 약이 바로 공진단이었다.

한의사로서 오랜 세월 사람들을 대하더라도, 고질적인 질병이 그렇게 극적으로 나아지는 경우는 흔하지 않다. 두통이 사라진 것을 알게 된 후 나는 날아갈 듯이 기뻤다. 다른 사람들이 병의 고통에서 해방되는 것을 지켜보는 기쁨도 큰데, 하물며 나 자신을 그토록 괴롭히던 두통에서 해방된 기쁨이랴! 한약의 놀라운 효능을 내 몸으로 직접 체험한 나는 한의학의 매력에 푹 빠졌다.

아무것도 모르던 풋내기 예과생 때의 그 경험을 계기로, 나는 본과생 때부터 약탕기를 구입하고 약재들을 사들였다. 주위 사람들이 몸의 이상이나 고통을 호소하면 내가 가진 얕은 지식이나마 다시 찾아 공부하고 교수님들에게 묻기도 하면서 연구하여 그 병증에 맞는 탕약을 찾아내려 애썼다. 그리고 탕약을 달여서 병자에게 무료로 제공하면서 임상 경험을 쌓기 시작했다. 졸업할 때쯤 다른 학생들과 비교할 수 없을 정도의 임상 경험과 지식을 쌓을 수 있었음은 물론이다.

나는 공진단이나 그보다 못한 환약을 빚을 때도 가능한 한 다른 사람의 손을 빌리고 싶지 않다. 청결도 문제지만 만드는 사람의 깊은 마음가짐과 성의도 알 수 없기 때문이다. 나는 약재를 집으로 가져와서 가족들이 모두 잠든 깊은 밤에 혼자 깨어 제사를 올리는 제주의 정성에 못지않은 경건함으로 약을 빚는다.

공진단은 그 자체로 명방名方일 뿐 아니라 우선 내 개인적으로 고마운 약이다. 우연한 기회에 나를 두통으로부터 해방시켜 주었을 뿐 아니라 학생 때의 초심을 잊지 않도록 도와주기 때문이다. 내 서랍에는 공진단을 담는 통이 들어 있다. 약이 들어 있지 않은 빈 통이지만 나도 모르게 교만으로 기울어진 듯하면 내 심약心藥인 그 통을 보며 다시 마음을 다잡는다.

언제나 배우고 베푸는 자세로 환자들 앞에 서려고 한다. 아마도 백발이 성성하고 허리가 굽은 할아버지가 되어도 내 마음의 서랍 안에는 공진단 빈 통이 들어 있을 것이다.

그것은 세상의 어떤 명약도 뛰어넘을 수 있는 명약, 심약일 것이다.

갑옷을 벗고

한때 '손님은 왕이다'라는 문구가 많은 식당의 벽을 장식했던 적이 있었다. 아마도 1980년대쯤이었을 것이다. 처음 그 문구를 보았을 때 놀랍고 충격적이었다. 당시는 서비스업에 종사하는 사람들은 있어도 '서비스 정신'이라든지 '고객 응대 매너'라는 용어 자체가 없었다. 식당에서 반찬을 더 달라고 하면 종업원의 떨떠름한 표정을 감내해야 했기에 리필해 달라고 요구하는 일이 요즘만큼 쉽지 않았던 기억이 난다.

버스를 탈 때도 돈을 제대로 넣는지 기사 아저씨는 으레 매 같은 눈으로 살폈고, "빨리 빨리", "오라잇~"을 외치는 안내양 누나에게 혼나지 않으려면 내려야 하는 정거장에 다다르기 전에 출구 앞에서 대기하고 있어야 했다.

동사무소에서 주민등록등본이라도 한 통 떼려면 가기 전부터 마음의 준비를 단단히 해야 했다. 동사무소 직원들은 무슨 언짢은 일이라도 있는 것처럼 하나같이 굳은 표정과 퉁명스러운 말투로 대했다. 민원인을 대할 때 얼버무리듯 부정확한 발음으로 말해서 한 번에 알아듣기 어려웠고, 되물으면 짜증 섞인 목소리로 나무라기 일쑤였다. 속으로는 기분이 나빴지만, 서류를 떼지 못하면 내 손해이기 때문에 아무 불평도 못하고 그 앞에서 억지웃음을 지으며 '선처'를 기다려야 했었다. 그래서 나는 동사무소를 비롯한 소위 관청에 가는 일이 싫었다. 요즘도 주민센터에 가면 나도 모르게 말투가 평소보다 훨씬 부드러워지는데, 아마도 어릴 적 기억이 나를 그렇게 조절하고 있는지도 모르겠다.

그러므로 그 시절 '손님은 왕이다'라는 말이 많은 사람들을 놀라게 한 것은 당연한 일이었을 것이다. 처음 그 문구를 내걸었던 식당은 TV에도 나와 큰 반향을 일으켰고, 자연스레 의도하지 않았던 홍보 효과를 누렸을 것이다. 식당뿐만 아니라 많은 서비스 업체에서 경쟁적으로 그 문구를 걸어 놓기 시작했다. 내 돈 내고 밥을 먹으면서 불친절한 종업원들의 '갑질'에 길들었던 사람들은 그럴 필요가 없다는 것을 뒤늦게 알게 되어 당당하게 자신의 권리를 주장하기 시작했다.

그런데 이제는 다른 문제가 생겼다. 종업원들의 갑질이 없어진 자리에 거꾸로 소비자들의 갑질이 시작된 것이다. 얼마 전 언론에서 시끌짝하게 떠들었던 사건이 있다. 한 동네 엄마들이 서로 정보를 공유하고 수다도 떠는 '인터넷 맘카페'의 갑질에 대한 뉴스였다. '인터넷 맘카페' 회원들이 식당에서 음식을 먹고 인터넷에 광고해 주겠다는 것을 미끼로 음식값을 내지 않았다는 것. 오히려 인터넷에 그 음식점 업주를 탓하는 글을 올려 해당 음식점 영업에 큰 손해를 끼쳤다는, '인터넷 맘카페'의 폐해를 고발하는 내용이었다.

내가 병원을 개원하기 전까지는 이런 소비자의 갑질에 대해 별 관심이 없었고, 그런 뉴스를 들어도 무감각했었다. 아니, 오히려 '서비스업을 하는 사람이라면 당연히 서비스 정신을 가지고 있어야지'라는 생각으로 소비자 편에 섰다고 하는 것이 더 맞는 말일 것이다. 그런데 병원을 개원하면서 내가 자영업체의 주인이라는 것, 잘못하면 나도 갑질에 노출될 수 있다는 것을 즉각적으로 느끼게 되었다. 특히 가진 것도 많고 지식도 풍부하여 다른 사람을 가르치기 좋아하는 사람들은 갑질에 아주 익숙하다.

"아유~ 이 병원은 화장실 휴지가 왜 이렇게 후져요? 좀 좋은 것으로 갖다 놓지."

수년 전 화장실에 점보롤 휴지를 비치한 것에 대해 불평하는 한 환자의 말이었다.

'아니, 치료비라고 해야 기껏 5천 원밖에 안 하는 병원에서 어떻게 해 주기를 바라는 겁니까? 여기는 고급 호텔이 아닙니다. 병을 치료하는 병원입니다. 화장용 크리넥스 티슈라도 갖다 놓기를 바라는 겁니까?'라고 말하고 싶은 마음이 굴뚝 같았지만,

그냥 속으로 삭였다. 그것이 '을'의 당연한 미덕이었다.

"이 병원은 점심시간이 왜 이렇게 길어? 밥을 빨리빨리 먹고 환자 받아야지! 배가 불렀나?"

점심시간은 오후 1시부터 2시까지지만 12시 45분에 온 환자를 살피다가 식사를 늦게 시작했는데, 겨우 밥을 다 먹을 때쯤인 1시 40분에 들어온 환자의 첫마디였다.

'아니, 당신은 점심시간에 상사가 불러서 일을 시키면 좋습니까? 자기가 당하기를 원하지 않는다면 다른 사람에게도 그런 걸 요구하면 안 되죠!!" 속으로는 부르짖지만, 역시 겉으로 표현하면 안 되는 일이었다. 점심시간에 오는 환자도 마다하지 않고 짬을 내어 치료해 주는 것에 대해 고마워하고 미안해하는 사람도 있으니 그것에 만족해야 할까? 식사 시간에 식사한다고 나무라는 사람들을 너무 의식하지 말아야 할까?

나는 그 뒤로 점심시간이 되면 아예 '점심 식사 시간입니다' 푯말을 붙여 놓는다. 그게 차라리 나와 우리 간호사들의 정신건강을 위해 좋은 선택이었다.

이런 일들은 생활환경이 더 윤택하고 자영업자들이 많은 대도시에서 더 흔한 일이다. 시골로 병원을 이전한 후, 여기서는 아직 그렇게 하는 사람을 보지 못했다. 겨우 일 년밖에 안 되어 그런지는 몰라도 이곳 사람들은 순박하고 불평이 많지 않다. 점심시간이 되려면 아직 한 시간이나 남았는데도 점심시간에 와서 죄송하다며 들어가도 되는지를 물을 때면 내가 미안해져서 손수 모셔 들이게 된다. 대도시에서 까다로운 환자들을 보던 나에게 시골 사람들의 무던함이 얼마나 고마운지 모른다. 그래서 나는 더 큰 정성과 너그러움으로 환자를 대할 수 있는 것 같다.

나는 일생을 '사람들을 실제적으로 도우면서 존경받는 사람'으로서 살고 싶다고 예전부터 생각해 왔었다. 공학도로 사는 삶도 사람들을 돕는 일이겠지만 '언제 어디서든 실제적'으로 도울 수는 없었기에, 30대 중반에 다시 과감하게 수능을 준비했다. 그런데 대도시의 의사로 사는 삶도 내가 원하는 삶이 아니었다. 공격적이고 항상 불평할 준비가 되어 있는 사람들로부터 나 자신을 지키기 위해 너그러움보다는 긴장감을 가져야 했고, 마음에 갑옷을 입고 있어야 했다. 시골로 옮긴 이제야 비로소 내가 원하는 여유를 가질 수 있게 된 것 같다. 환자가 많지는 않지만 오히려 개인적인 이야기를 나누며 농담을 주고받기도 하고, 더러 섭섭한 일이 있더라도 서로 이해해 주고 너그럽게 용서할 수 있는 그런 분위기가 좋다.

이 세상에 사는 사람들은 모두 누군가에게 '갑'이 되고, 동시에 다른 누군가에게 '을'이 되는 삶을 살고 있다. 선배에게는 '을'로 취급되지만 후배에게는 '갑'이 되고, 같은 친구 사이에도 부탁하거나 들어주는 상황에 따라 갑을 관계가 뒤바뀌기도 한다. 직장 상사에게는 '을'이지만, 부하직원에게는 '갑'이 된다. 아무리 능력 있고 돈 많은 회사 사장이라도, 자기가 벌이는 사업의 허가권을 쥐고 있는 공무원 앞에서는 굽신거리는 '을'이 될 수밖에 없다.

갑질하는 사람들을 겪으면서 자영업에 종사하는 사람들의 고충을 많이 이해하게 되었다. 요즘은 식당이나 다른 자영업 매장 직원이 불친절하거나 서비스가 좀 모자라더라도 그러려니 한다. 음식에서 머리카락이나 이물질이 나와도 '실수했겠지' 하며 이해하고, 친절하지 않은 종업원을 보면 '업주가 그 종업원으로 인해 얼마나 속을 썩을까' 하는 측은지심을 갖게 된다. 예전 같으면 화를 내며 따지고 대들 수 있는 상황에서도 생각을 바꿔 너그러운 마음을 갖게 되었다.

아이를 낳고 기르면서 남의 자식이 귀한 줄도 알게 되고, 연애하고 결혼을 하면서 사랑에 빠진 사람의 심리도 이해하게 되었으며, 이런저런 절망을 경험하면서 다른 사람의 아픈 상처에 공감하고 감싸주고 싶은 마음도 생겼다. 그래서 사람은 많은 경험을 쌓고 나이가 들어 갈수록 둥글둥글해진다고 하는 것일까?

요즘 우리나라에서는 갑질하는 사람들에 대해 예전보다 더 큰 질타를 보내는 사회적 분위기가 형성되고 있다. 참으로 바람직한 현상이며, 사회가 발전하고 있다는 증거다. 자기보다 힘이 없는 사람을 무시하거나 짓밟는 것이 당연시되는 사회라면, 누구나 언젠가는 그렇게 자기를 짓밟는 사람을 만나게 될 것이다. 서로를 배려하고 상대방의 약점을 오히려 더 포용해 줄 수 있는 사회가 된다면 훨씬 살 만하지 않을까?

내일도 우리 병원에는 약한 노인들과 일용직 노동자들이 찾아올 것이다. 다른 사람에게 갑질하는 데 익숙하지 않은, 힘없고 도움이 필요한 사람들을 내가 도울 수 있다는 것이 얼마나 다행인지 모른다. 여기서는 단단한 마음의 갑옷을 벗고 부드러운 솜털옷을 입어도 될 것 같다.

낳은 자식과 기른 자식

미증유의 세계적 역병으로 외출을 삼가며 생활한 것도 벌써 2년이 되었다. 그러는 동안 우리 사회는 많이 달라졌다. 생활 양식이 바뀌고 사고방식이 달라졌으며 사람과 사람의 간격도 멀어졌다. 굳이 얼굴을 직접 보지 않고도 해결할 수 있는 일이 많아졌고, 그 편리함에 익숙해진 것도 사실이다.

퇴근하는 시간이 빨라지고 외출이 줄어들면서 자연스럽게 가족들과 보내는 시간이 늘어났다. 사회 경제적으로는 여러 문제가 발생하겠지만 개인적으로 가족들과 더 친밀해졌다는 것은 생각지 못한 긍정적 변화다.

그런데 뉴스를 보면 어느 가정에서나 그런 긍정적인 일이 일어나는 것은 아닌 것 같다. 대부분의 시간을 가족들과 보내면서 다투는 일도 많아졌다고 한다. 우리나라에서는 외출 금지나 봉쇄 명령과 같은 강제조치가 내려지지 않았고, 가정불화도 이혼으로까지 직결되는 경우는 많지 않지만, 서양은 좀 다른 것 같다. 'Covid19'와 'Divorce'를 합한 'Covidivorce'라는 신조어가 생길 만큼 이혼율이 급증했다고 한다. 이혼은 부부들만의 문제가 아니라는 데에 심각성이 있다. 이혼으로 남겨지는 아이들은 자기 자신을 보호할 수 없는 약자인데 이들을 어찌할 것인가.

얼마 전 세상을 떠들썩하게 만든 사건이 있었다. 아홉 살짜리 어린아이를 여행용 가방에 7시간이나 가두어 놓아 결국 죽게 만든 계모에 관한 사건이다. 아이가 거짓말을 했다고 여행용 가방에 3시간, 가방 안에서 소변을 보았다고 더 작은 가방에 다시 4시간을 감금했다고 하니 기가 막힌다. 심지어 가방 안으로 헤어드라이어의 뜨거운 바람을 불어넣고, 가방 위에서 뛰기까지 했다는 계모의 악행은 도저히 용서할 수가 없다. 아이의 체중은 23kg밖에 되지 않는데 아이와 동갑인 계모의 자식은 40kg이라고 하니, 다른 설명을 하지 않아도 계모의 학대가 어느 정도였는지 알 수 있다.

그러고도 계모는 40kg이 넘는 친자식 사진을 자랑하며 SNS에 여럿 올렸다고 하니 얼마나 뻔뻔한가. 제 자식이 귀하고 예쁘면 다른 아이도 함부로 대하지 않아야 한다. 수시로 맞아 얼굴에 멍이 가실 날이 없었고, 쇠막대기에 맞아 머리가 찢어지기도 했다는 아이의 눈에는 우리가 살아가는 이 세상이 어떻게 보였을까? 분노와 슬픔이 한꺼번에 밀려든다.

어릴 적에 읽은 동화에는 계모가 많이 등장한다. 콩쥐와 팥쥐, 장화홍련, 신데렐라, 백설 공주, 헨젤과 그레텔 등 동서양을 막론하고 동화 속의 계모들은 예외 없이 악하고 잔인하여 전처 자식을 학대한다. 그러나 계모라고 모두 똑같은 것은 아닐 것이다.

내 은사님 중 한 분은 애처가로 소문이 났었는데, 몸이 약한 사모님이 코흘리개 어린 아들 둘과 딸 하나를 두고 세상을 떠나셨다. 선생님은 2년 후인가 재혼을 하셨는데, 어느 날 이런 말씀을 하셨다.

"나는 재혼을 잘한 것 같다. 어느 날 퇴근을 했더니 둘째가 매를 맞고 있더라. 무단결석을 했다는 담임 선생님의 연락을 받고 짚이는 데가 있어서 PC방에 가 봤더니 아이가 거기서 게임에 빠져 있더라는 거야. 아이를 바로잡으려고 매까지 댄 것이 얼마나 고맙던지…."

전실 자식이 학교에 가든 말든 그냥 놔둘 수 있었을 것이다. PC방에서 게임에 빠져 있든 말든 내 자식이 아니니 그냥 지나갈 수도 있었을 것이다. 그러나 그 계모는 자기가 낳은 친자식에게 하듯 했다. 아이의 종아리에 회초리까지 대면서 훈육하다니, 쉽지 않은 일이다.

누구나 매를 댈 수는 있다. 그러나 어떤 마음, 어떤 방식, 어떤 목적으로 매를 댔느냐가 중요하다. 매는 피맺힌 절규가 될 수도 있고 뜨거운 눈물이 될 수도 있다. 친자식도 부모에게 매를 맞은 일을 오래 기억하면서 자신을 미워했기 때문이라고 생각할 수 있으니, 계모가 매를 대기는 더욱 쉽지 않다. 계모도 어떤 마음으로 매를 댔느냐에 따라 상을 받을 수가 있다. 현대의 계모들은 팥쥐 엄마와는 다르다.

나의 지인인 Y박사님은 당시 노처녀라고 할 나이에 전실 자식이 하나 딸린 자리에 결혼하였다. 전실 자식의 나이가 다섯 살이라고 했는데 발가벗겨서 자주 목욕을 시켰다고 한다. 그렇게 스킨십을 많이 해서라도 아이와 정을 쌓아 가리라 결심했다는 것이다. 그러나 아이가 점점 자라면서 계모를 멀리하고 더 자라면서는 일마다 계모를 괴롭혔다고 한다.

아들은 대학을 졸업하고 좋은 곳에 취직도 했으며 결혼하여 아이까지 낳았는데, 30대 가장으로 갑자기 세상을 떠났다. 급성 심장마비가 왔다고도 하고 자살했다는 말까지 들렸지만 정확한 것은 물을 수가 없었다. 죽은 다음에 항간에는 계모의 학대로 정신병에 걸려서 오래 앓다가 죽었다는 소문이 파다했다. 다 자라서 결혼해 자식까지 낳은 의붓자식에게 계모가 어떻게 학대하여 정신병에 걸렸단 말인가? 믿어지지 않는다.

Y박사님이 하시던 말씀이 생각난다.

"나를 교육학박사라고 부르지 말아요. 논문만 썼을 뿐이지, 실생활에서는 가장 기본적인 교육에도 실패했어요. 남이 낳은 자식을 기르기는 내게 참 어려운 형벌이었어요. 자기 자식도 기르기가 쉽지 않은데 보통 일이 아닙니다."

제가 낳은 자식을 돌보는 것은 하등동물도 할 수 있는 본능이므로 특별히 내세우는 것은 유치한 공치사일 뿐이다. 사랑이란 남이 낳은 자식까지도 진심으로 돌보고 살펴 줄 때 비로소 붙일 수 있는 말이다. 교육학자 Y박사님은 사랑을 실천하려고 노력하였으나 제대로 되지 않았을 것이다.

요즘은 아동학대를 줄이기 위한 제도적 장치가 개선되어 학대당하는 아이들을 잘 걸러 낼 수 있다고 한다. 더불어 많은 조사와 연구도 진행되었는데, 조사 결과는 평소 알려진 것과 판이하게 달랐다. 아동학대 가해자의 거의 80%는 친부모나 친조부모라는 것이다. 계부나 계모에 의한 학대는 3% 정도밖에 되지 않는다고 하니 예상을 뒤엎는 놀라운 수치다.

이혼율이 점점 증가할수록 재혼 가정도 늘어날 것이고, 그에 따라 계부와 계모의 자리도 당연히 증가할 것이다. 세상이 계부나 계모를 바라보는 눈이 날카로운 만큼, 선한 마음으로 '남의 자식'을 품으려는 사람들까지 마음이 편치 않을 것 같다. 조금이라도 엄하게 훈육하면 '계모라서', '계부이기 때문에' 시선이 달라질 것이고, 훈육하지 않거나 느슨히 하면 "제 자식이 아니니까 다르다"는 말을 들을 것이다. 이래도 저래도 계부나 계모의 길은 평탄한 길이 아니다.

보통 학대를 당하며 자란 아이가 성인이 되면 자신의 아이를 학대한다고 한다. 끔찍한 불행의 대물림이다. 아동학대는 절대 없어져야 할 범죄이며 하루빨리 뽑아야 할 쓴 뿌리다. 한 인생에 지울 수 없는 상처를 입히고, 다음 세대에 이르기까지 상처를 물려주는 어리석음을 사회적 차원에서 막아야 한다. 그러나 친자식이 아니어도 가슴으로 품으려는 착한 계모와 계부에게까지 주홍글씨를 새기는 것 또한 잔인하고 악한 일이 아닐까.

내 안의 나와 당신 안의 나

당신 안의 나

10년도 넘은 얘기다. 평소와 다를 바 없는 오전이었다. 그날 따라 환자가 별로 없어서 접수 데스크는 조용했다. 병원 입구에서 종소리가 들리는 것을 보니 누군가 들어오는 모양이었다. 우리 병원에 자주 오는 환자라면 바로 치료실로 향하는 소리가 들릴 텐데, 그렇지 않은 것으로 보아 처음 오는 환자인 것 같았다.

그런데 데스크에서 언성을 높이는 소리가 들려왔다. 길게 대화를 나눌 만한 시간도 아니었는데, 도대체 무슨 일이 일어난 것일까? 나는 긴장하여 밖에서 나는 소리에 귀를 기울이며 자세를 고쳐 앉았다. 이내 얼굴이 상기된 간호사가 원장실로 들어와 흥분을 억누르는 나지막한 음성으로, 하지만 최대한 짧은 시간에 많은 정보를 전달하려는 듯 빠르게 말했다.

"원장님, 지금까지 만나본 사람 중 최악이에요."

"네? 뭐가요?"

"여자분이 가족을 모시고 왔는데 오자마자 시간이 없다고 재촉하고, 바쁘다고 짜증을 부리고, 엄청나요."

스트레스는 사람을 상대하는 직업에 제일 많다고 한다. 환자들은 대개 의사의 말을 존중하고 웬만하면 이유 없이 짜증을 내지는 않는다. 그러나 예민하거나 화를 낼 준비가 되어 있는 사람들은 상대하기가 쉽지 않다. 그래도 간호사에게는 함부로 행동하다가도 의사 앞에서는 대부분 누그러지니까, 이럴 때는 내가 직접 그들을 대하는 것이 나을 수 있다.

그런데 지금까지 중 최악이라니…. 나도 마음의 준비를 해야 했다. 심호흡을 하며 최대한 온화하고 여유로운 마음으로 접수실 데스크로 향했다.

"어?!!"

가족을 모시고 왔다는 상대가 먼저 나를 보더니 외마디 소리를 냈다.

"음… 어… 여, 여기 계셨어요?"

여유 있는 걸음걸이를 유지하며 바닥을 향하던 시선을 천천히 옮기던 나는 그녀보다 늦게 상대의 얼굴을 보았다. 아주 낯익은 여자가 눈을 동그랗게 뜨고 어찌할 바를 모르며 말을 더듬고 있었다. 내 친구 Y의 아내였다.

전공은 달랐지만 학부에서부터 박사 과정을 마칠 때까지 Y와 같은 캠퍼스에서 지냈고, 그가 결혼하기 전부터 그녀와도 인사를 나누며 가까이 지냈었다. 아주 절친한 사이는 아니지만 알고 지낸 것이 벌써 10년이 넘었다. 그런데 이렇게 예상치 못한 자리에서 부딪히다니 피차 놀랄 수밖에 없었다. 짧은 순간 많은 감정과 생각들이 머리를 스치고 지나갔다.

상대가 던질 날카로운 시선과 공격적인 말투에도 상처받지 않으리라, 화를 누그러뜨리고 포용하리라, 마음의 갑옷을 최대한 두텁게 챙겨 입고 나섰는데, 그 갑옷과 긴장이 한순간에 무너져 버렸다. 한편으로는 다행이고 또 다른 한편으로는 혼란스러웠다.

그녀 역시 얼굴에 당황스러움이 가득하였다. 마땅히 반가워하며 평상시의 웃는 낯으로 대하는 것이 자연스러울 텐데 그렇지 못했다. 나는 어지러운 마음을 들키지 않으려고 함께 온 어머님을 서둘러 맞아들이며 진료에만 집중하였다.

그들이 집으로 돌아간 후에도, 간호사는 분이 풀리지 않은 듯 억눌렸던 마음을 한꺼번에 쏟아냈다. 나는 깊은 생각에 잠겼다. Y의 아내는 평소에도 친절하다거나 상냥한 느낌을 주지는 않았지만 최소한 남에게 불평을 쏟아 내거나 공격적인 언행을 하는 것을 본 적은 없었다. 오히려 예의 바르고 다른 사람의 의견을 경청하는 모습만 기억에 남아 있다. 내가 기억하는 것들은 모두 거짓이었을까?

시간이 오래 지났는데도 그때의 일이 가끔 떠오른다. 예전에는 그녀의 이중적인 모습이 놀랍고 실망스러웠는데, 요즘엔 생각이 좀 달라졌다. 그날 Y의 아내는 소위 프로이드가 말한 이드(ID)를 생리적이며 원시적인 충동으로 발산했을 것이고, 그녀를 거추장스럽게 억누르며 길들여 오던 사회적인 초자아Superego로부터 벗어났을 것이다.

내 안의 나

가족들을 태우고 운전을 하고 있었다. 온 가족이 타고 있었기에 안전하게 운전하려고 평상시보다 더 노력하였다. 그런 나 자신에 대해 스스로 만족했기 때문일까? 모두들 교통법규를 잘 지켜야만 한다는 것, 나는 운전을 안전하게 잘하고 있다는 얘기를 왜 그리도 열심히 했는지 모르겠다.

때마침 교차로에서 직진 신호를 기다리고 있었다. 녹색 불이 켜졌는데도 앞차가 움직이지 않았다. 그러고도 한참 있다가 출발하는 바람에 그 차는 교차로를 간신히 통과할 수 있었지만, 우리 차는 적색 신호에 걸리고 말았다. 약을 올리듯 자기만 쏙 빠져나가는 앞차 뒤꽁무니를 향해 나는 욕을 하면서 우회전을 했다. 우회전한 후 유턴을 하여 '도둑맞은' 시간을 찾고 싶은 생각이었을 것이다. 그런데 거기는 내 기억과 다르게 유턴이 되지 않는 길이었다. 그러나 이것저것 분별할 틈이 없었다. 그냥 불법 유턴을 해 버렸다.

다음 순간 나는 너무나도 창피했다. 가족들이 보는 앞에서 짧은 순간 내 밑바닥을 들키고 만 것이다. 왜 하필이면 교통법규를 잘 지키고 안전하게 운전한다고 떠들자마자 그런 일이 일어났을까? 집에 도착할 때까지 차 안엔 어색한 정적만 흘렀다.

젊었을 때는 나 스스로 잘났다고 생각하며 살았다. 내 장점만을 남들에게 어필하여 인정받으려고 노력했을 것이다. 비록 겉으로 표현하지 않았지만, 마음속으로는 남들을 비판하고 판단하는 것에 주저하지 않았을 것이다. 다른 사람들의 숨겨진 면을 들추면서 나는 지킬 박사처럼 나를 포장하였을지도 모른다.

혼자 있을 때의 나와 친구들 앞에서의 나, 사회적 일원으로서의 내 모습은 모두 다를 것이다. 인간이 수십 개의 내면을 가지고 살아갈 수밖에 없다면 인간이라는 존재 자체가 얼마나 자유롭지 못한가.

Y의 아내는 그 후로 우리 한의원에 다시 오지 않았다. 그것이 나를 더욱 자유롭지 못하게 한다.

먼길을 돌아왔다

번민과 절망을 넘어서

박사 과정까지 마친 후, 다시 한의과대학에 입학하겠다고 했을 때 주변의 반응은 다양했다. 하고 싶은 일을 해야 한다면서 잘했다는 사람도 있고 응원하는 사람도 있었지만, 부모님의 실망과 놀라움은 컸다. 당연한 일일 것이다. 진실하게 내 편에 서서 용기를 준 것은 아내였다. 그의 마음은 수학 기간 6년 동안 변함이 없었다.

그러나 본인인 내가 늘 희망과 의욕으로만 넘쳤던 것은 아니다. 우선 까마득한 후배들과 수학능력시험부터 치러야 했고, 한의학과의 합격선도 호락호락하지 않았으므로 공부하는 동안의 고생이 가볍지 않았다.

나는 내 인생에서 가장 유연하고 찬란한 20대에서 30대 초반을 학사·석사·박사 과정에 쏟으며 KAIST 울타리 안에서 지냈다. 그곳은 내 인생의 황금기를 열어 준 무대였다. 귀한 친구들과 아내를 만나게 해 준 곳이며, 첫아이를 낳아 기른 곳이다. 비록 내 성격과 적성에 맞지 않아 공학도로서의 삶을 접고 돌아서긴 했지만, 그곳에서 경험하고 훈련된 인생의 정수精髓는 내 평생을 좌우할 만큼 강력하게 내 안에 자리 잡았다.

학생 시절, 내 소속을 묻는 사람들에게 자기 소개를 할 때면, 그들은 감탄사를 내뱉으며 내 얼굴을 다시 쳐다보곤 했다. 특히 중고등학생 자녀를 둔 학부모들은 나를 치켜세우며 부러워하기도 했다. 하지만 정작 본인인 나의 삶은 다른 사람들이 생각하는 것처럼 화려하거나 행복하지 않았다.

그런데 한의대를 다니던 어느 날, 놀라운 뉴스를 접하게 되었다. 그 이름도 살벌한 '징벌적 등록금제'가 KAIST에서 시행된다는 것이었다. 원래 수업료나 등록금은 물론 기숙사비까지 거의 무료였는데, 앞으로는 성적에 따라 등록금을 차등 부과할 것이라는 내용이었다. 전 세계적 명문 공대 교수를 역임한 분이 총장이 되면서 '스파르타식' 학생 관리를 천명했기 때문에 예상할 수 있는 내용이었다. 사람들은 보통 이렇게 이야기할 수 있다.

"학생이라면 당연히 공부를 열심히 해야지! 더구나 국민 세금으로 공부하는 학교에서 성적이 낮은 학생들까지 공짜로 공부를 시킨다는 게 말이 돼?"

나는 그 뉴스를 보는 순간 학부 시절의 친구, 후배들의 모습이 한꺼번에 떠올랐다. 큰 파장이 몰아닥칠 것은 안 봐도 뻔했다. KAIST는 박정희 대통령이 큰 꿈을 가지고 대학원 과정을 설립했고, 전두환 대통령 시절에는 학부 과정이 만들어져 정부의 전폭적인 지원으로 훌륭한 교육 환경을 갖게 되었다.

그러나 내가 다닐 때도 한 해에 한 명 이상의 학생이 스스로 목숨을 끊었었다. 학교 밖에서 본다면 결코 이해할 수 없을 것이지만, 그 안에서 치열한 경쟁을 겪었던 나는 그들이 최후의 결정을 내리기까지 얼마나 큰 고통과 좌절을 겪었을지 뼈저리게 공감할 수 있다.

요새는 초등학교 때부터 적성검사나 심리상담 검사를 받을 기회가 많다. 학교뿐 아니라 여러 다른 기관에서도 직업 체험을 할 수 있고, 노력한다면 자신의 적성에 맞춰 전공을 선택하도록 도움을 받을 수 있다. 그러나 내가 학력고사를 볼 때만 해도 '적성에 맞춰 전공을 선택하는' 일은 거의 없었다. 그저 대입 성적에 따라 대학과 전공이 정해지다시피 하였고, 스스로 선택할 수 있는 여지는 많지 않았다. 아니, 심지어 자신의 적성이 무엇인지 알려고 하는 학생들도 별로 없었다.

나는 어렸을 적부터 의사가 되는 것이 꿈이었다. 고3 여름 무렵까지만 해도 의대에 가는 것을 당연하게 생각하고 있었으며, 성적도 괜찮아서 안심할 수 있었다. 그런데 고3 6월부터 고민이 시작되었다. 내가 가장 좋아했던 물리 선생님께서 "앞으로 과학기술이 우리나라를 살릴 것이니 우수한 인재들은 의대에 갈 것이 아니라 공대를 가야 한다!"고 역설하셨던 것이다. 그 말씀을 들으며 나는 일말의 애국심과 사명감에 가슴이 뜨거워졌었다.

아버지께서 어디선가 받아오신 KAIST 입학 요강에 국가에서 정책적으로 과학기술 인재를 양성하기 위하여 전폭적인 지원을 할 것이라 적혀 있는 말도 나를 유혹하였다. 무엇보다 당시 의대에 다니고 있던 누나의 "의대에 가면 놀지도 못하고 공부만 해야 한다"는 푸념 섞인 엄살은 내 결정에 쐐기를 박기에 충분했다.

내가 수학보다는 영어를 좋아하고, 이성보다는 감성이 발달해 있으며, 논리적 추론보다는 암기에 뛰어나다는 것을 파악했을 때는 이미 대학 생활이 몇 년이나 지난 후였다. 감정에 크게 흔들리지 않는 일반 학생들과는 다르게, 개인적인 문제로 힘들어하는 친구를 그냥 지나치지 못하고 밤새 고민을 들어주다가 과제를 제때 못 내기도 했다.

학부·석사·박사 과정을 거치면서 탈락하지 않고 버텨 낸 것만도 내게는 대단한 일이었지만, 점점 적성에 대한 회의와 고민에 빠져들었다. 소위 공학적인 감각engineering sense이 뛰어난 주위 친구들과 나를 비교할 때, 자존감에 상처를 입기도 했다. 노력한 만큼 결과가 나오지 않으면 흥미가 떨어지고, 흥미가 떨어지자 노력하고 싶은 마음도 없어졌다. 아무래도 적성에 맞지 않는 진로를 택한 것 같다는 생각에 지도교수님을 찾았지만 별

도움이 되지 않았다.

"적성이라는 것은 없어. 네가 열심히 하지 않기 때문에 기대하던 결과가 나오지 않는 거야. 좀 더 노력하도록 해."

학과 공부도 재미가 없었지만, 그 공부를 따라가려면 일주일에 3일 이상은 밤을 새우다시피 해야 할 만큼 과제도 많았다. 나뿐 아니라 주위의 다른 친구들도 항상 누렇게 뜬 얼굴과 흐려진 눈으로 무표정하게 매일을 살았다.

이런 현실에서는 고민하는 시간도 사치였다. 학업적인 스트레스만으로도 견디기 버거운데, 가정 문제라든지 이성 교제 스트레스가 더해진다면 문제는 심각해질 것이다. 주위 친구들도 제 코가 석 자라 시간을 내어 위로해 주기도 힘들다. 그런 사면초가의 상황에서 주위에 아무도 없다면 그 상실감과 절망은 이루 말로 표현하기 어려울 것이다.

내가 좋아하던 선배는 박사 과정 중에 실연의 아픔을 겪었다. 아무것도 할 수 없는 무기력 상태에서 지도교수를 찾아가 면담을 했다. 지도교수의 해법은 기상천외했다.

"음… 그럴 때일수록 다른 일에 집중하는 것이 필요하지. 자, 여기 논문이 있으니 이걸 읽고 조만간 세미나 발표 한번 하자."

그는 얼굴이 시뻘겋게 되도록 지도교수의 메마른 감성과 공감 능력 부재를 신랄하게 토로하였다. KAIST에서 '징벌적 등록금제'와 교수에 대한 엄격한 평가제가 시행된다고 했을 때, 나는 이미 그 제도와 무관한 입장에 있었지만, 내 후배와 교수들이 겪을 심리적 압박감이 내 일처럼 느껴져 가슴이 답답했다. 아니나 다를까, 그 다음 한 해에만 네 명의 학생과 교수 한 명이 스스로 목숨을 포기했다.

중요한 건 마음이다

어느 날 아내가 읽고 있는 책 제목이 내 눈길을 끌었다. 호기심에 책장을 넘기다가 문득 내 눈을 사로잡는 내용이 있었다. 한의사인 내게는 익숙하지만 보통 사람들에게는 생소할 음양오행에 대한 것이었다. '전공이 전혀 다른 아내가 과연 이 내용을 잘 이해할 수 있을까?' 하는 생각을 하면서 책을 계속 읽어 내려갔다. 그 책은 관상에 관한 것이었다.

예과 1학년 때 4진법四診法에 대해 배우면서, 나는 망진望診(환자의 얼굴과 겉모습을 보고 병을 알아내는 진단)으로 병을 파악할 수 있는 고수가 되겠다는 목표를 세웠다. 수업 시간에 배우는 내용들이 성에 차지 않아, 나의 학구열을 충족시켜 줄 만한 모임을 찾아 나섰다. 선배들과 임상 경험이 많은 한의사들에게도 물론 배울 수 있지만, 무엇보다 망진 실력을 집중적으로 연구하고 학습하도록 이끌어 준다는 학회에 마음이 끌렸다. 졸업할 때까지 그 학회에서 시키는 대로 《동의보감》을 열심히 공부했다.

보통 사람들이 듣기 의아하겠지만 일반적으로 한의과대학에서는 동의보감을 수업 시간에 깊이 가르치지 않는다. 내용이 방대하기도 하거니와 내포하고 있는 원리가 쉽지 않아, 짧은 수업 시간에 그 모든 내용을 깊이 배우기란 여간 어려운 것이 아니다. 한의대에서 가르치는 내용은 동의보감의 단편적인 부분들로, 여러 파트에서 요약한 내용들을 조금씩 맛보게 하는 것일 뿐이다.

때로 한의학을 폄하하면서 "과학은 발달하고 있는데 한의학은 4백 년도 넘은 비과학적인 의학과 의술에 얽매여 더 이상 발전하지 못하고 있다"고 말하는 사람도 있다. 그러나 그런 사람들은 동의보감을 한 번은커녕 한글 번역판 한 페이지도 제대로 읽어 보지 않은 사람일 것이다. 동의보감은 평생을 공부해도 그 오묘하고도 놀라운 내용에 통달하기 힘들 정도로 심오하기 때문에 그 내용을 '발전시킨다'는 것은 언감생심焉敢生心이다.

나는 그렇게 졸업할 때까지 학회에서 시키는 대로 동의보감을 열심히 공부했다. 학회에서는 망진에 대한 내용을 별로 가르쳐 주지 않았다. 어찌 보면 그것이 당연한 수순과 절차였지만, 적지 않은 나이에 전공을 바꾸어 다시 대학에 입학했기에 마음이 급했던 나는 너무도 실망스러웠다. 게다가 졸업 후 한의사로서 학회에 정식으로 입회하려면 수백만 원의 입회비와 연회비를 내야 한다는 것이, 대학을 갓 졸업하고 아이 둘을 키우는 '백수' 아빠로서 여간 부담되는 것이 아니었다. 아쉬웠지만 그 학회 활동을 거기서 그만둘 수밖에 없었다. 그렇게 '꿈'을 포기하고 10여 년간 임상 한의사로 살고 있던 나에게, 아내가 빌려 온 그 책은 잊고 있었던 내 목표를 생각나게 한 것이다.

사실 동양학을 제대로 공부하려면 처음에는 음양오행에서부터 시작하여 나중에는 주역周易까지 탐구하여야 한다. 그런데 주역은 흔히 사주나 관상을 보면서 생계를 이어나가는 '점쟁이'나 '무당'을 연상시키기 때문에 나는 일부러 주역을 가까이하지 않았었다. 특히 20대 젊은 시절을 통째로 쏟아부어 서양 과학을 공부하면서 이성주의, 합리주의를 신봉하던 나에게 '너의 운명은 이미 결정되었다'는 식의 내용은 받아들이기가 쉽지 않았던 것이다. 그러던 내가 관상에 대한 책을 읽게 되다니, 한편으로는 스스로 신기하기도 하였다.

책 여기저기를 조금씩 들춰 보다가 아예 처음부터 정독하며 내용을 정리해 보았다. 거울을 앞에 놓고 책을 읽으면서 나의 얼굴을 그 내용에 비추어 관찰해 보기로 한 것이다. 때로는 모호한 내용도 있고 쉽게 받아들이기 어려운 부분도 있었지만, 내가 애써 부인하고 싶었던 나의 단점을 그 책을 통해 재발견하기도 하면서 스스로 반성하기도 했다.

내가 그동안 얼마나 웃지 않고 살았는지, 얼마나 다른 사람들에게 베풀지 않고 인색했는지, 얼마나 여유가 없이 지냈는지,

그리고 그런 것들이 표정이 되고 주름이 되어 내 얼굴을 어떻게 일그러뜨렸는지 돌아보게 된 것이다. 불현듯 언제부터인가 내가 거울을 잘 보지 않으며 살고 있다는 것도 깨달았다. 나이 들어가는 내 얼굴을 보기 싫었고, 줄어드는 머리카락과 늘어나는 주름을 확인하고 싶지 않았나 보다.

카톡 프로필에 20년 전 사진을 올려놓은 것도 현재의 내 모습을 감추고 싶기 때문이었을 것이다. 그런 자신 없는 마음이 오히려 얼굴에 반영되어 나는 더 초라한 모습으로 변해 가고 있는 것 같다는 생각도 들었다.

관상불여심상觀相不如心相이라는 말이 있다. 타고난 얼굴이 아무리 선할지라도 나쁜 마음을 가지고 살면 결국 얼굴도 악하게 변할 것이며, 악상惡相이라도 선한 마음으로 살면 나중엔 보기 좋은 얼굴로 바뀔 수 있다는 말이다. 나이 마흔이면 자기 얼굴에 책임을 져야 한다는 말도 이와 상통하는 내용이라 할 것이다. 관상을 미신이고 비과학적인 것으로만 치부했는데, 의외로 그 책을 읽으며 스스로를 돌아보는 시간을 가졌다.

그가 어떤 사람인지 짧은 시간에 알려면 도박을 함께 하거나 운전하는 모습을 봐야 한다고 한다. 평소에는 한없이 너그럽고 순해 보이다가도 운전대만 잡으면 언행이 거칠게 변하는 사람도 많다.

나는 아침에 출근하려면 30분 정도 운전을 해야 한다. 요즘은 그 30분 동안 웃는 연습을 한다. 그냥 미소 짓는 것이 아니라 활짝 웃는 표정을 짓는다. 아마 차 밖에서 누군가 내 모습을 본다면 이상하게 생각할 것이다. 내 앞으로 갑자기 다른 차가 끼어들거나 난폭운전을 하면, 반사적으로 화가 나기도 하지만 억지로라도 마음속으로부터 용서하며 밝은 표정을 지으려고 노력한다. 퇴근 후에도 평소 같으면 짜증을 낼 만한 상황이지만 너그럽게 웃어넘기려 하고, 가족들에게도 사랑하는 마음을 더 많이 표현하려고 애쓴다.

생각해 보니 우리말에 "얼굴을 바꾼다"는 말이 있다. 얼굴을 바꾼다는 것은 이목구비를 바꾸는 것이 아니라 표정을 바꾼다는 말이다. 표정을 바꾸어 어제까지의 약속을 무시하고 엉뚱한 언행으로 상대방에게 딴전을 부린다는 말이다. 또 "안면顔面을 몰수沒收하고 덤빈다"는 말도 있다. 체면 같은 것은 생각하지 않고 눈앞의 이득을 위해 덤빈다는 말이다.

얼굴은 그냥 이목구비가 열려 있는 곳이 아니다. 거기 마음이 담겨 있고 진실과 신의가 담겨 있으며 염치와 양심이 담겨 있다. 마음의 변화를 얼굴 표정으로 대변시킨다니 얼굴은 내 존재의 전권대사가 아닌가 싶다.

나는 망진의 능력을 가진 실력 있는 의사가 되고 싶어서 관상에 관한 책을 읽기 시작했다. 그런데 지금은 실력을 키우는 것보다 다른 사람을 용납하고 나누는 연습을 하고 있는 나를 발견한다. 그렇게 마음가짐을 바꾸다 보면 내 관상도 바뀌고 내 인생도 바뀔지 모르겠다. 어쩌면 망진의 능력보다 그것이 더 중요할 것 같다. 다른 사람의 상태를 꿰뚫어 보는 눈을 가지는 것보다 내 삶에 선한 영향력을 가지는 것이 더 중요하리라. 내 나이 60보다는 70이, 70보다는 80 때의 얼굴이 더 온화하고 인자했으면 좋겠다.

개팔자

요새 애완견을 키우는 사람들이 부쩍 많아졌다. 그 인구가 천만 명에 달한다고 하니 참으로 놀라운 숫자다. 저녁이면 개를 산책시키는 사람들을 거리에서 흔히 볼 수 있다. 개를 대하는 사람들의 인식도 예전과는 비교 할 수 없을 정도로 달라졌다.

하지만 그로 인한 부작용도 적지 않은 것 같다. 자신의 애완견을 예뻐할 줄만 알 뿐, 개가 남에게 피해를 입히는 것에 대해서는 전혀 생각하지 않는 사람도 가끔 눈에 띈다. 개를 사랑하지 않는 사람은 마치 사랑이 부족한 사람인 것처럼 치부하는 사람도 있다. 그러나 개를 사랑하면서 사람을 제대로 대접할 줄 모르는 사람은 사랑이 많은 사람인가? 이제는 애완견이라 하지 않고 반려견이라고 한다. 하나의 동물로 취급하지 않고 함께 늙어 가고 죽어 갈 짝으로 생각하겠다는 의지의 표명이다.

우리 집도 4년 전쯤부터 강아지를 키우고 있다. 강아지를 키우고 싶다는 늦둥이 딸아이의 요구는 도저히 어찌할 수 없을 만큼 집요했다. "마당이 있는 집으로 이사하면 고려해 보겠다"고 버티다가 결국엔 몇 년 만에 백기를 들고 말았다.

요즘은 TV가 없어도 태블릿PC나 스마트폰, 혹은 컴퓨터로 자기가 원하는 TV 프로그램을 다운받아서 볼 수 있다. 그런데 딸아이는 'TV 동물농장', '세상에 나쁜 개는 없다', '개밥 주는 남자'와 같은 프로그램을 반복해서 볼 뿐 아니라, 동물에 관련된 책도 여러 권 탐독하여 깜짝 놀랄 만한 지식도 가지고 있다.

길을 가다가도 개나 고양이를 보면 저건 어느 나라의 어떤 종이며 특성이 무엇인지 설명하곤 한다. 평소에는 아파트 주변을 맴도는 길고양이들을 찾아가 눈을 맞추며 말을 걸기도 하였는데, 먹이를 주지 않아도 길고양이들이 딸아이 뒤를 졸졸 따라다녔다.

토요일이면 대전 근교의 체험 농장을 방문하여 종일 동물들과 놀다 오기도 했다. 한두 번에 그치지 않고 수년 동안이나 계속되다 보니 농장 사람들과도 친한 사이가 되었단다. 아내와 딸아이 두 사람의 체험 농장 입장료 등 비용만 해도 상당할 것이다.

딸아이는 커서 수의사가 되고 싶다고 한다. 나로서는 사람을 치료하는 의사가 되었으면 좋겠는데 수의사가 된다니, 한편으로는 섭섭했다. 그러나 전혀 사그라들 줄 모르는 아이의 열정과 노력을 계속 무시하는 것이 과연 바람직한 모습인지, 제가 좋아하는 분야에 많은 경험을 쌓도록 도와주는 것이 부모의 해야 할 일이 아닐까 고민했다. 결국 다니던 농장에서 마음에 들어 하는 강아지를 분양받아 아이 생일 선물로 주었다.

어렸을 적 우리 집에서도 강아지를 키웠다. 초등학교 5학년 무렵이었을까? 아는 분이 강아지 한 마리를 주신다고 하여 냉큼 받았다. 할머니는 개밥 주는 일이며 똥오줌 치우는 일이 성가시다고 싫어하셨지만, 우리가 도와드리겠다는 지키지도 못할 약속을 하고 결국 데려왔다. 잔디 마당에 빈 개집이 있어 거기에 강아지 보금자리를 만들어 주었다. 온몸이 새까만 그 녀석을 우리는 '깜순이'라 불렀다.

요새는 개를 주로 실내에서 가족의 일원처럼 키우지만, 당시에 개는 그저 '개 취급'을 했을 뿐이었다. 더운 여름이라고 하여 미용실에서 털을 깎아 주는 일도 없고, 추운 겨울이라도 밖에서 묶어 키웠으며, 밥은 그저 사람이 먹다 남긴 '음식물 쓰레기'를 주었다. 할머니는 "개는 하루 두 번만 밥을 주면 된다" 하시며 아침저녁만 주셨지만, 나는 점심을 굶는 깜순이가 안타까워 할머니 몰래 밥을 더 챙겨 주곤 했다.

어느 날 아침, 깜순이와 놀기 위해 여느 때처럼 일찍 일어나 마당으로 나갔다. 그런데 깜순이는 자기 집에서 나오지 않았다. 누운 채 눈만 슬그머니 돌려 나를 보고는 일어나지도 못했다. 개집 주변에는 토해 놓은 음식물 찌꺼기들이 있었는데, 포도 껍질인 것 같았다. 전날 할머니께서 포도주를 걸러낸 껍질을 마당 구석에 묻으셨는데 냄새를 맡고 땅을 파서 마음껏 먹은 모양이었다. 그렇게 깜순이는 갑자기 죽었다. 하루아침에 강아지를 잃은 슬픔은 감당하기 어려울 만큼 컸다. 그런 슬픔을 또 겪고 싶지 않아서 나는 개 키우는 것을 한사코 반대했던 것이다.

그 후 40년 가까운 시간이 흘렀다. 개를 기르는 방법도 옛날과 달라졌다. 1인 가구가 늘어나고, 출산하는 자녀 수가 적어지면서, 혹은 성장한 자녀들의 빈자리로 힘들어하는 '빈 둥지 증후군'을 이겨 내기 위해 애완견이나 고양이를 기르는 가정이 급격하게 늘어났다고 한다.

지난 추석에 딸아이가 우리 강아지 사진을 할머니와 할아버지께 자랑 삼아 보여 드리는 걸 보았다. 그러나 부모님은 냉담하셨다.

"강아지 때문에 나는 너희 집 못 가겠네."

"할머니는 강아지 싫어하세요?"

"응, 나는 아주 싫어."

그것이 어머니의 단호한 반응이었다. 더 무슨 설명이 필요하겠는가? 애들도 입을 다물었다.

개를 키우는 것은 쉬운 일이 아니다. 똥오줌을 치우는 일이야 몸의 수고로 해결될 수 있지만, 점점 그 수가 늘어 감에 따라 여러 가지 사회적 논란거리들이 많아지고 있다. 어리고 건강할 때는 데리고 있다가 늙고 병들면 멀리 내다 버린 유기견들, 그런

동물들을 도우려고 기금을 마련하는 일에 대한 사회의 다양한 시선들…. 무엇 하나 간단한 것이 없다.

불과 넉 달 전까지만 해도 이런 논란이 생기면 나는 소위 '사람 편'에 서 있었는데 이제는 '개 편'에도 한 발 걸치고 서 있게 되었다. 그래도 '개보다는 사람이 우선'이라는 나의 소신과 생각은 그대로다. '일부 몰지각한 견주들'의 한 사람으로 매도되지 않기 위해 앞으로도 공부를 더 해야 할 책임감을 느낀다.

개를 키우기 위해 공부를 해야 하는 사회가 되다니…, 때로는 너무 빠르게 변화하는 우리 사회가 무섭기도 하다.

밥 사 주는 환자

웃지 않는 사람은 피지 않는 꽃과 같다

치료를 받으러 병원에 자주 오는 60대 여성 환자 B가 어느 날 느닷없이 점심을 사겠다고 했다. 그는 평소에 늘 굳은 얼굴을 하고 있었고 병원 직원들에게도 살갑게 대하는 편이 아니었다. 그런 B의 식사 제안은 너무도 예상 밖의 일이고 갑작스러운 것이었다.

내 입에서 나도 모르게 "왜요?"라는 말이 튀어나왔다. 그런 나에게 B는 특유의 무표정한 얼굴로 "그냥요"라고 대답할 뿐이었다.

개략적인 이야기만 들어서 세세한 내막은 잘 모르지만, B는 젊어서부터 큰 스트레스를 받으며 살아왔다고 한다. 그로 인한 소위 울화병 때문에 지금도 잠을 제대로 이루지 못한다고 했다. B의 굳은 표정은 마음속의 불안과 불만 때문일 것이다. 그가 힘든 한때를 살아왔다는 것 정도는 그에게 들었고, 그래서 그의 표정이

굳어 있다는 것도 이해는 하였다. 그렇지만 늘 화가 나 있는 듯한 표정을 대하면 내 마음도 그리 편하지만은 않다. 그날도 B는 그 뚱한 얼굴로 식사 제안을 했던 것이다.

그가 처음 병원에 왔을 때 상담을 하는 동안 나는 그에게 측은한 마음이 들었었다. 나는 모든 환자에게 의사로서의 본분을 다하려고 하지만, 마음에 상처가 많은 그에게는 유독 친절하게 대해 주려고 했다. 그런데 내 진심에 반해 그가 보이는 태도는 그저 심드렁하였다. 내 노력에 비해 가시적인 결과가 너무 없다는 것 때문에 낙심할 무렵의 어느 날, 나는 다소 놀라운 모습을 보게 되었다.

나는 환자를 처음 진료할 때는 되도록 섬세하고 치밀하게 상태를 파악하려고 한다. 상대방이 표현하는 말 한마디, 그의 표정과 말의 뉘앙스도 놓치지 않는 것이 진단에 중요하기 때문에 긴장하며 살핀다. 하지만 이미 익숙하고 친밀해진 환자들에게는 되도록 편하게 대하려고 한다. 시의적절한 농담 한마디가 환자의 긴장을 풀어 줄 뿐 아니라 치료에도 큰 도움이 되기에 되도록 가벼운 농담이라도 하려고 하는 것이다. 간호사들도 그런 유쾌한 분위기를 좋아하기 때문에 치료실은 내가 그 자리에 없을 때도 웃음소리가 끊이지 않는다.

그날도 평소에 농담을 즐기는 환자 C의 말에 거부감 없이 응수하면서 유쾌하고 가벼운 이야기를 주고받고 있었다. B가 누워 있는 치료용 베드가 C의 바로 옆에 나란히 있었기 때문에 B도 우리 대화를 듣고 있었을 것이다. 그런데 무표정한 얼굴을 유지하고 있던 B의 입꼬리가 어느 순간 살짝 올라가며 어깨가 미세하게 들썩이는 것이 보였다. 그러고는 B가 한마디 했다.

"아유 ~ 배 아파라. 그만 좀 웃겨요. 힘들어 죽겠어요."

그제서야 나는 비로소 깨달았다. B는 단지 웃는 법을 잊어버렸을 뿐이라는 것을. 그의 현실에서는 스트레스로 인해 웃을 일이 별로 없고, 그래서 웃는다는 것이 마치 사치처럼 느껴졌을지도 모르겠다. 그래서 그는 오히려 웃지 않으려고 애를 쓰고 있었을 것이다. 비록 속시원하게 파안대소하지는 않았지만, 그가 살짝이라도 웃는 모습을 보니 내 마음도 환해졌다. B는 요새도 여전히 잘 웃지 않지만 가끔씩 입꼬리가 올라갈 때면 나도 기분이 좋아지기 때문에 그가 병원에 오면 가능한 한 유쾌한 말로 대하게 된다.

아이들이 어렸을 적에 읽어 주던 동화책에 웃지 않는 공주에 대한 이야기가 있었다. 어느 날인가부터 웃음을 잃어버린 공주에게 웃음을 되찾아 주기 위해 왕은 공주를 웃게 하는 사람에게 나라의 절반을 주며 공주와 결혼하게 하겠노라고 방을 써 붙였다. 우여곡절을 겪은 끝에 결국 공주는 다시 웃을 수 있게 되었는데, 왕과 신하들뿐 아니라 온 백성들도 함께 기뻐하며 축제를 벌였다. 축제에서 많은 사람들이 즐거워했지만 가장 큰 기쁨을 누린 이는 바로 공주 자신이었을 것이다.

혼자 힘으로는 헤어 나올 수 없는 어둡고 불안하고 두려운 동굴로부터 서서히 걸어 나올 수 있게 된 그 느낌과 감정을 다른 사람이 어찌 상상이나 할 수 있겠는가?

웃지 않는 사람은 피지 않는 꽃과 같다. 아무리 향기가 대단하고 화려함을 자랑하는 꽃일지라도 봉오리인 채 피어나지 않는다면 그것을 지켜보는 사람들에게 많은 실망감을 안겨 주게 될 것이다. 처음엔 그 봉오리가 피어나리라는 기대 속에서 햇빛과 물과 양분을 제공해 주고 좋다는 거름까지 구해다가 정성스럽게 뿌려 줄 것이다. 그러나 아무리 시간과 노력을 들이며 기다려도 피어나지 않는다면 그 꽃은 점점 사람들의 관심에서 멀어지게 될 것이다.

우울한 사람 곁에는 쉽게 다가가기 어렵다. 말이 없는 사람은 상대방을 조심스럽게 하고 두렵게 하기도 한다. 정이 제대로 통하지 않을 것 같고 다른 사람을 받아들일 준비가 되어 있지 않은 것 같아서 가까이할 수가 없다. 그와 함께 일을 하는 것은 더 어려울 것이다. 주변에 점점 사람들이 없어지고 나중에는 혼자 외롭게 지내느라 말이 더 없어지고 좌절감도 차츰 더 심해질 것이다.

보통 우울증을 앓는 사람들은 악순환에 빠지게 된다. 처음에는 안 좋은 일을 당하거나 스트레스가 심하여 표정과 생각까지 어두워지고 우울해진다. 누군가 다가와 도움의 손길을 내밀 때 그 손을 잡고 일어나지 못하면 시간이 지날수록 그 사람들마저 지쳐서 떠나 버린다. 그렇게 홀로 남겨진 사람은 더 큰 우울증에 빠지고, 남들로부터 스스로를 격리시키며 자신만의 동굴에서 헤어 나오지 못하게 되는 것이다.

사람 사이의 빛과 그늘

B가 우리에게 점심을 사겠다고 제안한 후 나는 그 이유가 뭘까 한참 생각했다. 자신의 마음을 밝게 해 주어 기분이 좋아진 때문일까? 우울증으로 인간관계마저 망가진 자신을 진실로 대해 주고 친절을 베푸니 고마웠을까? 혹은 자신이 쉽게 접할 수 없는 밝은 분위기를 계속 유지하고 싶어서였을까?

B에게 물어볼 수도 없어 혼자 생각하다가 결국 결론을 내지 못하였지만, 어떤 이유든 그런 건 별로 중요한 것이 아니었다. B가 전보다 밝은 모습으로 자주 웃음을 보인다는 것이 훨씬 더 중요할 테니 말이다.

B는 C도 식당으로 초대하였고, 우리는 거기서도 명랑하고 유쾌하게 대화를 나누었다. 그런 분위기가 좋았는지 B는 그 후에도 몇 번 병원 직원들에게 점심을 사겠다고 했다. 그러나 아무리 고마워서 우리에게 밥을 산다고 해도 환자에게 얻어먹고 의사가

그냥 모른 척 지나갈 수는 없는 노릇이었다. 그래서 나도 답례로 식사를 대접하였다. 그러다 보니 몇 번 번갈아가면서 서로 대접하는 모양새가 됐다.

다른 환자들이 보면 어떻게 생각할까? 병원 의사와 직원들이 어느 특정한 환자와 친하게 어울린다는 것도 안 좋은 소문의 원인이 될 수 있으므로 B가 하자는 대로 할 수는 없는 일이었다.

내 성격도 원래 외향적은 아니다. 한번 친밀해지면 허물없이 장난도 하여 나이에 걸맞지 않게 '개구쟁이'라는 말을 들을 때도 있지만, 그렇게 친밀해지기 전까지는 낯을 가리는 편이다. 그런 성향을 고치기 위해 많은 노력을 기울였지만 타고난 성격이 완전히 바뀌기는 어려운 것 같다. 특히나 자기 신체의 불편함을 고쳐 달라고 찾아오는 환자들을 대하기는 더 조심스럽다.

의사가 환자를 대할 때 너무 객관적이고 분석적이고 냉철한 모습으로만 접근하면 '정이 없다'는 말을 들을 수 있고, 친밀하게만 행동하면 진중하지 못하고 가벼운 사람이 되기 쉽다. 의사뿐 아니라 누구나 사람 사이의 한계를 잘 파악하고 조정해야 할 것이다. 그런데 그 한계라는 것은 받아들이는 사람마다 다르고 그 다름의 차가 천차만별이어서, 상대와 이야기를 나누면서 그의 성향을 제대로 파악하고 그에 맞추어야 하니 쉬운 일이 아니다.

더구나 병원은 언제든지 크고 작은 의료사고가 발생할 수 있는 공간이기 때문에 유쾌하고 즐거운 분위기를 유지하는 것도 중요하지만 항상 긴장의 끈을 늦출 수 없다. 아무리 하찮은 의료사고라도 일단 발생했다 하면 방금까지 함께 웃으며 이야기하던 사람도 돌변할 수 있다.

지금보다 훨씬 번화한 곳에서 개원하고 있을 때 의료사고로 마음고생을 한 적이 있다. 우리 병원에 여러 차례 와서 치료를 받던 40대 후반 남자 환자의 어깨 부위에 새끼손가락 손톱 크기만큼 허물이 벗겨졌었다. 찜질팩을 대어줄 때마다 간호사는 반드시 "뜨거우면 말씀하세요"라고 주의를 환기하며 당부를 한다. 그러나 그는 간호사의 말을 유념하지 않고 뜨거워도 참았나 보다.

그는 그길로 자기 집 주변의 피부과에 가서 의료보험도 적용되지 않는 값비싼 치료를 받았다. 어떤 치료를 받았는지 모르겠지만 그의 상처는 작은 흉터로 남았다. 그리고 그전까지만 해도 신사적이고 친밀하던 그는 느물느물하게 보상금을 요구하기 시작했다. 돌변한 환자 모습에 나는 큰 충격을 받았다. 보험회사와 상담 끝에 타당하고 합리적인 금액을 주고 잘 마무리하긴 했지만, 그 후로는 사람이 무서워졌다.

의사와 환자 관계도 결국은 인간관계이므로 신뢰가 형성되면 웬만한 실수는 서로 이해하고 용납할 수 있을 것이라는 나의 순진한 생각이 틀렸다는 것을 받아들이기가 힘들었다. 겉으로 웃으며 다가오는 사람도 나의 약점을 아는 순간 하이에나 떼처럼 나를 물어뜯을 수 있다는 생각이 나를 힘들게 했다.

그 외에도 때로는 자신의 이익을 위해 함께 식사하자고 접근하는 사람들도 있었다. 그런 경험을 하고 나니, 순수한 의도가 확인되지 않은 사람이 식사를 제의하면 완곡하게 거절한다. 나는 사교적인 성격도 아니고, 적절히 얼버무리거나 얼렁뚱땅 해결하지 못한다. 그러므로 상처를 받지 않으려면 스스로 방어하는 것이 상책이다.

그런데 시골로 옮긴 후로는 내 마음을 꽉 조이던 철갑을 나도 모르게 조금씩 늦추고 있는 것 같다. 얼마 전에도 어떤 할아버지 환자가 간곡하게 병원 직원들을 초청하여 거절하지 못하고 식사 대접을 받았다.

"우리 원장님이랑 간호사들이 워낙 친절하고 성의껏 잘 치료해 줘서 고마워서 그래유~"라는 그분의 말씀에도 한두 번은 이런저런 핑계를 대며 사양하였지만, 계속 마다하는 것도 예의에 어긋나는 것 같아 눈 딱 감고 따라나섰다.

"왜 그런 시골로 가셨어요? 사람들이 많은 대도시가 훨씬 낫지 않아요?"

나는 이런 질문을 심심치 않게 받는다. 구구절절이 설명하기도 어려워 그냥 얼버무린다.

나는 기계보다는 사람을 상대하고 싶어서 공학자로서의 길을 마다하고 의사가 되었다. 자연적인 환경과 풍광이 아름다운 이곳에서 따뜻하고 소박한 인간미로 환자를 대하고 싶다. 어쩌면 내가 시골을 선택했다기보다 내가 시골에 잘 어울리는 사람이라서 이곳에 이끌렸는지도 모르겠다.

이제는 나도 시골 사람으로 많이 동화되어 가고 있는 것 같다.

제4부

그대들 안녕하신가

요즘은 만나서 “안녕하십니까” 하고 묻는 것이 어색하다. 매일 코로나 바이러스 확진자 수를 알리는 내용으로 시작하는 뉴스를 접하면서, 마스크에 반 이상 가려진 얼굴로 안부를 묻기도 하는 우리는 지금 모두 안녕하지 못한 가운데 살고 있다. 오랜 생활 속에 익숙해진 “안녕”이란 단어가 얼마나 깊고 고맙고 절실한 의미를 가진 말인지 알아가고 있는 중이다.

우리는 예비 환자

위험한 편견

K는 열다섯 살 정도 된 아이다. 그가 할머니를 따라 처음 병원에 왔을 때였다.

"어디가 불편한가요?"

병세를 묻자 K가 무어라고 대답하려고 했다. 그런데 그가 더듬거리고 있으니까, 할머니가 얼른 끼어들었다.

"어쩌다가 발목을 삐끗했나 봐유."

"언제 그랬어요?"

다음 질문에도 할머니는 K에게 대답할 기회를 주지 않았다.

"아마 아까 오전에 그랬을 거예유."

나는 답답하더라도 스스로 대답하도록 종용했다. 시간이 오래 걸리기는 했지만 그는 불편한 데를 직접 가리키면서 내가 알아들을 수 있을 만큼 전달하였다. 혹은 고개를 흔들기도 하고 혹은 끄덕이기도 하면서. 그는 단지 근육을 마음대로 쓰지 못하여 몸이 불편할 뿐, 정신적으로는 멀쩡했던 것이다.

대학생 때 내가 다니던 교회에서는 장애우를 위한 시설과 자매결연을 하여 정기적으로 돕고 있었다. 어느 날 예배가 끝나고 "오늘은 S재활원에 봉사하러 가는 날입니다. 식사 후 바로 출발하겠습니다"라는 알림이 있었다. 그날은 해야 할 일도 있어서 선뜻 내키지는 않았지만, 점심까지 얻어먹고 그냥 빠져나오기가 미안하여 얼떨결에 따라가게 되었다.

S재활원에는 다운증후군, 정신적 발달 장애아처럼 두뇌 발달 장애가 있는 사람, 지능에는 이상이 없으나 뇌성마비로 몸놀림이 불편한 환자, 소아마비처럼 단순히 몸만 불편한 사람도 있었다. 나는 거기서 성현이를 알게 되었다. 성현이는 중증 뇌성마비 환자였다. 처음에는 말을 알아듣기 어려워 그가 무슨 말을 해도 그저 미소만 띤 채 휠체어를 밀어 주거나 단순한 육체적 도움을 주면 내 임무를 다하는 것으로 생각했다. 그런데 그의 말을 조금씩 알아듣게 되면서 내 생각이 바뀌기 시작했다.

"혀…형은 우…왜… 모…못 아… 알아들으면서 아… 알아…듣는 것처럼 우…웃기만 해? 모…못 아…알아드…들었으면 다…다시 무…물어…보…봐야지."

나는 그의 말을 듣고 깜짝 놀랐다. 눈조차 정상적으로 뜨지 못하여 이리저리 눈알을 굴리는 모습을 보고 그가 나를 그렇게 관찰하고 있는지 몰랐다. 순간 당황하여 어떻게 말을 해야 할지 몰랐다.

"어? 아… 미안해. 앞으로는 물어볼게."

마치 맹인이라고 생각한 상대에게 자세가 좋지 않다고 지적당한 사람처럼 화들짝 놀라 자세를 고쳐 잡고 모든 행동을 조심하게 되었다.

혼자 걷는 것도 버거워 보였지만 그는 웬만한 일은 다른 사람의 도움 없이 스스로 하기 원했다. 그리고 내가 도와줘야 할 때와 그냥 지켜보기만 해도 될 때를 알려 주었다. 성현이는 아무리 장애인이라도 모든 일을 다 해 주면 안 된다고 했다. 언제나 누가 도와줄 수 있는 형편이 되는 것은 아니니까 혼자 할 수 있도록 조금씩만 도와줘야 한다고 했다. 물론 이 말도 더듬거리면서 오래 걸려 내게 전달한 것이다. 그의 말은 한마디도 틀리지 않았다. 길지 않은 대화였지만 그의 말은 장애인에 대한 내 인식을 바꾸기에 충분했다.

열일곱 살인 성현이는 단지 언어적 표현이 자유롭지 못할 뿐 성숙한 사고를 하고 있었다. 대화할수록 말도 잘 통하고 유머도 풍부한 생각 깊은 친구였다. 그와 이야기를 나누면서 나는 장애인이 마주하고 있는 우리 사회의 잘못된 편견에 대해 새롭게 깨달을 수 있었다. 나도 전에는 도움이 필요한 사회적 '약자'로만 바라봤는데, 이제는 한 명의 '인격체'로 대할 수 있게 된 것이다.

남의 일이 아니다

요즘 큰 도시에서는 발달 장애 아동들을 보기가 어려워졌다. 아마도 그들이 집단 따돌림을 당하게 하지 않으려고 특수학교로 보내졌기 때문인 것 같다. 장애 아동의 부모들은 자기 아이들을 일반 학교에 보내고 싶어도 다른 학부모들이 싫다며 문제를 제기하는 예도 많다고 한다.

우리 아이가 7년 동안 대안학교에 다녔는데, 거기에는 겉으로 이상을 느끼기 어려울 정도의 가벼운 발달 장애가 있는 아이 두세 명이 있었다. 그들이 다니던 일반 학교에서는 특수학교로 전학을 권유하였지만 보통 학생들과 지낼 기회를 주고 싶었던 그들의 부모는 일반 학교에 계속 다닐 수 있게 되기를 희망했고, 그것이 여의치 않자 대안학교를 선택했다고 한다. 다행히 그 대안학교에서는 어려서부터 약자와 함께 살아가는 정신을 아이들에게 교육하고 있으므로 장애아 부모들은 매우 만족스러워했다.

그런 교육의 혜택을 본 것은 발달 장애 아동만이 아니다. 처음에는 그들을 따로 챙겨주느라 불편을 호소하던 일반 아이들도 시간이 지날수록 점점 너그러워지고 따뜻해져 약자를 배려하는 것이 생활화되었다. 그 학교를 오래 다닌 아이들이 주위 어른들의 칭찬과 인정을 받게 된 것은 당연한 일이다.

수년 전 서울 모 지역에 장애아들을 위한 특수학교가 생기려다 주민들의 거센 저항에 부딪혔던 일이 생각난다. 그들은 밤낮으로 피켓을 들며 구호를 외치고, 길거리는 플래카드로 도배를 한 채 구청에 가서 항의를 했다. 주민들은 비정상적인 아이들을 보는 것이 우선 불쾌하다는 것, 자기 아이들의 발달에 부정적인 영향을 끼칠 것이라는 것, 그리고 아파트값이 떨어질 것이라는 이유를 내세웠다. 당장 자기 눈앞의 일만을 생각하는 옹졸하고 이기적인 모습이다. 결국엔 교육청과 국회의원까지 나서서 '대가'를 안겨 주고서야 문제가 해결되었다.

K가 병원에 오는 날은 진료 시간이 길어져 다른 환자들이 불편할 텐데 아직까지는 재촉하거나 짜증을 내는 사람들이 없어서 다행이다. 나는 K가 조금씩 자신감을 얻어 가는 것을 보면서 많은 위로를 받는다.

세상의 어떤 병도 특정한 대상에게만 오는 것은 아니다. 우리는 모두 예비 환자이며 예비 환자 가족이 될 수 있다. 우리가 문화 국민이 되려면 가슴 온도를 먼저 높여야 할 것이다.

다행히 요즘은 학교에서도 장애아들을 포용하는 교육이 잘 이루어지고 있는 것 같다. 그보다 앞서 과연 가정에서는 제대로 가르침이 이루어지고 있는지 반성할 일이다. 약자를 배려하고 더불어 살아가는 마음을 부모들이 자녀에게 가르치지 않는다면 우리 사회에는 지식만 갖춘 차가운 기계들만 활보하게 될 것이다.

선생님, 그 명예와 멍에

꼬마 친구 창규

며칠 전 주말, 집에서 쉬고 있는데 딸아이가 만면에 웃음을 띠며 나를 다급히 찾았다.

"아빠! 아빠! 대박이야! 벽장에서 이걸 발견했어! 이게 뭔지 알아?"

딸의 손에는 손바닥 크기의 낡은 책 한 권이 들려 있었다. 자세히 보니 책이 아니라 노트였다. 그것은 내가 중학교 1학년 때 쓴 일기장이었다. 겉을 감싸고 있는 비닐이 다 해지고 더러워졌지만, 핑크색, 하늘색, 노란색 등 파스텔톤의 여러 색깔로 치장된 하드커버 표지가 눈에 익었다.

당시 국산 팬시 문구 회사로 인기가 높았던 '바른손'이라는 회사 로고가 내 오래된 기억의 창고를 두드렸다. 80년대 초반, 소위 '팬시' 문구라는 것도 생소하던 그 무렵 그런 파스텔톤의 다이

어리도 흔치 않았다. 초등학교 때까지 일기는 종이 색깔도 우중충한 B5 용지 크기의 '일기장 전용 노트'에 썼다. 아마 그렇게 좋은 일기장을 쓰게 된 것도 그때가 처음이었을 것이다.

일기장 첫 장에는 '앞집의 꼬마 창규가 준 선물'이라고 쓰여 있었다. 아, 창규. 그 꼬마는 대여섯 살밖에 안 된 어린아이였다. 그러나 생각하고 말하는 것이 또래에 비해 성숙했었다. 자기가 제일 좋아하는 노래가 '방랑자'라고 해서 속으로 놀랐었다. 창규는 혹시 내가 그 노래를 모를까 봐 노래를 불러 보이기까지 했다.

"그림자 벗을 삼아 걷는 길은 서산에 해가 지면 멈추지만 마음의 님을 따라가고 있는 나의 길은 꿈으로 이어진 영원한 길…."

나도 이해하기 어려운 노래 가사를 그 애는 곧잘 흥얼거리곤 했다. 지금 창규는 어디서 어떻게 살고 있을까, 갑자기 창규가 그리워진다. 그 애의 어머니는 화가였다. 나중에 대학교수가 되어 서울이 아닌 다른 도시로 멀리 떠난 것까지는 알겠는데, 그 후의 소식은 잘 모르겠다. 남매가 어머니, 할머니와 살았는데, 우리 집과 대문이 나란히 있어서 오가는 길에 자주 마주치곤 했다.

그 애는 동네 아이들과는 말이 잘 통하지 않았는지 친구가 되어 놀지 않았다. 잘생기고 복장이 언제나 깨끗했던 창규, 그 애는 제 말을 잘 들어주는 나를 좋아했었다. 그런데 나는 일기장을 선물한 창규에게 무슨 선물을 했었지? 기억을 더듬어 봐도 생각이 나지 않았다. 설마 선물만 받고 그럭저럭 뭉개고 지나간 것은 아니겠지. 아무튼 오늘 발견한 일기장 때문에 모처럼 창규를 생각하게 되었다. 참 잘된 일이다.

치맛바람 헛바람

중학교 때 일기에는 영어경시대회에 나가 상을 탄 이야기가 많이 적혀 있었다. 나는 영어를 무척 좋아했다. 당시에는 조기교육이라는 개념이 없었고, 영어 선행학습을 한다며 초등학교 6학년 겨울 방학에야 알파벳을 겨우 처음 써 보기 시작하는 정도였다. 아마도 새로운 것을 배우는 재미에 빠졌는지, 나는 다른 과목보다 영어에 시간을 많이 할애했다. 중학교 3년 내내 영어회화반이었고 영어이야기대회, 영어듣기대회에도 빠짐없이 참여했다.

일기를 읽으며 여러 생각과 기억들이 퍼즐처럼 맞춰졌다.

석사 과정 1년차를 시작하기 전에 대학원 합격생 천여 명이 모 수련원에 모여 며칠 간 오리엔테이션을 받았다. 여러 대학 졸업생들이 모였기 때문에 처음 보는 이들도 많았는데, 그중 한 여학생이 다가와 알은체를 했다.

“저어 혹시 ○○학교 졸업하지 않았어요? 영어를 잘하던 이환….”

나는 처음엔 그 여학생이 누군지 알아보지 못했다. 중학교 때

한 학년 학생 수가 1,400명에 달했기 때문에 모르는 것이 당연했다. 그 여학생은 석사·박사 과정을 거치면서 내 친구 중 한 명과 사귀었고 결국 결혼하였으므로, 대학원 시절 우리는 자주 함께 어울리며 허물없이 지냈다. 그런데 어느 날 그가 농담처럼 던진 한마디가 내 마음을 상하게 하였다.

"애! 환아. 너 중학교 때 친구 중에 P라고 기억하지? 너랑 영어회화반도 같이 해서 잘 안다고 하던데."

P라면 나도 기억이 난다. 동글동글한 얼굴, 키가 큰 그 여학생도 3년간 영어회화반이었을 것이다. 내가 남학생 반장이었고, 그녀가 여학생 반장이었던 것으로 기억한다.

"P가 그러던데, 너희 엄마가 우리 학교 음악실에 피아노를 기부하셨다고 하더라. 그래서 네가 영어이야기대회에서 1등한 거라고…."

그 친구의 얼굴에는 장난기가 가득하였지만, 나는 웃음이 나오지 않았다. 부모님은 모두 서울에서 차로 5시간 정도 걸리는 도시에서 대학교수로 계셨기 때문에 나도 금요일 밤에야 부모님 얼굴을 겨우 볼 수 있었다. 치맛바람을 날리며 학교 문턱이 닳도록 드나드는 엄마들을 보며 우리 부모님은 깊은 우려와 한탄을 하였을 터인데, 그런 말도 안 되는 소문을 지어 퍼뜨리다니 당장이라도 P를 찾아가 따지고 싶었다.

몇 번을 되물으며 장난도, 지어낸 이야기도 아니라는 것을 확인하였지만, 눈치 없는 그 친구는 내 마음을 모르는지 계속 놀려대기만 하였다.

너나 앉아! 이 새끼야!

초등학교 5학년 때였다. 나는 원하던 대로 1반에 배정되어 정말 기뻤다. 담임 선생님은 교무부장이었고, 우리 학교에서 큰 영향력을 갖고 계셨다. 예전부터 그 선생님이 맡는 반은 항상 평균 성적이 1등이었다. 그리고 전교 석차를 매겨 1등부터 1반에 배정했기 때문에, 남학생 1등과 여학생 1등은 항상 그 선생님이 맡는 1반에 배정되었다. 그 두 아이는 매년 남녀 전교 1등을 도맡아 했고 집도 부자였다. 요즘 표현으로 하자면 엄친아, 엄친딸이었기 때문에 나는 선망의 눈으로 그들을 바라보았었다.

나도 그 선생님 반에 배정되면 공부도 더 잘하게 될 것 같고, 그 아이들과 친하게 지낼 수 있을 것 같았다. 1반 학생이라는 것이 마치 선택을 받은 듯해 설레었던 기억이 난다. 나는 선생님 말씀을 잘 듣고 순종하려 애썼고, 선생님도 나를 눈여겨보시는 것 같았다.

아마 1학기 어느 시험 시간이었을 것이다. 시험 문제 중 하나가 무엇을 묻는 것인지 이해되지 않아 앞에서 감독하고 계신 선생님에게 시험지를 가지고 나가서 여쭈었다.

"선생님, 이 문제 말이에요, 이게 무슨 뜻이…?"

말을 채 마치기도 전에 선생님이 손가락으로 정답을 짚어 주는 것이었다. 깜짝 놀라서 멍하니 서 있는 내게 선생님은 다시 한 번 정답을 짚어 준 뒤 빨리 들어가라고 손짓을 했다. 그것이 옳지 않은 일이라는 생각이 들면서 머릿속이 복잡했다. 하지만 그 뒤에도 모르는 문제에 맞닥뜨리면 나는 유혹을 못 견디고 두 번이나 시험지를 가지고 앞으로 나갔었다.

그러고 나서 유심히 살펴보니 항상 전교 1등을 놓치지 않았던 남자아이, 여자아이는 거의 모든 과목마다 선생님에게 시험지를 들고 나가서 묻곤 하는 것이었다. 미간을 살짝 찌푸리며 혼내는 듯한 선생님의 표정과 머리를 긁적이며 겸연쩍게 웃던 그 아이들의 얼굴을 잊을 수가 없다.

오랫동안 선망하던 친구들과 존경하던 선생님의 맨 모습을 그날 알게 되었다. 그 아이들이 전교 1등을 놓치지 않았던 이유와 그 선생님 반이 항상 1등이었던 비밀을 알게 되고 한편으로는 나 자신의 행동도 부끄러웠지만, 그것을 감히 드러내 놓고 말하지는 못했다. 나도 그 '범죄에 가담한 공범'이었기 때문이다.

2학기에 선생님은 내게 반장을 맡겼다. 보통 반장의 임기가 1년인데, 그해는 우리 반만 6개월이었다. 난생처음 반장이 된 나는 열심히 그 역할을 수행하려고 애썼다. 매달 15일마다 하던 민방공 훈련이 있던 어느 날이었다. 사이렌 소리가 요란하게 울리고 우리는 모두 운동장으로 뛰어 내려갔다. 나는 시끄럽게 떠들며 우왕좌왕하는 반 아이들을 통솔하기 위해 줄지어 앉혔다.

"얘들아, 4열 종대로 앉아! 뒤에 ○○도 앉아야지!"

그런데 갑자기 뒤에서 누군가 달려와 내 뒤통수를 강하게 후려쳤다.

"너나 앉아! 이 새끼야!"

머리를 감싸쥐고 주저앉으면서 뒤를 돌아봤는데, 담임 선생님이었다. 아픈 것은 둘째고 내가 왜 맞아야 하는지 이해할 수가 없었고 억울했다. 부모님이 걱정하실까 봐 그 일은 지금까지도 혼자 속으로 삭였지만, 어린 나에게 그것은 큰 충격이었다.

시간이 오래 흐르고 어른이 되어서야 내가 그때 맞은 이유를 짐작할 수 있었다. 초등학교 반장이 마치 큰 벼슬이나 되는 것처럼 여기던 당시, 게다가 촌지가 만연하던 그때 당신의 아이가 반장이 되었는데도 우리 부모님은 아무런 '행동'을 취하지 않으셨던 것이다.

그걸 내가 어떻게 알아!

6학년 때 담임 선생님은 우리 집과 가까운 곳에 사셨다. 어느 날 오후, 할머니는 정성껏 부친 모듬전을 광주리에 담더니 선생님께 갖다 드리라고 하셨다. 할머니는 가끔 선생님에게 무엇인가를 드리고 싶어하셨다. 그날 선생님은 광주리를 받아들고 무척이나 환하게 웃으셨다.

"고마워! 할머님께 맛있게 잘 먹겠다고 말씀드리고!"

며칠 후 할머니는 선생님으로부터 빈 광주리를 받아 오라고 하셨다. 나는 학교에서 선생님을 뵙고 말씀드렸다.

"선생님, 할머니께서 광주리를 받아 오라고 하셨는데요."

"뭐? 광주리? 어디 있는지 몰라! 내가 그걸 어떻게 알아?!!"

느닷없이 버럭 화를 내며 나를 노려보는 그 눈초리에 나는 얼어붙을 수밖에 없었다. 그때는 왜 화를 내시는지 모르고 억울하기만 했지만, 선생님은 혹시 광주리 아래 돈봉투라도 기대했던 것일까? 나이가 들고 세상을 살아가면서 돌아보니 조금씩 이해가 된다.

초등학교 졸업식이 있기 바로 전날, 어머니는 선생님 댁에 가셨다고 했다. 졸업식 전날이었으니 잘 봐달라는 부탁을 하러 간 것이 아니라 감사의 마음을 표현하고 싶어서 가셨을 것이다. 그러나 선생님은 하얗게 질린 표정으로 어쩔 줄 모르고 당황하면서, "환이가 졸업생 대표로 상을 받든지 꽃다발을 받든지 무슨 순서를 꼭 맡아야 하는데 경쟁자는 많고… 제 불찰입니다. 부디 이해해 주십시오" 하더란다. 어머니는 뜻하지 않았던 선생님의 태도에 오히려 놀랐다고 하셨다.

"선생님, 초등학교 졸업식에서 그런 대우를 받지 않더라도 앞으로 기회가 많을 겁니다. 저는 그런 것에 별로 의미를 두지 않습니다. 전혀 걱정하지 마십시오."

선생님은 어머니가 항의라도 하러 온 줄로 생각하고 매우 긴장하셨고, 어머니는 선생님이 오히려 딱해 보이더라고 하셨다. 그리고 전혀 몰랐던 비리를 인정하는 것 같은 그 태도에 매우 불쾌하더라고 하셨다.

졸업식 날, 선생님은 내게 유난히 친절하셨다. 여러 학생들 앞에서 나를 칭찬하셨지만 나는 별로 기쁘지 않았다.

'선생님'이라는 특수명사

선생님이라는 호칭은 상대방을 최고로 높이는 표현이다. 교수님이나 박사님이라는 호칭은 단순히 상대의 지식과 사회적 지위를 인정하는 표현이지만, '선생님'이라는 호칭에는 상대의 인격을 높이고 존경하는 마음까지 담겨 있다. 선생님은 그 호칭에 걸맞은 존경을 받고, 학생들은 선생님으로부터 지식뿐 아니라 사랑과 지혜를 배우는 그런 교육은 언제 가능할까?

아이들을 여럿 키우다 보니 선생님들의 고충과 학교 현장의 문제에 대해 많이 알게 된다. 나이가 지긋한 어떤 선생님은 되바라진 요즘 아이들에게 상처를 받아, 어떠한 애정을 주는 것도 포기하고 무관심으로 아이들을 대하기도 하는 것을 보았다. 또 어떤 젊은 선생님은 열의와 사랑으로 초등학교 1학년 아이들을 돌보다가 ADHD(주의력 결핍-과잉행동장애) 아이에게 욕설을 듣고 구타를 당한 뒤에 그 충격으로 며칠간 학교에 나오지 못하기도 하였다.

간단하게 한마디로 논할 문제는 아니지만, 선생님이 학생에게 매를 대는 것이 곧 범죄인 듯 인식되는 현실도 바람직하지는 않다.

"제 자식도 아닌데 대강대강 하세요. 속까지 상하면서 매를 댈 필요가 없어요. 제 부모들이 잘 알아서 하겠지요."

교사인 지인에게 전해 들었는데, 이렇게 말하는 동료들이 적지 않다고 한다. 절망이다. 이는 곧 교육의 포기가 아니겠는가? 학생이 잘못을 저지르면 제가 맞을 회초리를 꺾어다가 훈장님께 드리고, 무슨 잘못으로 몇 대를 맞아야 하는지 스스로 수를 정하여 종아리를 걷었다는 서당 교육이 생각난다.

근래에는 선생님들이 학생들에게 마음의 상처를 받는 일이 다반사이고, 심지어 학생이나 학부모에게 폭행을 당했다는 뉴스도 가끔 들린다. 사회가 외면적으로는 교권을 존중하는 것 같지만, 학생들의 권리만 보호하다가 선생님들의 설 자리는 점점 없어지고 있다. 대안학교에 다니다가 일반 학교로 옮긴 우리 아이가

1,2년 후에 한 말이 잊히지 않는다.

"아빠, 전에는 선생님이 되고 싶었는데 이제는 마음이 바뀌었어. 아이들이 선생님한테 너무 함부로 대하더라고. 선생님이 망나니 같은 아이들에게 그런 대우를 받는 존재라면 별로 되고 싶지 않아."

학교가 바로 서고 교육이 제대로 되려면, 선생님들이 진정으로 존중받고 스스로 자부심을 느낄 수 있는 환경이 되어야 하지 않을까.

내 학창 시절의 선생님들 중에도 존경할 만한 분들이 계셨다. 그러나 나는 어릴 적의 상처 때문에 선생님들의 나에 대한 사랑과 관심, 친절의 진의眞意를 가끔 의심하고 경계한 적도 있다. 그래서 마음을 쉽게 열거나 의지하지 못했다. 지금에야 선생님들의 안부가 궁금해진다. 그 격려와 관심을 분명히 알고 있으면서도 마음의 벽을 허물지 못했던 것이 아쉽다.

5월에 많은 날이 있다. 어린이날, 어버이날, 발명의 날, 부부의 날, 그중에서도 스승의 날이라는 말에 나는 왜 이렇게 가슴이 시릴까? 금년에는 뜻하지 않게 사회 분위기까지 살벌해져서 카네이션도, 스승의 노래도 없이 조용한 스승의 날을 지냈다.

내가 오늘 여기에 서 있는 것은 그동안 잊어버리고 살았던 여러 선생님 덕이었다. 선생님이라는 말은 보통명사가 아니다. 그것은 높이 모셔야 할 특수명사다. 여러 선생님 가운데 진정한 스승님을 떠올린다. 보수를 받고 일하는 교육기술자가 아닌 참 선생님, 내 스승님을 깊이 생각하고 그리워하는 5월의 마지막 주도 지나가고 있다.

빨리 크는 아이들

개원한 지 얼마 되지 않았을 무렵이다. 70대 할머니 한 분이 진료를 받으러 오셨다. 처음에는 허리가 아프다고 했는데, 허리도 허리지만 얼굴이 무척 어두워 보였다. 할머니가 여러 날 치료를 받는 동안 언제나 손녀 둘이 할머니를 따라오곤 했다. 초등학교에 다니는 아이들이었다. 자주 만나서 익숙해지자 할머니는 내게 가정 사정을 넋두리하듯 털어놓았다.

꽤 긴 얘기를 주로 듣기만 하였을 뿐 시시콜콜 캐물을 수가 없어서 자세한 내막은 알 수 없지만, 아들과 며느리가 어떤 연유로인지 몇 년 사이에 차례로 세상을 떠났다고 했다. 할머니는 어쩔 수 없이 남겨진 손녀 둘을 혼자서 키우고 있었다.

그런데 얼마 전에 당신이 대장암 진단을 받았고, 수술까지 했으며 언제 세상을 떠나게 될지 모른다며 눈물을 머금었다. 자기는 살 만큼 살았으니 죽는 것이야 조금도 두렵지 않다고, 그러나 아직 어린 손녀들을 두고 갈 생각을 하면 어떻게 눈을 감을지 걱정이라고 했다.

고모도 있고 큰아버지도 있지만 제 자식을 제대로 키우기도 어려운데 어떻게 조카를 맡아 달라고 하겠느냐고, 고모나 큰아버지가 아무리 잘 키워도 친자식 키우듯 하겠느냐고, 몸이 고단해도 당신이 끼고 있는 것이 마음이 편하다면서 꽤 오랜 시간 나를 붙들고 통사정을 했다.

할머니는 몇 년을 종종 내왕하면서 가까이 지내는 동안 암이 더 커지거나 악화하지 않았으며 잘 이겨 내고 있어서 고마웠다. 사정이 안타깝고 답답한 것은 말할 것도 없지만 내가 도울 수 있는 것은 한계가 있었다. 가끔 할머니를 따라오는 애들에게 푼돈을 쥐어 주기도 하고, 한 달에 두 번 병원 직원들과 회식할 때면 불러내어 먹고 싶다는 음식을 사 주곤 했다. 그때부터 우리 병원의 회식 메뉴는 주로 치킨 아니면 피자나 떡볶이 같은 것이 되었다.

처음에는 너그러이 이해하고 아이들을 돌보던 간호사들도 시간이 지날수록 "이제는 피자나 치킨은 그만 먹고 싶다"며 점차 불평하기 시작했다. 그래서 아이들에게 연락하지 않고 우리끼리 회식하는 일도 가끔 있었다.

그런데 몇 년이 지나자 큰아이가 회식 자리에 나오기를 꺼렸고, 둘째도 언니와 함께 집에 있겠다고 했다. 사춘기가 되면서 그런 자리에 나오는 일이 아이들의 마음을 불편하게 했을까? 아이들은 빨리 자란다.

모든 일은 시간이 지나면서 자연스럽게 해결되는데, 조급한 마음으로 그들에게 알리지 않고 병원 식구들끼리만 식사했던 지나간 몇 번의 일들이 생각나면서 마음 한구석이 켕겨 왔다. 몇 주 전에는 그 근처를 지나가는 길에 전화를 했더니 연결이 되지 않았다. 그동안 자주 보지 못했는데 어디로 이사를 한 것인지? 건강은 괜찮으신지? 아이들도 지금쯤은 성인이 되었을 텐데 어떻게 지내는지 갑자기 소식이 궁금하다.

본능과 사랑 사이

책상 서랍을 정리하다가 오래전 사진을 발견했다. 10여 년 전쯤 되었을까? 지금보다 훨씬 젊어 보이는 나와 아내, 그리고 꼬맹이 녀석들이 활짝 웃고 있다. 한참 동안 옛날 사진들을 들여다보니 저절로 웃음이 나왔다. 지금은 다들 훌쩍 커서 얌전해졌지만, 화면 속의 아이들은 천방지축 개구쟁이 모습 그대로다.

결혼하기 전, 나는 어린아이들을 별로 좋아하지 않았다. 아무데서나 시끄럽게 떠들고 울고 버릇없이 구는 아이들을 보면 정신이 산만해져 가까이 가고 싶지 않았음은 말할 것도 없고, 가능하면 그들을 피하고 싶었다. 내 친구 중에는 아이들을 좋아하고 잘 놀아 주는 친구도 있었다. 나는 그들이 어른스러워 보였고 아이들과 놀아 주는 모습을 보고 있는 것만으로 기분이 좋아졌으며, 그들의 너그러운 마음이 은근히 부럽기도 했다.

나도 아이들을 가까이하고 싶었지만, 마음처럼 되지 않았다. 훈련을 좀 해 보면 될까 하여 교회 여름성경학교에서 며칠간 봉사를 자청해 보기도 했는데, 그 며칠 동안 초등학교 3~4학년 여학생들에게 이리 치이고 저리 치이다가 그 뒤로는 초등학생 아이들을 오히려 더 멀리하게 되었다.

그러던 내가 결혼 후 아이를 키우면서 조금씩 바뀌었다. 생명 하나하나가 얼마나 귀한 존재인지, 그들을 낳고 기르기 위해 얼마나 많은 인내와 노력이 필요한지를 알게 되었다. 어린애가 칭얼거리는 것은 버릇이 없기 때문이 아니라 무언가 불편하다고 호소하고 있다는 것, 어린애가 문제를 일으키는 것은 아이의 잘못이 아니라 대부분 그 부모가 관심을 기울여 돌보지 않았기 때문이라는 것도 깨닫게 되었다. 또 어린애는 시끄럽게 떠들고 뛰어다니는 것이 정상이며, 그 애가 건강하다는 증거라는 것도 말이다. 그리고 부모의 사랑을 받지 못하거나 버려져 보살핌을 받지 못하는 아이들에 대해 안타까워하는 마음도 커졌다.

전 세계에는 어려운 환경에서 제대로 먹지도 못하고 배우지도 못하는 어린 생명이 많은데 그들을 말없이 돕고 있는 사람들을 TV에서 보고 크게 감동하였다. 그리고 감동으로만 끝내지 말고 우리 가족도 국제기구에 적은 금액이라도 정기적으로 후원하자고 하였다.

70년 전 우리나라에는 전쟁통에 부모를 잃고 폐허에서 울고 있는 전쟁고아들이 많았다. 선진국에서 못 본 체하지 않고 어린 애들을 배고픔에서 구출해 주었다. 그것은 잊어서는 안 될 큰 사랑의 손길이었다. 우리는 그때 그들이 베풀었던 선행을 잊어서는 안 될 것이다. 나는 우리가 그 힘으로 다시 일어설 수 있었다며 우리 아이들에게 가르치고 우리도 이제는 남을 돕자고 하였다. 비록 큰 금액은 아니지만 그들에게 "너희는 혼자가 아니다"라고, "우리가 작은 힘이나마 보태겠다"고 무언의 선한 영향력을 끼치고 싶었다.

제가 낳은 자식을 양육하는 것은 본능이다. 그것은 짐승도 할 수 있는 일이다. 오히려 짐승은 더 치열하고 무섭게 자식을 사수한다. 사랑이란 조건 없이 자기를 덜어서 상대를 일으키는 행위다.

병원과 우리 집 책상 위에는 중미와 남미 아이들의 사진이 있다. 가끔 그들의 사진을 들여다보면서 생각한다. 아이들은 해마다 다르게 자랄 것이라고, 저 아이들이 잘 자라고 우리의 도움으로 교육을 받아 사회에 나갈 즈음, 저 나라도 지금과는 달라졌으면 좋겠다. 이 희망은 헛되지 않을 것이다. 우리나라가 그랬던 것처럼 그들도 가난에서 벗어나 선한 영향력을 세계에 끼칠 수 있기를, 그들의 사진을 볼 때마다 기도하게 된다.

큰일이다

어느 날 K가 병원에 들어서자마자 특유의 밝은 표정과 명랑한 목소리로 말했다.

"원장님, 요새 청소 안 하셔유? 길바닥이 다시 더러워지는 걸 보니 원장님이 청소를 안 하고 계시구먼! 하하."

"아, 그렇게 티가 나나요? 요새 좀 게으름을 피웠더니… 허허."

그러고 보니 내가 길거리 청소를 시작한 지 벌써 몇 달이 되었다. 처음엔 점심시간을 이용해 병원 앞 골목길에 떨어진 담배꽁초를 주웠다. 하룻밤만 지나면 주차장이며 골목길이며 병원 앞 버스정류장 근처며 어지럽게 떨어져 있는 담배꽁초가 눈에 거슬렸기 때문이다.

내가 꽁초를 줍고 있으면 지나가는 동네 사람들이 한마디씩 거들었다.

"아유~ 원장님이 뭔 쓰레기를 다 주우신대~"

"수고하시네유~ 뭔 담배꽁초들을 그렇게 버려 대는지. 내일이면 또 수북이 쌓일 거에유. 외국인 노동자들이 그렇게 생각 없이 버린다니께유~"

꽁초 줍는 일을 도와주지 못해 미안해서인지 동네 사람들은 내가 뭐라고 답하기에도 불편한 인사말들을 던지며 지나가곤 했다. 우리나라 사람들이야 쓰레기종량제에 대해 잘 이해하고 있어 집집마다 쓰레기봉투에 착실하게 담아서 버리지만, 외국인들은 그렇지 않다. 특히 원룸 임대업을 하는 사람들의 불평이 컸다. 짧은 기간 잠시 머물다가 다른 건설 현장으로 옮기곤 하는 그들의 생활 습관을 마땅치 않게 여기는 것이었다.

그들은 밤에 야식으로 먹은 음식물 쓰레기를 새벽마다 비닐봉지에 싸서 건물 앞에 놓아 둔다는 것이었다. 건물 앞에 얌전하게 모아 놓으면 그나마 다행인데, 수풀이나 공터 같은 곳에 마구 던져 놓는 사람도 많다는 것이다. 그런 사람들에게는 임대료에 특별 청소비를 얹어 받아야 한다고도 했다.

그러나 꼭 외국인들만 탓할 것도 아니라고 한다. 식사를 마치고 나온 건설 현장 노동자들은 외국인이건 한국인이건 식당 앞에 모여 으레 담배를 피우면서 이야기를 나누곤 하는데, 그들이 떠나고 난 자리에는 담배꽁초와 이쑤시개가 어지러이 널려 있으니, 예전부터 그 동네에 살아온 주민들에게는 그 모습이 좋게 보일 리 없었다.

내가 꽁초를 줍는 시간이 하필이면 그들이 점심 식사를 마치고 식당 밖에서 담배를 피우는 시간과 딱 맞아떨어져 서로 마주치기가 민망하다. 그래서 나는 일부러 그들이 그 자리를 떠날 때까지 다른 곳을 치우다가 나중에 그 자리를 청소한다. 어떤 이들은 내가 청소하는 것을 아예 인식하지도 못하는지 나와 멀지 않은 곳에 담배꽁초를 버리고 가기도 한다.

피곤에 지친 그들의 모습, 땀에 찌들은 머리카락과 먼지투성이 신발과 옷을 보면 아무 데서나 담배를 피운다고 나무라고 싶지는 않다. 그러나 꽁초를 아무 데나 버리지는 말았으면 좋겠다. 아니 그보다도 꽁초를 보도블록 사이나 집게로 꺼내기도 힘든 구석에 깊이 박아 놓지 않았으면, 이쑤시개를 몇 동강 내어 버리지 않았으면, 영수증도 잘게 찢어 버리지 않았으면 좋겠다.

오후 진료 시간이 가까워지면 종량제 쓰레기봉투들이 모여 있는 곳에 가서 공간에 여유가 좀 있는 봉투를 찾아 그 안에 쑤셔 넣는 방법으로 '내 쓰레기'를 처리하였다. 쓰레기를 줍는 것은 별로 힘들지 않지만 남이 버린 쓰레기봉투에 그것을 우겨 넣는 게 고역이다. 쓰레기봉투에 쑤셔 넣기 어려울 만큼 비닐봉지 부피가 큰 날은 더 고생이다. 그래서 우유곽이나 일회용 컵같이 부피가 큰 것들은 주울 엄두를 내지 못한다. 그런 것들을 눈앞에 보면서도 치우지 못하고 그 옆에 떨어져 있는 작은 꽁초만 주우면서 괴로울 때도 있다.

아침에 출근하여 저녁까지 병원에 있다 보면, 일부러 시간을 내어 외출하지 않는 한 햇볕을 쬘 시간이 거의 없다. 그래서인지 근래 건강검진 결과에서 비타민 D가 부족하다는 소견이 나오기도 했다. 운동이 부족하니 갈수록 하체 근육은 빈약해지고 배만 나오려고 한다. 동네에서 쓰레기를 줍는 시간은 단순히 봉사만 하는 것이 아니라 햇볕도 쬐고, 운동도 하며, 아직도 우리 병원의 존재를 모르는 분들에게 홍보도 하는 알찬 시간이다.

빨간 고무를 덧입힌 면장갑에 비닐봉지를 들고 청소용 집게로 담배꽁초나 이쑤시개를 줍다 보면 무슨 참선이나 묵상을 하는 사람처럼 나도 모르게 나만의 시간에 깊이 빠져든다. 땅바닥만 보고 다니다가 아는 사람이 옆을 지나쳐도 알아채지 못하기 일쑤다. 하루는 우리 환자 중 한 사람이 내가 청소하는 모습을 사진으로 찍어 여러 사람이 모이는 밴드Band에 올렸나 보다. 시골이라서 그럴까, 그 소식은 입소문을 타고 생각보다 빠르게 동네로 퍼졌다.

어느 날 면사무소에서 직원 한 사람이 병원까지 찾아왔다.

“바쁘신 원장님께서 동네 쓰레기까지 청소해 주신다는 말씀을 들었습니다. 저희들이 할 일인데 수고해 주시니 너무나 감사합니다.”

그는 커다란 공공용 쓰레기봉투를 여러 장 주고 갔다. 면사무소 직원이 찾아올 정도면 소문이 나도 크게 난 모양이다. 그동안

줍기가 어려웠던 큰 쓰레기들을 이제는 치울 수 있으니 오히려 내가 고마웠다.

그러나 이내 커다란 부담이 밀려왔다. 그동안은 내가 하고 싶고 시간 여유가 있을 때 주우면 되었지만, 이제는 공공용 쓰레기 봉투까지 받았으니 더 열심히 주워야 하는 것 아니겠는가!?

퇴근 후 집에 오면 운동 삼아 동네 주변을 산책한다. 걷다 보면 차를 타고 다니느라 무심히 지나쳤던 주변 상가들을 자세히 볼 수 있다. 크고 작은 간판들, 전에는 꽤 잘 되었는데 모르는 새 문을 닫은 상점과 새로 생긴 가게들, 주변 아파트의 동 배치들도 새삼스레 파악하게 된다. 그런데 어느 날 우리 동네 주변에 얼마나 많은 쓰레기가 쌓여 있는지 발견하고 깜짝놀랐다.

우리 동네에는 외국인 노동자도 없고 건축 현장도 없으니 깨끗해야 하는데, 아파트 단지와 학원과 병원과 극장과 은행과 편의점이 있을 뿐인데, 쓰레기는 내가 날마다 출근하는 변두리 시골보다도 오히려 넘쳐났다. 지하철역 주변과 상점 앞 벤치에는 담배꽁초와 휴지가 널려 있고, 가로수 옆 수풀에는 종류를 헤아릴 수 없이 다양한 폐기물들이 숨어 있었다.

고등학생은 편의점에서 과자를 사 먹고 포장지를 아무렇게나 던져 버리고, 젊은 남녀는 벤치에서 커피를 마시다가 일회용 플라스틱 용기를 버리고 떠난다. 학원 봉고차를 운전하는 아저씨는 차량 옆에서 수다를 떨면서 담배꽁초를 버리고 있다. 그런 모습을 보고 나니 퇴근 후 우리 동네에서도 쓰레기를 줍지 않을 수 없었다.

다만, 후줄근한 옷차림으로 쓰레기를 주우면 공공근로사업에 동원된 임금노동자로 여겨질까 봐 퇴근길 정장 차림으로 나섰다. 쓰레기를 줍는 나와 눈이 마주치면 쓰레기를 버렸다가도 미안해하며 다시 주워 내가 들고 있는 비닐봉지에 넣는 사람들이 있어 그나마 다행이었다.

지난가을엔 유난히 비가 잦았다. 겨울에도 날씨가 포근하여 예년 같으면 눈이 내려야 할 시기에 때아닌 폭우가 내리기도 했다. 비가 내리면 며칠 동안은 쓰레기가 젖어 있기 때문에 줍는 일을 미루어야 한다. 젖은 쓰레기를 비닐봉투에 넣으면 안에서 부패하거나 악취가 날 가능성이 있기 때문에 마를 때까지 며칠을 기다린 후 줍는 것이 낫다. 그러다가 날이 추워졌고 나도 이래저래 비 핑계에, 추위 핑계에 게으름을 피웠다.

그렇게 2~3주나 쉬었나 보다. 병원에 들어오자마자 이젠 청소 좀 다시 시작하라며 농담을 던지는 K의 말에 뜨끔했다. 당신의 수고 덕분에 동네 길거리가 좀 더 깨끗해졌다는 말을 그렇게 웃으며 표현했겠지만, 최근 게으름을 피운 나는 도둑이 제 발 저리듯 미안했다.

그런데 큰일이 생겼다. 며칠 전 면사무소 관계자로부터 내가

'선행상' 수상자로 선정되었다는 이야기를 전해 들은 것이다. 정말 큰일이다. 겨우 몇 달 청소하고 선행상을 받아야 하는 건지 고민이 되는 것은 둘째고, 상을 받으면 이제는 그만두고 싶어도 그만두지 못하게 될 것이니 말이다.

쓰레기를 주우면서, 국적과 연령과 성별을 떠나 쓰레기를 함부로 버리는 것에 아무런 죄책감도 느끼지 않는 사람들이 많다는 것을 알게 되었다. 그것은 육신의 병에 못지않게 정신의 심각한 병이다. 그 병은 의사의 힘과 노력으로는 절대 해결될 수 없는 것이니, 정말 큰일이다.

그대들 안녕하신가

_코로나 발생 초기에

요즘은 만나서 “안녕하십니까?” 하고 묻는 것이 어색하다. 매일 코로나 바이러스 확진자 수를 알리는 내용으로 시작하는 뉴스를 접하면서, 마스크에 반 이상 가려진 얼굴로 안부를 묻기도 하는 우리는 지금 모두 안녕하지 못한 가운데 살고 있다. 오랜 생활 속에 익숙해진 “안녕”이란 단어가 얼마나 깊고 고맙고 절실한 의미를 가진 말인지 알아가고 있는 중이다.

우리나라뿐 아니라 전 세계의 관심은 온통 코로나 바이러스로 가득 차 있다. 뉴스는 물론이고 일반교양 프로그램까지도 이 질병에 대한 정보를 다룰 만큼 이미 큰 사회 문제가 되어 버렸다.

나도 감기 환자들을 진료하는 일이 적지 않기 때문에 관심이 클 수밖에 없다. 아예 ‘코로나 바이러스 실시간 상황’이라는 앱을 스마트폰에 깔아 놓고 아침에 눈뜨자마자 그것부터 확인한다. 새로 증가한 확진자, 사망자, 완치자에 대한 정보는 물론이고,

우리가 세계 중 어느 위치에 서 있는가를 알아보는 것이다.

그런데 며칠 사이 우리 동네에서 확진 판정을 받은 환자가 발생하여 신경이 쓰인다. 평소에는 퇴근 후 근처 마트를 한 번 둘러보는 일이 많았지만, 요새는 당장 반드시 사야 할 물품이 있을 때만 가고, 주말에 즐기던 가족 외식도 가능하면 하지 않는다. 만에 하나, 모르는 사이에 환자와 접촉하는 일이 없도록 퇴근 후 걷기 운동도 쉬고 있는 형편이다.

확진 환자들 가운데 공중시설을 많이 이용한 사람에 대한 인터넷 뉴스에는 그를 질타하는 댓글들이 무시무시하게 줄을 잇는다. 일반인들에게도 그럴진대 나 같은 의료인이 그렇게 돌아다녔다가 혹시라도 감염된다면 내가 짊어져야 할 책임은 훨씬 클 것이다. 일찍 퇴근하고 집으로 직행하는 것이 상책이다.

우한 시민이 대유행 초기에 중국 공안에 잡힐 것을 두려워하지 않고 유튜브에 올린 우한 코로나 바이러스 실태 영상은 공감대를 형성하기에 충분할 만큼 놀랍고도 감동적이었다. 그것은 에볼라 바이러스가 미국에 퍼진다는 줄거리로 충격을 주었던 20여 년 전 영화 〈아웃브레이크〉를 생각하게 했다. 그리고 치사율 높은 독감으로 많은 사람의 희생을 불러올 수 있다고 예고한 우리나라 영화 〈감기〉를 떠올리게 했다. 단순한 픽션에 머물지 않고 바로 우리의 현실적 환경과 직결될 수 있다는 위기감을 일깨워 준 영화였다.

사실 이번의 코로나 바이러스뿐 아니라 2000년 이후 4~5년 간격으로 신종플루, 조류독감, 사스, 메르스 같은 전염병들이 발생하여 세계적으로 확산되었었다. 그럴 때마다 전 세계는 약간 과도하다 싶을 정도로 민감하게 반응하면서 그에 대한 소식을 매일 자세히 뉴스로 전달했는데, 이는 스페인독감의 아픈 기억이 남아 있기 때문일 것이다.

스페인독감은 1918년 1차 세계대전 중에 발생했는데 호흡기를 통해 전염되었기 때문에 놀라운 속도로 전 세계에 퍼져 나갔다. 벌써 100년도 넘은 옛날이니, 대중들에게는 아직 전기電氣라는 개념조차 생소했던 그 당시에 의료기술의 미비함은 더 말할 수 없었을 것이다. 치료는커녕 병의 원인조차 제대로 규명하지 못한 사이에 사람들이 속수무책으로 죽어 갔다. 전쟁 중에 유행이 시작되었으므로 군대 막사에서 단체 생활을 하던 군인들이 걸린 것은 물론이고, 전역하는 군인을 통해 바이러스는 본국에까지 전파되었다.

단기간에 전 세계에서 적어도 5천만 명, 많게는 1억까지도 추산되는 사람들이 사망한 것으로 알려졌는데, 이는 1차 세계대전으로 사망한 순수한 전쟁 피해자의 3~5배에 달하는 수치라고 한다. 중세 유럽을 초토화시켰던 흑사병보다도 더 많은 사망자를 남겼다니, 당시 인류가 겪었을 공포감과 그로 인한 트라우마는 상상하기도 어려울 것이다.

극도의 공포심은 자칫 과격하고 폭력적인 양상으로 발전될 수도 있다. 중세 시대에 흑사병 때문에 많은 이들이 죽어 가자, 사람들은 죄 없는 여자들을 마녀로 몰아 처형하는 만행을 저질렀다. 관동대지진이 일어났을 때 일본인들은 조선 사람들에게 누명을 씌워 자신들의 공포와 분노를 야만적으로 쏟아부었었다. 베트남전이나 한국전쟁 같은 전쟁에서도 힘없는 양민들을 복수나 화풀이 대상으로 희생시키는 일이 많았다. 원인이 불확실한 상태에서 군중 심리로 인해 씻을 수 없는 범죄를 저지른 사례들은 역사 속에서 얼마든지 찾아볼 수 있다.

우리 병원이 있는 지역에는 원룸들이 즐비한데, 그 원룸은 근처 건설 현장에서 일하는 외국인 노동자들의 숙소다. 저녁 식사를 마치고 숙소로 향하는 노동자들이 시끌벅적하게 떠들 때, 중국말도 심심치 않게 들리는 것으로 보아 중국인 노동자들도 많은 것 같다. 코로나 바이러스가 중국에서부터 맹위를 떨치는 뉴스를 접할수록 내 마음은 편치 않았다.

우리나라 환자 수가 늘어나면서 중국 내의 질병을 초기에 막지 못하고 오히려 언론을 통제하여 피해를 걷잡을 수 없도록 만든 시진핑 정부를 비난하는 목소리가 컸다. 그리고 중국인들의 입국을 막지 않는 우리 정부에 대한 불만도 있었다.

같은 중국인끼리도 우한 지역이나 후베이성 사람들을 비난하고 심지어 폭행하기도 한다는 뉴스까지 나돌았다. 중국인들은 춘절을 맞아 고향에 다녀온 사람들이 다시 우리나라에 입국하는 경우가 많았을 텐데, 혹시 우리 병원에 다녀간 환자가 나중에라도 확진자로 밝혀지면 나와 간호사들은 2주간 격리되고 병원도 문을 닫아야 한다는 생각에 걱정이 더 커졌다.

'혹시 중국인 환자가 병원에 오면 어떻게 해야 하나? 그냥 평소처럼 환자를 받자니 불안하고, 받지 않는 것도 바른 일은 아닌 것 같고….'

그런데 다행인지 불행인지 중국인은 물론 자주 오던 우리나라 환자들까지 대폭 줄어들었다. 중국인들은 스스로 조심하는 것인지 길거리에서조차 눈에 잘 띄지 않는다. 처음엔 바이러스를 전파할까 봐 불안했는데 막상 모습이 보이지 않으니, '죄인처럼 숨어 지내는구나' 싶어 불쌍하다는 마음이 들 정도다.

이젠 우리나라 사람들의 입국을 금지하거나 제한하는 나라들이 늘어나고 있다고 한다. 유럽에서는 우리나라 학생들의 등교를 금지하는 학교까지 있다고 하니, 기분이 착잡하다. 며칠 전까지만 해도 피해자 입장에서 중국을 손가락질했는데, 이제는 가해자로 몰려 손가락질을 당하는 모양새가 되었으니 말이다.

사람들은 스스로 해결할 수 없는 큰 불행이나 재난을 만나면 누군가에게 그 책임을 전가하고 싶어한다. 에덴동산에서도 하와는 뱀에게, 아담은 하와와 심지어 하나님에게까지 선악과를 먹은 책임을 떠넘기지 않았던가?

“하나님이 주셔서 나와 함께 있게 하신 여자 그가 그 나무 열매를 내게 주므로….”

우선 자신의 불행을 다른 사람 탓으로 돌리려는 ‘원죄’의 바탕은 아마도 인류가 존재하는 이상 없어지지 않을 것 같다.

코로나 바이러스는 앞으로도 쉽게 해결되지 않고 장기간 우리 주변에 잠복해 있을 거라는 학자들의 발표도 있다. 그럴수록 이상한 소문은 번질 것이고, 민심은 더 각박해질 것이다. 중국 사람은 우한 사람들을 바이러스 보듯 하고, 우리나라 사람은 중국 사람들을 거부하며, 서구 사람들은 우리나라 사람을 손가락질하는, 분노의 먹이사슬이 더 심해질지도 모른다.

인간이 바이러스를 쉽게 이기지 못하고 쩔쩔매다니 사뭇 창피한 생각도 들지만, 이것이 오늘 우리가 당면한 현실이다. 그러나 정말 창피한 것은 그 속에서 인간들끼리 서로 싸움을 벌이고 있다는 사실이다.

아빠는 국뽕인가 봐

_2021년 말에

몇 주 전 TV의 한 장면을 보고 깜짝 놀랐다. 핼러윈 축제를 맞아 기괴한 복장과 분장을 한 젊은이들이 이태원 거리를 가득 메우고 있었다. 그들은 고난도의 분장을 정성껏 했지만 마스크를 착용해야 한다는 생각은 전혀 하지 않은 것 같았다.

"코로나가 무섭긴 하지만 젊으니까 걱정하진 않아요. 언제까지 집에만 있을 순 없잖아요."

청년은 기자와의 인터뷰에서도 별일 아닌 듯이 대답했다.

"에휴~ 재네들 어쩌려고 저런다니. 자기들 즐기는 거야 자유지만, 남들한테 피해나 끼치지 않았으면 좋겠는데…."

TV 화면을 스쳐 지나가며 넋두리하듯 혼자 중얼거리는 아주머니도 있었다.

전 세계를 뒤흔들고 있는 미증유의 전염병 코로나19 덕(?)에 대한민국에 대한 외국인들의 관심과 찬사가 이어지고 있다.

OECD 선진국들 사이에서 코로나를 가장 잘 방어하고 있는 국가로 주목을 받으면서, 몇몇 나라에서는 대한민국에 대한 다큐멘터리를 제작하여 방영하고 있다. 환자들을 저렴한 비용만 받고도 치료해 주는 훌륭한 의료보험, 위급한 환자들도 제대로 치료해 줄 수 있는 뛰어난 의료기술, 접촉자들을 신속하게 추적하는 최고의 IT기술 등. 코로나를 방어하기 위해 미리 준비해 둔 듯한 한국의 의료, 전자기술 인프라에 대한 내용이 다큐멘터리의 서두를 장식했다.

그런데 거기서 더 나아가 한국인들의 '빨리빨리' 성향과 정확도 높은 일 처리 능력이 확산력 높은 전염병 대응에 적합하다는 것, 그리고 그런 성격 덕에 한국전쟁의 폐허 속에서도 유례 없는 경제적 발전을 이루어 냈다는 것에까지 주목했다. 아카데미상 수상을 정점으로 영화계에 큰 족적을 남긴 영화 〈기생충〉과 빌보드에서 1~3위를 휩쓰는 우리나라 가수들, 넷플릭스를 타고 전 세계에서 센세이션을 일으키고 있는 수많은 한국 드라마에 이르기까지 소위 'K-culture'에 대해서도 칭송을 아끼지 않는다.

한국 드라마가 수많은 나라에서 인기를 얻으면서 거기에 등장하는 우리의 전통 모자 갓과 한복에 대한 인기도 급상승하여, 미국의 인터넷 쇼핑몰 아마존에서는 갓을 5만 원이 넘는 가격에 판매하고 있다. 갑작스럽게 세계가 우리의 모든 것에 주목하니, "아침에 문득 눈을 떠 보니 스타가 되어 있었다"는 말처럼 그저

어안이 벙벙할 따름이다.

하지만 "사촌이 땅을 사면 배가 아프다"고 했던가? 이웃 나라 중국의 동북공정 시도가 하루이틀 된 문제도 아니지만 요즘은 더 심해졌다. 우리나라 한복과 갓이 명나라 전통 의상이었다고 주장하고, 2011년에는 우리 아리랑을 비롯해 씨름, 회혼례, 가야금 등을 자신들의 문화유산으로 발표했다. 결국 우리 정부가 나서서 아리랑 등을 2012년 대한민국 유네스코 인류무형문화유산으로 등재했지만, 중국의 동북공정에 대한 집착은 끈질기다. "조선족은 중국의 소수민족이므로 그들의 문화는 결국 중국의 문화에 복속된다"는 터무니없는 주장이다. 그들은 자기 주변의 작은 지역과 민족을 탄압하여 자신들에게 동화시키려 할 뿐 아니라, 버젓한 주변 국가에까지 영토 분쟁을 일으키거나 문화 침탈을 정당화하고 있다.

젊은이들이 핼러윈 같은 이국 문화를 받아들이고 그것을 즐기는 것은 큰 흠이 될 수 없다. 그러나 옆 나라에서 우리나라 전통 문화유산을 자기들 것이라고 억지를 부리는 일이 계속되는 가운데 그런 모습을 보고 있자니 마음이 편치 않다. 100년 전에는 일본에 나라를 빼앗겼고, 70년 전에 중국으로부터 침략을 당한 우리나라에는 아직 일제 강점기의 상흔이 남아 있고 전쟁도 끝나지 않은 상태다. 우리나라는 자국의 이익을 위해 다른 나라에 피해 주는 일을 대수롭지 않게 여기는 주변 나라들로 혼란스럽다.

국제 정세에 관심이 많은 우리 아이와 이야기를 할 때면, 나는 주변 국가들에 의해 우리가 얼마나 많은 해를 입었는지, 그렇지만 우리가 얼마나 가능성 있는 훌륭한 민족인지에 대해 말하곤 한다. 아이는, "아빠, 너무 국뽕에 빠져 계신 거 아니에요? 그런 건 좀 조심해야 할 것 같은데. 하하"라고 경계하기도 한다.

'국뽕'이라는 단어는 '조국'과 필로폰의 일본식 표현 '히로뽕'을 합쳐 만든 신조어다. 자신의 조국에 대한 사랑과 자부심이 넘쳐서 마치 필로폰을 맞은 것처럼 자아도취에 빠져 있는 상태를 이르는 말이다. 생각해 보니 내가 이렇게 '국뽕'에 취하게 된 것도 최근의 일이다. 어려서부터 자신의 장점을 감추고 겸손하게 행동하는 것이 스스로 자랑하는 것보다 현명한 자세라고 배웠다. 좋은 일이 생기더라도 '호사다마好事多魔'라며 기쁨을 표현하지 않는 것에 익숙했고, 아이들에게도 그렇게 가르쳤다.

어떤 서양 사회학자는, 자신의 장점을 부각하고 자기가 얼마나 괜찮은 사람인지에 대해 과장하는 서양인들에 비해 동양인들은 오히려 자신의 단점을 더 강조하며 장점을 감추기에 익숙하다고 했다. 그리고 그것이 한국 사람들에게 더 많이 드러난다고 했다.

어릴 적 '장학퀴즈'라는 TV 프로그램이 있었다. 각 학교에서 내로라하는 학생들이 나와서 어려운 문제를 푸는 것을 보며 감탄했었다. 그런데 한 가지 의아스러운 점이 있었다. 대부분 첫 방송 출연일 학생들의 긴장을 풀어 주려고 진행자가 "지금 기분이 어떻습니까?"라고 물어보면, 하나같이 "네, 그저 덤덤합니다"라고 대답하는 것이었다.

방송 카메라가 자신을 비추고 각자 자기 학교를 대표하여 나왔기 때문에 부담감이 엄청났을 텐데, 손을 미세하게 떨면서도 모두 그렇게 대답했다. 그런데 예전의 장학퀴즈와 비슷한 요즘 고등학생 퀴즈 프로그램에서는 아이들의 반응이 재미있다. "지금 너무 떨려서 미치겠어요. 웅~" 하며 감정을 솔직하게 드러내다가도, 춤을 추어 보라고 하면 갑자기 미친 듯이 몸을 흔들어 댄다.

자신의 약함을 여과 없이 드러내어 보이는 것은 자신감이 있기 때문이다. 예전의 우리들과 다르게 요새 아이들은 거침없고 자신감이 넘친다. 떨리면서도 그렇지 않은 척 스스로 포장하지도 않고, 부담감 때문에 생애 최초의 방송 출연도 즐기지 못했던 우리 세대처럼 경직되어 있지도 않다. 나는 요즘 세대가 부럽다. 자신의 마음과 생각을 자유롭게 표현하고 창의성을 마음껏 표현하는 걸 보면 대견해 보인다.

우리는 아직 믿음직스럽지 않다고 생각하고 있는 다음 세대가 앞으로 우리나라를 이끌어 갈 것이다. 그들이 자유로움과 함께 타인에 대한 배려까지 갖출 수 있다면 얼마나 좋을까? 나도 이제 젊지 않나 보다. 나의 글에 잔소리가 가득하니 말이다.

사랑하며 살기

한국전쟁을 겪은 후 폐허가 된 이 땅이 세계 10대 경제 대국이 되도록 우리는 숨가쁘게 달려왔다. 60여 년 만에 기적 같은 경제 발전을 이루고, 정치적으로는 역사에 유례가 없을 정도로 단기간에 민주화를 성취하였다. 세계에서도 인터넷 통신망이 가장 발달한 나라가 되어, 하루가 다르게 새로운 기술을 장착한 기기들이 쏟아져 나오고 있다.

사실 그런 변화를 좇아가는 것도 여간 버거운 일이 아니다. 무엇이든 '빨리빨리' 해야 직성이 풀리는 민족성 덕분에 빠르게 발전하고는 있지만, 그 변화에 낙오되지 않으려면 매일 정신을 바짝 차리지 않으면 안 된다. 새롭게 선보이는 전자기기들과 그에 장착되는 애플리케이션들을 신속하게 경험하고 그에 적응하는 소위 얼리 어댑터early adopter가 되지 않으면 금세 시대에 뒤떨어진 구닥다리로 취급받기 일쑤다.

여유와 느긋함, 너그러움 같은 미덕보다는 근면, 성실, 신속, 정확이라는 가치가 더 강조되는 사회에서 많은 사람은 가슴속에 화를 품고 살아간다. 그러다가 자신의 민감한 상처를 누군가가 자극하면 참지 못하고 갑자기 폭발하고 마는 것이다.

동의보감에서는 인간의 감정 변화를 일곱 가지로 나누었는데, 노함怒, 기뻐함喜, 생각함思, 근심憂, 두려움恐, 놀람驚, 슬퍼함悲이 그것이다. 그런데 그중에서 분노할 때 몸을 가장 많이 상하게 한다고 하였다七情傷人惟怒爲甚. 요즘 유행하는 노래 중에 '일소일소 일노일로一笑一少 一怒一老'라는 노래도 있는 것을 보면, 굳이 의학적으로 설명하지 않더라도 화를 내는 것이 몸과 마음에 좋지 않다는 것은 다 알고 있을 것이다.

어느 날 집에서 일에 집중하고 있는데 아이가 계속 내게 질문을 했다. 집중하고 있을 때 방해받는 것이 싫어서 나는 이내 짜증을 내고 말았다. 그러나 곧 후회했다. 설령 밖에서는 너그럽고 선하며 매너 있는 사람이라는 평가를 받더라도 가까운 가족들에게 함부로 한다면 그 평가에 무슨 의미가 있겠는가.

아이는 앞으로 나에게 질문하기를 꺼릴 것이며, 아이의 기억 속에는 '짜증을 잘 내는 아빠' 모습이 깊게 뿌리박힐 것이다. 그리고 앞으로 그 애가 성인이 되어 자식을 낳으면, 내가 했던 것과 똑같이 제 자식에게 짜증을 낼지도 모른다.

지금부터라도 내 행동 양식을 바꿀 수 있을까? 아이의 기억

속에 '짜증 내는 아빠'로 남고 싶지는 않다. '너그럽게 받아주는 아빠'로 남고 싶다. 내가 불에 가깝든 물에 가깝든 체질을 생각할 일이 아니다.

매일 사랑하며 살기에도 길지 않은 삶인데, 짜증과 분노로 소모한다는 것은 얼마나 어리석은 일인가, 이 또한 낭비 아닌가.

딸과 공기놀이를 하자

오랜만에 둘째 녀석의 책상 서랍을 정리했다. 평일에는 기숙사에 가 있고, 주말에는 독서실에서 거의 살다시피 해 자기 책상은 거의 사용하지 않는다. 게다가 서울에서 유학하는 형의 책상을 물려받은 뒤로는 거의 방치하다시피 했다.

서랍에는 족히 10년은 넘었음 직한 물건들이 가득했다. 요새는 구경하기도 힘들 것 같은 팽이나 구슬, 낡은 트럼프 카드 같은 것들이 먼지를 뒤집어쓴 채 나름대로 줄을 맞추어 정리되어 있었다. 딸아이는 혹시 그중에 제 것으로 삼을 물건들이 있을지 찾아보다가 알록달록 색이 고운 공깃돌을 발견하고는 만족스러운 웃음을 머금은 채 당연히 자기 것이 된 양 신나 있었다.

내가 어렸을 적에는 누나와 공기놀이를 많이 했다. 누나 친구들이 종종 우리 집에 놀러 오면 고무줄놀이며 공기놀이를 하곤 했는데, 옆에서 귀찮게 하거나 심술궂게 장난을 치지 않는 나를 누나들은 착하다며 놀이에 끼워 주었다. 고무줄놀이는 상대가 되지 않았기 때문에 고무줄을 잡아 주는 역할만 했다. 아무런 불평도 없이 조용히 고무줄을 잡아 주는 내게 미안했던지 누나들은 나를 공기놀이에도 넣어 주었다. 평소에도 누나와 공기놀이를 했기 때문에 상대할 만했다. 그렇게 누나들과 공기놀이를 하다 보니 내 실력은 또래에 비해 월등하게 발전했다.

옛날 생각을 하면서 공깃돌을 만져 보고 흔들어 보았다. 어렸을 적 가지고 놀던 공깃돌과 크기와 무게도 비슷할 뿐 아니라 훨씬 매끄럽고 튼튼했다. 내친김에 딸아이와 공기놀이를 해 보았다. 그런데 아이는 거의 할 줄 몰랐다. 우리 딸과 공기놀이를 한 적이 없었던가? 갑자기 미안한 마음이 들었다.

마침 독서실에서 돌아온 둘째 녀석이 우리가 공기놀이를 하고 있는 걸 보더니 시범을 보여 주겠다며 옆에 앉았다. '일반공기'는 너무 쉬워서 '천재공기'를 보여 주겠다고 능숙하게 공깃돌을 다루었다. 보통 '일반공기'의 규칙은 '1단'의 경우 손에 있는 한 알을 높이 던진 후 바닥에 있는 한 알을 집은 뒤 떨어지는 돌을 받는 식이다. 하지만 '천재공기'는 한 알을 던지는 것이 아니라 손에 있는 모든 공깃돌을 던져야 한다. 즉 1단에서 먼저 한 알을 던져 올린 후 바닥에 있는 한 알을 집은 뒤 떨어지는 돌을 받고, 그 다음엔 손에 있는 두 알을 던진 후 바닥에 있는 한 알을 집으며, 그 다음엔 손에 있는 세 알을 모두 던지는 식으로 경기한다.

따라서 '천재공기'에서는 '1단'이 가장 어렵다.

아들 녀석들과는 공기놀이를 많이 했었다. '천재공기'도 내가 가르쳐 준 것이었다. 그러고 보니 공기놀이를 한 지도 6,7년이 된 것 같다. 아들들이 중고등학교에 다니면서 입시에 신경을 쓰다 보니, 정작 딸아이와는 공기놀이를 못했다. 내가 놀아 주지 않더라도 딸아이는 친구들과 그런 놀이를 많이 했겠거니 생각했는데, 한 번도 안 했다니….

얼마 전 딸아이가 안과 검진을 받은 후 눈이 많이 나빠졌다는 말을 듣고 안경을 맞춘 사실이 생각났다. 아마도 밖에서 뛰어놀며 먼 곳을 바라보는 훈련을 하기보다 좁은 실내에서 컴퓨터 화면이나 책만 보다가 시력이 나빠졌겠구나 하는 생각이 들어 마음이 아팠다.

나는 어린 시절을 서울에서 보냈다. 지금은 그 동네 주변이 핫플레이스가 되어 외국 관광객들도 많이 찾는 곳이 되었지만, 그 당시에는 한적한 변두리였다. 골목에서 몇몇 아이들끼리 바람 빠진 배구공으로 축구를 하거나 정구공과 각목으로 야구를 했고, 숨을 곳도 없는 곳에서 술래잡기를 했다. 높은 담을 넘어야 했던 우리 앞집 장독대는 술래에게 절대 들키지 않는 '비밀 장소'였지만, 그 집의 무서운 형한테 걸려 혼이 나고는 함부로 갈 수 없게 되었다.

짧은 막대기와 누군가 다듬어 준 나무 조각으로 자치기를 하고,

지나다니는 차가 별로 없는 비포장 골목길에선 전봇대를 집으로 삼아 다방구를 하며 원 없이 뛰어다녔다. 키가 작고 몸이 말랐지만 순발력이 좋아서 다방구를 하면 항상 우리 팀이 이겼다. 그때 얻은 내 생애 최초의 별명이 '미꾸라지'였다.

집 근처에는 공터가 많아서 겨울에는 꽁꽁 언 땅에서 팽이치기를 하고, 날이 조금 풀리면 땅을 파고 구슬을 손가락으로 튕겨 집어넣는 '홈들기'를 했다. 아이 머리만 한 단단한 돌덩어리를 들고 던져서 상대의 돌을 깨면 이기는 '돌까기'는 지금 생각해 보면 놀이라고 하기에는 위험하기 짝이 없는데, 어린 시절엔 상대의 돌을 깨뜨리는 것이 신나기만 했다.

땅따먹기 게임은 처음에는 여유 있고 너그러운 마음으로 시작했다가도 나중에는 금을 넘었네, 안 넘었네 싸우면서 끝나기 십상인 놀이였다. 해가 저물어 가고, "못 찾겠다 꾀꼬리~" 소리와 "○○야, 밥 먹어라~" 하고 외치는 엄마들의 목소리가 골목을 울릴 때서야 우리는 아쉬운 걸음으로 헤어졌다.

비만 오면 진흙탕으로 변해 연탄재를 깨어 웅덩이를 메꾸는 것이 일상이었던 골목이 포장도로로 바뀌고 지나다니는 차가 많아지면서, 다방구도, 술래잡기도, 골목 축구도 위험한 놀이가 되었다. 공터가 없어지면서 팽이치기도, 구슬치기도, 홈들기도, 돌까기도 사라져 버렸다. 지금 아이들에게 이런 놀이에 대해 말하면 조선시대 이야기를 듣는 것처럼 신기해한다.

구슬치기나 땅따먹기는 흙땅을 찾기가 쉽지 않을 뿐더러, 손이며 바지며 온통 흙투성이가 되어 집에 들어오는 것을 젊은 엄마들이 좋아할 리가 없다. 손을 비누로 씻고 손 소독제로 마무리한 다음에도, 흙에 세균이 얼마나 많은지 한참 잔소리를 들어야 하겠지.

다방구나 술래잡기, 제기차기, 축구나 야구 같은 놀이는 차가 다니지 않는 공간이 필요한데 그런 곳을 찾기도 힘들고, 친구가 많아야 하는데 운동장이나 놀이터에서 한가롭게 노는 아이들이 없다. 축구나 야구, 농구를 하고 싶으면 전문적으로 가르치는 학원, 유소년 스포츠단을 찾아가는 것이 편하단다. 그래서 요즘 아이들은 친구들을 만나기 위해서라도 학원을 찾는다고 하니 씁쓸하다.

정돈된 실내, 깨끗한 환경에서 좋은 유니폼을 입고 운동을 하거나 놀이를 즐기는 것이 예전 우리의 놀이문화에 비해 과연 바람직한 것일지에 대해서는 이견이 많을 것이다. 다만 그 시절의 놀이들을 요새는 쉽게 볼 수 없다는 것이 안타깝다.

딸아이가 공기놀이를 한 번도 해 보지 못했다는 말을 듣고 며칠 동안 미안한 마음이 가시지 않았다. 사춘기가 되면 내가 놀아달라고 사정을 해도 시간 없다며 거절할 텐데 마음이 급하다. 올 여름 방학 동안에는 딸아이와 공기놀이나 실컷 해야겠다.

빠르게 달리는 세상

아이들은 밖에서 놀기보다 안에서 놀고, 나무나 돌, 흙 같은 것을 갖고 놀기보다는 컴퓨터, 스마트폰을 가지고 논다. 전자기기에서 베풀어 주는 영상이나 게임이 그들에게는 나무나 흙보다 더 신기하고 놀라울 것이다.

반도체를 기반으로 하는 전기 전자 기술이 혁신적으로 발전하고 인터넷이라는 네트워크가 전 세계를 실시간으로 이어 주면서, 우리 생활은 비약적으로 바뀌기 시작했다. '워크래프트'라는 네트워크 게임이 시중에 나와 게임에 대한 사람들의 생각을 바꾸기 시작한 것이 90년대 초반이었으니, 지금부터 불과 30년도 지나지 않은 때다.

그 이전에 컴퓨터 게임이라는 것은 어린 시절 부유한 친구의 집에 놀러 가서 한 번씩 경험할 수 있었던 '블록깨기' 같은 것이나, 하굣길 친구들을 따라서 간 '오락실'에서 어깨너머로 구경하던

'갤러그' 같은 것들, 또 개인 PC가 발달하면서 접하게 된 카드 게임이나 테트리스 같은 것들이었다.

그런데 '워크래프트' 이후로 화려한 영상과 스토리를 내세운 네트워크 게임이 대형 게임 개발회사들에 의해 출시되고, 그런 게임이 급속히 좋아진 컴퓨터 사양과 PC방이라는 새로운 놀이 공간을 통해 일반에게 퍼지면서 게임은 완전히 새로운 장르가 되었다. 가뜩이나 친구들과 밖에서 노는 문화가 사라져 가는 와중에 아이들은 인터넷을 활용하여 소통하고 네트워크 게임을 통하여 함께 노는 문화에 익숙해져 가고 있다.

돈을 잘 벌기로 이름이 나 있는 친구네 매형이 있다. 그는 어렸을 적부터 공부를 잘해 국비 장학금을 받으면서 미국에서 공부했고 돌아와서 국립대학교 교수가 되었다. 그러더니 그 좋은 교수직을 그만두고 무슨 국제적인 회사에 취직하여 깜짝 놀랄 만큼 높은 연봉을 받는다고 했다. 그가 결혼할 때 많은 중매쟁이들이 줄을 서서 명문가 규수들과 맞선을 보게 했다는 말을 들었다.

도대체 어떤 회사인가 궁금했는데 나중에 듣고 나서 나는 매우 실망했다. 돈을 아무리 많이 벌어들이는 국제적인 회사라도 그렇지 겨우 게임회사라니, 그것이 우리 사회에 무슨 이익을 줄 것인가? 돈만 많이 벌면 그만인가? 미국에 가서 겨우 그런 생각이나 배워 가지고 왔는가 생각했다.

어렸을 적에 장래 희망에 대한 질문을 받으면 과학자, 법률가, 의사,

대통령 등이 되겠다고 답하는 것이 일반적이었다. 만일 게임하는 사람이 되겠다고 했다면 선생님으로부터 “장난치지 말라”며 꿀밤 세례를 면하기 어려웠을 것이다. 컴퓨터 게임을 하다 부모님에게 발각되면 노름하다가 들킨 것처럼 몹시 야단을 맞기도 했었다.

정확히 언제인지는 모르지만, 프로게이머라는 직업이 존재한다는 것을 미디어를 통해 처음 알게 되었을 때 부정적인 생각이 앞섰었다.

“게임을 해서 돈을 얼마나 벌 수 있겠어? 저 사람은 저렇게 될 때까지 부모님 속을 얼마나 썩였을까?”

그런데 프로게이머 중에는 연봉이 수십 억에 이르는 사람도 꽤 있다는 사실을 최근에 알고서 무척 놀랐다. 게다가 네트워크 게임들이 이미 2018년 아시안게임에서는 시범 종목으로 치러졌고, 2022년 아시안게임에서는 정식 종목으로 채택되었다고 한다.

지난해 교육부 조사에 따르면 초등학생들의 장래 희망 순위에서 프로게이머는 판검사를 제치고 높은 위치를 차지했다. 정부에서도 게임을 산업으로 육성하고 있다고 하며, 작년에 게임 수출로 벌어들인 외화가 자그마치 8조5천억 원에 달한다고 하니 세상이 바뀌긴 많이 바뀌었나 보다.

그러고 보니 게임 광고에 몸값이 비싼 배우들이나 아이돌들이 등장하는 것이 생각났다. 수익이 그만큼 창출되기 때문에 그만한 연예인들을 섭외할 수 있었을 것이다. 이제는 예전처럼 게임을 그저 '코흘리개들이나 하는 놀이' 정도로 생각했다가는 답답한 꼰대라는 소리를 면하기 어려울 것 같다.

하지만 나는 우리 아이들에게 게임을 어릴 적부터 쉽게 허락하고 싶지 않다. 옷이 더러워지더라도 흙이나 돌을 만지며, 혹시 벌에 쏘이더라도 꽃을 구경하고, 스마트폰 배경 화면에 보이는 인공 하늘보다는 진짜 하늘을 바라보며 자라게 해 주고 싶다. 친구들과 만나서 놀기 어렵다면 가족끼리 공기놀이, 윷놀이를 즐기며 어릴 적 추억을 만들어 주고 싶다.

그러고 보니 우리 아이들도 이미 많이 자랐다. 10년 후쯤 손주들과 그렇게 놀아 줄 수 있도록 마음의 준비나 해야 할까? 그런데 10년 뒤에는 사회가 또 어떻게 바뀌어 있을까? 빠르게 달리는 세상에서 함께 뛰지는 못할망정 뒤에서 잡아끄는 꼰대가 되기는 싫은데, 우리나라에서 어른이 되는 것도 쉽지 않은 일이다.

작품해설

시골 한의사의 존재 미학, 불꽃 축제

한상렬_ 문학평론가

이환의 수필을 감상하노라면 맑은 심성으로 길어 올린 듯한 미적 언어의 미세한 부분에까지 포커스를 맞추고 렌즈를 들여다보아야 한다. 그때마다 그가 펼치는 수필적 풍경들은 그의 깊고 밀도 있는 언어에 안온한 평화를 느끼게 된다. 그것은 수필가 이환의 투명한 작가정신과 함께 한의사 이환의 소박한 인간미를 만나기 때문이다.

1. 프롤로그-의창醫窓에 비친 자기의식의 발현

이환李桓은 한의사이며 수필가다. 그는 카이스트에서 기계공학을 전공한 사람인데, 뜻한 바 있어 한의사로 전향하였다. 수필집의 표제에 '한의사 이환의 따뜻한 문안편지'라는 부제가 걸려 있지만, 초고에는 '시골 한의사 이환과의 행복한 동행'이었다. 그것은 시골 한의사로 일하면서 겪었던 그의 보람과 기쁨을 기록한 글이기 때문이다.

'시골 한의사'와 '행복한 동행'이라는 말은 어쩌면 의료인과 작가로서 공유되는 인간적 품위와 격格을 느끼게 하는 언어의 기표라 하겠다. 이는 독자에게 무한한 상상력과 사유를 발현하게 하는 언어이기도 하다. 시골이란 공간적 이미지는 한마디로 '토포필리아Topophilia'를 떠올리게 한다. 이는 독자로 하여금 의료인과의 정서적 친근감과 인간적 체취를 감지하게 한다.

한의사 이환은 병으로 고통스러운 사람을 만나는 자신의 의업醫業을 어떻게 바라보고 있을까. 혹 고단하고 삭막하다 느끼지는 않을까. 아니, 기계적이고 냉엄한 일, 그 때문에 때로는 극심한 심리적 갈등을 가지지 않을까. 그러나 이환은 이런 통상적 관념과 사뭇 먼 거리를 두고 있다. 그에게 있어서는 의사가 먼저이며, 수필가라는 이름은 그 뒤의 일이지만, 앞뒤 순서가 큰 의미가 있는 것은 아니다. 현재 그의 생활 속에 문학적 기질과 정서가 농축되어 있으니, 의사이면서 수필가이며 수필가이면서 의사라는 이름이 격에 맞을 것이다. 그의 수필에는 직업적 냄새보다는 사람 사는 냄새가 더 농후하며, 그의 수필이 그려내고 있는 그림은 바로 인간적 존재이며 인간 세계의 아름다움이다.

먼저 이 수필집의 '작가의 말'로부터 독자는 수필가 이환의 창작의 모티브와 함께 앞서 언급한 수필작가로서의 격을 충분히 감지하게 한다.

> 내 진료실은 동향東向이다. 겨울에는 아침 8시경이나 되어야 창밖 먼 산봉우리에서 해가 떠오르더니 봄이 되면서 해도 점점 부지런해진다. 아침 해를 볼 때마다 마음이 경건해지지만, 진료실에서 맞이하는 아침 햇살은 또 다르다. 나는 나의 정수精髓를 꿰뚫 듯 들이비치는 그 햇살 앞에서 두려운 마음으로 나 자신에게 묻는다.
> 오늘도 보잘것없는 내 방문을 두드릴 사람들. 나는 그들의 손을 얼마나 따뜻하고 넉넉한 가슴으로 잡아 줄 수 있는가? 내가 그들에게 줄 수 있는 것은 무엇인가? 지금 준비되어 있는가? 나는 단정한 자세로 나를 돌아다보면서 어르고 달래어 최선의 나를 갖추려고 한다.

그의 진료실은 동향이다. 그는 떠오르는 아침 해를 볼 때마다 마음이 경건해진다. 진료실에서 맞이하는 자신의 정수를 꿰뚫는 아침 햇살 앞에서 화자는 자문한다. "나는 그들의 손을 얼마나 따뜻하고 넉넉한 가슴으로 잡아 줄 수 있는가? 내가 그들에게 줄 수 있는 것은 무엇인가? 지금 준비되어 있는가?" 이 얼마나 기막힌 언술인가.

의료인을 떠나 한 자연인으로서의 따뜻하고 넉넉한 인격이 독자의 가슴에 감동의 파장을 일으킨다. 그리하여 독자는 이 수필집의 첫 장을 열기도 전에 이미 그의 따뜻하고 진지한 축제와도 같은 자기의식의 발현에 넋을 잃게 된다.

데이비드 브린David Brin은 〈시간의 강〉이란 단편소설에서 다음과 같이 말하고 있다.

> 사람들은 마치 같은 강줄기의 다른 부분에서 헤엄치는 물고기처럼 흐름을 이리저리 옮겨 다니며 흘러가고 있다. 어떤 사람은 급류에 휘말려 가고, 또 어떤 사람은 강기슭에서 가까운 흐름을 따라 천천히 떠다니기도 한다. (…) 우리는 그동안 얼마나 융통성 없고 독선적이었는가. (…) 이제는 이 거대한 강을 이해하고, 그 안에서 평안을 찾고 싶다.

그렇다. 만일 우리가 같은 시간의 흐름 속에 있지 못하다면 우리는 함께할 수 없을 것이다. 오늘이 어제의 연속선상에서 진행된다는 자각과 어제의 고통을 오늘에 되살리지 못하는 한 내일은 밝을 수가 없다. 하여 우리가 타자의 삶을 투시하고 그 안에서 변화의 길을 찾는 일은 빛을 찾아 떠나는 여행이 될 것이다. 이환의 수필이 우리에게 시사하는 바는 바로 이 지점에 있지 않나 싶다.

그의 수필집에 배열된 작품들을 찬찬히 음미하노라면, 편편이 직업인에게서 느끼는 거리감이나 상투적 인상을 절제한 일상인의 생각과 정서가 행간에 넘친다. 그의 수필은 담론의 부피가 크지 않음에도 독자들에게 읽는 즐거움과 평안함을 주기에 충분하다.

이환의 수필에서는 기계적·과학적이기보다 인간의 체취가 물씬 풍긴다. 우리 시대의 전체적 양상이 카오스적인 얼굴을 하고 있다고 하지만, 그의 수필을 읽어 내려가다 보면 독자는 어느덧 화자의 일상에 동화된다. 그리고 작가의 따뜻한 인간미에 합류하여 행복한 동행을 하게 한다. 그래 삶의 여백을 즐기는 작가의 수필적 태도에서 독자는 불꽃 축제의 모습을 떠올리게 된다. 불꽃놀이, 이환의 수필은 시골 작은 마을에서 펼쳐지는 불꽃 축제와도 같다. 화려함이나 장엄함을 갖춘 거대한 축제라기보다는 그만의 의지와 색깔을 지닌 아름다운 정경을 보고 있는 것 같다.

2, 수필로 피워 올리는 축제

독일의 철학자 T. W. 아도르노는 불꽃놀이를 "예술의 가장 완전한 형태다. 그 영상이 최고로 완성의 순간에 보는 이의 눈앞에서 다시 사라지기 때문이다"라고 했다. 불꽃놀이는 순간을 정점으로 사라지지만 피어오르는 순간의 아름다움은 존재의 가치를 최상으로 끌어올린다.

그러나 이환의 불꽃놀이는 순간의 환희가 아니다. 길고도 긴 여백의 미를 지닌 삶의 여유, 마음의 여백이다. 때론 갈등 속에서 진료 행위를 해야 하는 의사이지만, 그는 자신을 비우고 덜어냄으로써 여백의 아름다움을 즐기려 한다. 하여 그의 불꽃놀이는 오래도록 독자의 가슴을 적시는 단비가 된다.

작가 이환은 대전의 대덕연구단지 가까운 곳에서 처음 한의원을 운영했다고 한다. 대덕연구단지는 서울도 아니고 시골이라고도 할 수 없지만 환자들을 대하기가 그리 쉽지 않은 곳이었다. 그가 굳이 거기를 선택한 것은 그 자신이 대덕단지에서 공부한 이공계 출신이었기 때문이다. "그들을 누구보다 잘 이해할 수 있으며, 그들의 눈높이에 맞추어 한의학을 잘 풀어 설명해 줄 수 있을 것이라는 일종의 사명감이 있었다"는 언술에서 그가 첫발을 딛는 마음을 알 수 있으며, 일에 임하는 각오와 자세를 엿볼 수 있다.

원래 나는 KAIST에서 기계공학을 전공했다. 박사까지 수료하고도 나는 내가 하는 일에 대한 흥미나 보람을 별로 느끼지 못했었다. 매일 컴퓨터 앞에 앉아서 프로그램을 들여다보며 에러를 잡아내거나, 논문들 속에 파묻혀 영어와 그리스어가 섞인 복잡한 수식들과 씨름하는 것이 나의 일상이었다. 물론 과학을 통해 우리나라의 기술을 발전시키고 그로 인해 사회와 사람들을 도울 수 있었겠지만, 나는 사람들을 좀 더 '실제적으로' 돕고 싶었다. 컴퓨터나 수식 대신 사람을 만나 그들의 아픔과 고민을 듣고, 몸뿐 아니라 마음까지도 치료해 주고 싶었다.

—〈사람이 그리워〉에서

기계공학을 전공하여 석·박사 과정을 수료한 그가 왜 전공을 바꾸어 한의사가 되었을까? 왜 '시골 병원'을 선택하였을까? 이에 대한 답변은 바로 '기계보다 사람을 만나고 싶었다'라는 선언적인 화자의 내적 의식의 집적集積이다. 전통적 문법에서 보면 '시골'이란 공간적 이미지는 삶에 지쳐 고달프고 외로울 때 찾아가고 싶은 공간, 기쁜 일이 생겨도 문득 달려가 반복해서 알리고 싶은 곳, 무작정 다가가서 위안받으며 쉬고 싶은, 모태적 삶의 근간으로서의 토포필리아를 떠올리게끔 한다.

여기서 작가의 의식은, 존재 인식의 발현이라는 그만의 독특한 성채를 구축하고 있다. 이는 자신이 전공하였던 '기계'보다는

'사람'에 초점이 모아져, '인간화'라는 수필문학의 미학과 합체하여 언어의 축제를 예비하고 있다고 하겠다.

"원장님, 이거 드셔 보세요." 수필 〈사람이 그리워〉의 프롤로그는 환자가 내미는 비닐봉지로부터 출발한다. 그 비닐봉지 안에는 양념한 돼지 껍데기가 들어 있다. 화자는 문득 금아琴兒 피천득 선생의 수필 〈시골 한약국〉을 떠올린다.

> 환자들은 고마움을 표현하기 위해 나에게 크고 작은 선물을 주기도 한다. 귤 2개, 뻥튀기 몇 개, 박카스 1병, 떡이나 빵 같은 음식물, 심지어 칫솔 한 개를 부끄러워하면서 내미는 사람도 있다. 돼지 껍데기도 그중의 하나다. 나는 돼지 껍데기를 즐겨 먹지 않는다. 즐겨 먹지 않는다기보다 싫어하는 편에 가깝다. 하지만 나는 시골의 이런 소박함과 정겨움을 좋아한다.
>
> —〈사람이 그리워〉에서

화자는 이런 소박한 인정과 정겨움을 반긴다. 물질로 대변되는 세상에서 "시골의 이런 소박함과 정겨움을" 좋아하는 작가, "귀가 어두워 한 번 말해서는 잘 알아듣지 못하는 환자들이 많고, 허름한 옷차림에 먼지를 뒤집어쓰고 와서 치료용 베드에 그냥 눕는 사람도" 있고, "잘 씻지 않아서 알코올 솜으로 피부를 닦거나 손으로 만지면 때가 밀리는 환자도 있다. 하지만 평소에 외국인 노동자들이나 노숙자들을 상대로 진료 봉사를 많이 해 온 내게는 이런 일들이 싫거나 낯설거나 놀랍지 않다"는 전언이 독자를 감동하게 한다.

이 수필의 결미의 진술인 "이번 주말에 또 오일장이 열릴 것이다. 이번에는 어르신들이 좋아하실 만한 옛날 과자를 사다 놓아야겠다. 나도 시골 한의사답게 구수하고 수더분하고 인정이 넘쳐야 하지 않겠는가"라는 소박한 언술이 바로 '욕망을 초월한 영혼이 느끼는 행복'일 것이다.

3. 에토스Ethos, 섬세와 기하학

파스칼의 《팡세》 첫 장에서는 인간의 두 개의 정신을 말하고 있다. '섬세의 정신'과 '기하학의 정신'이 그것이다. 기하학의 정신은 '왜?'라는 물음에 대해 '때문'이라고 답해 준다. 이를 위해서는 먼저 눈이 필요하고, 머리가 필요하다. 이런 정신으로 우리는 세상을 이해하고 파악하며 설명하거나 증명하려 한다.

반면에 섬세의 정신은 무엇인가를 느낌으로 받아들이고 분위기나 기분으로 짚어내는 정신이다. 이를 위해서는 먼저 눈보다 손이, 머리보다 몸이 필요하게 된다. 이 중 기하학의 정신은 세상을 향한 원심력의 정신이요, 섬세의 정신은 자신을 향한 구심력의 정신이다. 외부세계를 파악하기 위해서는 육체의 눈이 필요하지만, 내부세계를 보기 위해서는 영혼의 눈이 필요하다. 그의 언명과 같이 가장 이상적인 것은 날카로운 머리에 따뜻한 가슴, 기하학적 눈과 섬세한 손을 동시에 갖는 일일 것이다. 지금 우리들 세상살이는 대체로 기하학의 정신으로 인도되고 있다. 그렇기에 더욱 섬세의 정신이 필요할지도 모른다. 문학은 독자에게 이런 섬세의 정신을 충족시켜 주는 계기를 마련한다.

수필작가 이환의 수필을 음미하노라면 이런 파스칼의 정신과 만난다. 의료인으로서의 의창을 통한 '세상 엿보기', 그 안에 담겨 있는 세계의 양태를 통찰하는 화자의 시선은 기본적으로 기하학적 정신을 통한 섬세한 시선이다. 환자를 진료하는 의료인의 진단과 처방은 '왜'와 '때문'에 대한 적절한 답변이 유의미하다. 하지만 그에게는 이런 기계적인 전언보다는 인간 정신에 기반한 섬세의 정신과의 조화가 그의 수필의 구심력의 역할을 하고 있다. 그렇기에 그의 수필은 편편이 독자를 유인하며 작품세계에 빠지게 한다. 그의 수필이 지닌 흡인력과 설득력 때문일 것이다.

이 수필집의 대다수 작품이 그러하듯 이환의 수필은 스토리텔링 중심의 예화와 일반화의 문법을 취택하고 있다. 이러한 방식은 의미화하기에 어렵고 서사적으로 이어가기가 자유롭지 않다. 그러나 이환의 수필이 이러한 점을 극복하고 독자를 끌어들이는 것은 있는 사실 그 자체의 전달만이 아니라 행간에서 읽히는 작가정신, 이른바 인문학적 성찰을 통한 '인간화'를 바탕에 두고 있기 때문일 것이다. 아래 〈S할머니의 눈물〉이 그러하다. 이 수필은 화자의 기학학적 정신과 섬세의 정신이 잘 접합된 좋은 수필의 예다.

> 그동안 많은 환자들을 진료하고 치료했지만, 정말 기억에 남는 환자는 몸이 아픈 사람들이 아니라 마음에 상처가 있는 사람들이다. 그들의 아픔을 함께 느끼고 공감하며 마음을 일으켜 주곤 했던 사람들, 떠나는 나도 그들 못지않게 허전하고 섭섭했다. 그들은 기억에 영원히 고마운 선생님으로 남을 것이라고 하였지만, 곧 나보다 좋은 의사를 만나기 바란다. 그리고 빨리 잊고 밝은 마음을 회복하기 바란다.
>
> 나를 계속 시골 한의사라고 해도 될까? 도시가 싫어서 정 많고 수더분한 사람들이 있는 시골을 스스로 선택했다가 다시 도시로 돌아가게 되었다. 그러나 도시에서 일하든 시골에서 일하든 나의 내면은 항상 순수하고 따뜻한 시골 의사로서 살고 싶다.
>
> S할머니의 눈물을 보며 나는 나를 돌아보았다. 그들이 나를 대하는 것처럼 나도 그들을 진심과 정성으로 섬겼던가? 과연 나는 그들의 존경과 사랑을 받을 만한 자격이 있는가? 생각할수록 부끄럽다. 이것은 평생 내가 품고 나를 다그치며 수련해야 할 질문

이며 숙제가 될 것이다.

–〈몸보다 마음이 아픈 사람들〉에서

이렇게 수필은 '보이는 그대로'를 비추는 평면적 거울이기보다는 '있는 그대로'를 갈라내는 프리즘과 같다. 그렇기에 좋은 수필을 쓰려면 깊이 생각하고, 밤낮으로 그 문제에 대하여 골몰해야 한다. 수필은 작가의 체험을 소재로 하지만 체험 그대로가 아니라, 이를 승화시키고 형상화시키는 작업이어야 하기 때문일 것이다. 이런 작업을 이끌어 내는 것을 관조觀照라고 하겠다.

시골 한의사의 의창으로 바라보는 세계의 진실에는 진정 어린 애정과 따뜻한 인정이 있다. 한 편의 텍스트인 수필작품을 읽으면서 이만한 감동의 깊이를 느낄 수 있는 것은 이처럼 작가의 인간에 대한 애정, 인격이 겸비되어 있기 때문일 것이다. 그의 수필 〈마음이 따뜻한 의사〉, 〈이렇게 좋은 날에〉, 〈그늘 속에 시드는 영혼을 위해〉, 〈마음을 치료하는 의사〉가 이런 맥락에 놓여 있다.

다소 짧은 수필이지만 〈마음을 치료하는 의사〉는 그의 수필의 백미다. 이 작품은 화자의 기하학적 정신과 섬세의 정신이 조화롭게 교직된 작품이라 할 수 있다. 자칫 '교술敎述'이란 함정에 빠질 수 있는데도 그렇지 않은 것은 에토스Ethos, 즉 윤리적 성찰인 인간적 신뢰를 바탕으로 하고 있기 때문이다.

수필의 모두冒頭는 교술로부터 열린다. "소염진통제는 그저 아픔을 누그러뜨려 주는 대증치료對症治療의 수단이다. 아프면 진통제를 처방하고 잠을 못 자면 수면제를 권하며 염증이 있을 때 소염제를 주는 대증치료만 할 것이라면 굳이 의대를 나올 필요도 없을 것이다." 이는 로고스Logos다.

> 정상적인 의사라면 단순히 대증치료만 하기보다, 항상 통증의 원인이 무엇인지 알아내고자 노력하고 그것을 치료하기 위해 고민할 것이다. 그리고 환자를 잘 관찰하고 여러 가지 사항을 질문하기도 할 것이다. 언제부터 이상이 있었는지, 통증의 양상이 시간에 따라 변화하지는 않는지, 평소와 다르게 행동한 일은 없었는지, 안 먹던 음식을 먹지는 않았는지, 심지어 대소변의 모양이나 색깔이 어땠는지 묻기도 한다.
>
> ―〈마음을 치료하는 의사〉에서

이를 파스칼의 논리에 적용하면 기하학적 정신과 섬세의 정신의 합일일 것이다. 이미 아리스토텔레스는 그의 《논리학》에서 타인을 설득하기 위해서는 에토스Ethos, 파토스Pathos, 로고스Logos의 단계를 거쳐야 한다고 했다. 이를 수필 〈마음을 치료하는 의사〉에 대입해 보면 다음과 같다.

- 서두 : 며칠 전 한 부부가 함께 우리 병원에 왔었다. 여자는 무척이나 피곤해 보였다. 며칠 동안 잠을 자지 못해 꼬박 밤을 새웠다는 여자는 피곤해도 잠을 이루지 못한다고 울상을 지었다.

- 로고스Logos : 문진이 끝난 다음 맥을 짚고 내린 결론은, 평소에 스트레스에 민감한 성격인 데다가 최근에 분명 큰 스트레스를 받았을 것이라는 거였다. 환자 본인은 스트레스가 없다고 했지만, 몸이 말해 주고 있었다. 음陰이 허虛하여 양陽을 누르지 못하면 밤에도 허양虛陽이 망동妄動하여 잠을 이루지 못하게 되는데, 그녀의 상태가 바로 그렇다고 설명해 주었다.

- 파토스Pathos : 계속 그녀와 대화를 나누면서 남편에게도 질문을 하나씩 던졌다. 결혼한 사람에게 스트레스의 진원지는 주로 그 배우자이기 때문이다. 아니나 다를까! 어느 순간 그녀가 손뼉을 치며 눈을 동그랗게 뜨고 남편을 바라보았다.
  "아, 그때! 당신이 별것도 아닌 일로 나한테 뭐라고 쏘아붙였잖아. 내가 그때 얼마나 속이 상했다고! 억울했지만 당신이 더 화낼까 봐 아무 말도 못했었어!"

- 에토스Ethos : 그는 멋쩍은 웃음을 지으며 앞으로 조심하겠다고 아내에게 사과하였다. 개선장군같이 만면에 웃음을 띠고

가벼운 발걸음으로 병원 문을 나서는 그녀의 말소리가 진료실까지 들렸다.

"거봐~ 이게 다 당신 때문이라고! 아유~ 상쾌하네! 호호호."

"알았어~ 내가 미안해. 하하."

그녀는 내가 남편을 자기 대신 나무라고 꾸짖어 준 것이 내심 속시원한 모양이었다. 그녀는 보약을 주문하고 집으로 돌아갔지만, 약을 먹지 않아도 아마 그날 밤부터 잠을 잘 이루기 시작했을 것이다.

• 결미 : 실력을 갖추었을 뿐 아니라 마음이 따뜻한 의사. 세월이 지나도 내가 과연 그런 위치에나 오를 수 있을까? 그저 특별한 욕심 내지 않고 하루하루를 사는 수밖에 없을 것 같다. 아까 오셨던 할머니의 구멍 뚫린 양말이 자꾸 마음에 걸린다. 다음 장날에는 두터운 겨울 양말을 한 묶음 사서 병원에 비치해 두어야겠다.

'로고스'는 논리적 설명이요, '파토스'는 정서적 호소, '에토스'는 인간적 신뢰다. 이 수필의 화자인 작가는 그저 의료인이 아니다. 그의 인술은 바로 기하학적 정신과 섬세의 정신이 합체된 인간화다. 수필 쓰기의 목표는 마땅히 이런 인간화에서 출발해야 하지 않겠는가.

이환의 수필은 그저 지은 작품이 아니다. 적어도 작가의 영혼의 언어가 농축되어 내면 감각과 언어적 성찰로 이어져 직조된 작품일 것이다. 문학작품의 감동은 이런 인간화에서 찾을 수 있다. 결미의 진술이 여운과 함축을 통해 더욱 독자를 감동, 감화케 한다. 수필작가 이환의 불꽃 축제가 아닐 수 없다. 의창에서 바라본 작가의 진정성은 그가 바로 영혼의 위로자이기 때문일 것이다.

칼릴 지브란Kahlil Gibran은 '영혼의 위로자'요 '영혼의 치유자'였다. 그의 아름다움으로 다가오는 영혼의 언어는 불확실한 이 시대를 살아가는 우리에게 긍정적인 사고와 행동으로 세상을 바라볼 것을 속삭인다. 도대체 무엇이 그를 아름다운 영혼의 순례자로 만들었을까? 그건 아마도 "작품을 만들어 내는 유일한 방법은 내 속에 있는 최선의 것을 모두 끌어내는 것", 즉 마음속 깊고 깊은 곳으로부터 최선의 것을 끌어내어 사물을 바라보는 작가적 태도일 것이다.

작가 이환의 수필은 언제나 "사랑은 아프게 하기 위해서도 존재합니다"라는 칼릴 지브란의 언술의 의미를 깨우치게 한다. 그의 소박하고 진솔한 작품이 영혼의 위로자요 치유자가 되기에 충분하지 않은가.

4. 가장 소중한 것을 위하여

지금 우리는 소중한 것을 잃어 가고 있다. 물질문명의 혜택은 우리에게 풍요한 삶을 선사했다. 가난으로부터의 해방, 예속과 억압으로부터의 자유는 '행복'이라는 미명 아래 질곡의 지난날을 떨쳐 내게 하였다. 하지만 물질이 정신을 앞서지 못한다. 편리와 풍요를 구가하는 이면에는 고난의 세월을 견뎌 낸 우리 선대의 아픔과 노력이 있었다. 우리는 지금 가장 소중한 것을 잃어 가고 있다. 이는 인간 정신의 죽음일 것이다. 그러므로 사라져 가는 것들을 되돌아보는 것은 바로 죽음에서의 부활을 시사하는 정신 혁명의 전언傳言일 것이다.

'한의사 이환李桓의 따뜻한 문안편지'는 문학을 통한 작가의 가상세계의 성城이라 하겠다. 그러나 이는 환상의 성이 아니고 이상理想의 성인 '팔레 이데알Palais Ideal'이다. 그의 수필 읽기는 그가 구축한 이상의 성을 향한 존재 인식의 길 떠남이다. 그의 수필은 현재를 소멸하면서 새로운 생명을 잉태하듯 평범하고 질박한 일상에서 철학적 담론을 끌어내고 있다. 그렇기에 독자는 그의 수필에서 일상이라는 현실 위에 구축한 상상의 세계를 엿보게 된다.

수필 〈물과 불의 조화〉는 이 수필집의 키워드인 '한의사 이환의 따뜻한 문안편지'를 구체적으로 보여 준다. 〈시장 거리 빵집〉, 〈걸핏하면 화내는 사람〉, 〈물과 불〉의 옴니버스식 형태를 취한 이 수필은 독자들에게 가장 소중한 것이 무엇인가, 라는 존재 인식의 문제를 우회적으로 보여 준다. 전개 과정은 전자의 두 작품을 예화로 하여 세 번째 작품에서 의미화의 수순을 밟고 있다.

- 예화1(그 빵집) 조치원 시장 빵집에서 빵을 사오는 이유 ← 다른 집보다 맛이 더 좋은 식빵 한 덩이를 사면 사장님은 덤이라며 곰보빵 하나를 얹어 준다.
- 예화2(걸핏하면 화내는 사람) 손님에 대한 대응 → 빵집 주인은 오히려 별일 아니라는 듯이 아무 말도 하지 않았다.
- 예화 1-2의 통합(물과 불) : 물과 불의 의미적 해석

작가는 구체적 예화를 중심으로 소소한 일상을 '물과 불의 조화'라는 존재 인식으로 통찰하고 있다. 의미 전달 내용이 소박하면서도 순편한 문장, 철학으로 조직된 행간의 의미가 독자의 마음을 안온하게 한다. 소재의 특이성이나 강렬한 메시지, 화려한 수사를 그는 의도적으로 쓰지 않는다. 하지만 독자로 하여금 그의 수필의 행간에서 유현한 삶의 깊이와 삶의 목소리에 귀 기울이게 한다. 물질 우선의 사회현상이 만연된 시대에 인간화를 에둘러 표현한 정신혁명의 전언이라 하겠다.

지금 이 시대가 우리에게 요구하는 '가장 소중한 것이 무엇인가'를 웅변으로 보여 주는 인문학적 성찰이 아닐까 한다. 평범한 화제지만 평범 이상의 메시지를 담은 그의 수필이 읽히는 요소는 바로 이 지점에 있을 것이다. 그러므로 그의 수필은 자기 얼굴 그리기요, 구도求道의 과정이다. "빵집에서 화를 버럭 내고 간 아저씨는 얼굴이 붉고 기다리지 못하는 급한 성격을 보아, 불이 너무 강하게 타오르는 사람이었으리라"는 결미의 언술이 오래도록 여운처럼 가슴에 남는다.

그에게 붙여진 '시골 한의사'라는 호칭은 아주 자연스럽게 어울린다. 라오스에서 4년, 미얀마에서 10여 년 동안이나 의료 봉사를 한 그에게는 첫사랑을 떠올리듯 그때의 기억이 새록새록 떠오르곤 한다. 그런 그가 방송 출연 섭외를 받는다. 고심 끝에 "오랫동안 국내외에서 의료 봉사활동을 해 온 의사들을 초청하여 이야기 나누는 거라는 말에 "그저 내가 그동안 해 온 봉사활동에 대해 허심탄회하게 이야기하고 내가 겪었던 경험들에 대해 나누기만 하면 되는 것"이라 여겨 승낙한다.

방송 후 주위 사람들로부터 칭찬과 격려의 말씀을 많이 들었다. 그런 좋은 말을 들으려고 봉사를 다니거나 방송에 출연한 것은 아니지만, 그래도 칭찬을 들으니 기운이 나는 것도 사실이다. 프로그

> 램 첫머리에, 함께 출연한 다른 의사들을 MC가 소개하는 시간이 있었다. 다른 의사들은 '안과 전문의', '치과 전문의'라는 수식어를 붙여 불렀는데, 나에게는 '시골 한의사'라는 이름을 붙였다.
>
> 나는 그 수식어가 마음에 들었다. 따뜻하고 수더분하고 구수해서 벽이 느껴지지 않는 의사, 환자들의 마음속 아픔까지 포근하게 품어 줄 것 같은 시골 한의사. 나는 앞으로 시골 한의사다운 한의사, 시골 한의사 같은 이웃이 되도록 노력해야겠다는 다짐을 한다.
>
> —〈꼭 시골 한의사 같아요〉에서

'시골 한의사' 같은 의료인이자 수필작가인 이환. "나는 그 수식어가 마음에 들었다. 따뜻하고 수더분하고 구수해서 벽이 느껴지지 않는 의사, 환자들의 마음속 아픔까지 포근하게 품어 줄 것 같은 시골 한의사. 나는 앞으로 시골 한의사다운 한의사, 시골 한의사 같은 이웃이 되도록 노력해야겠다는 다짐을 한다"는 작가의 목소리가 설득력을 갖는다. 이런 경향은 그의 수필 전반에 걸쳐 공유하고 싶은 특성일 것이다. 특히 〈태어나고 죽는 일〉, 〈지구촌에서 함께 사는 사람들〉, 〈그해 여름 라오스〉, 〈최고의 명약〉, 〈신의神醫를 꿈꾸며〉, 〈마음을 치료하는 의사〉에서 구체화되고 있다.

의창을 통해 바라본 작가의 세계는 그의 얼굴을 그려서 보이는 일과 같다. 그는 "환자들의 몸뿐 아니라 마음까지도 이해하며 치료해 줄 수 있는 그런 의사가 되고 싶다. 예로부터 그런 의사를 신의神醫라 하였다. 나는 아직 신의는커녕 그 반에나 다다를 수 있을까 싶지만, 마음으로 추구하는 꿈은 신의가 되는 것이다."(〈신의를 꿈꾸며〉) 신의가 되길 소망하며, "실력을 갖추었을 뿐 아니라 마음이 따뜻한 의사. 세월이 지나도 내가 과연 그런 위치에 오를 수 있을까? 그저 특별한 욕심 내지 않고 하루하루를 사는 수밖에 없을 것 같다. 아까 오셨던 할머니의 구멍 뚫린 양말이 자꾸 마음에 걸린다"(〈마음을 치료하는 의사〉)에서 보듯 마음을 치료하는 의사를 소망한다.

이에 이르면 독자는 더 무엇을 바라랴. 이런 작가의 진솔한 마음이 독자를 사로잡기에 충분하지 않은가. 좋은 수필은 이렇게 인간에 대한 따뜻한 사랑을 느끼게 할 때 비로소 개화한다. "언제나 배우고 베푸는 자세로 환자들 앞에 서려고"(〈최고의 명약〉) 하는 의사인 그가 권하는 최고의 명약은 '심약心藥'이다.

과연 우리 삶에서 무엇이 가장 소중한가? G. 마르셀은 "사랑은 존재물들 사이에 존재론적 고리를 창조하고 '우리'라는 하나의 공동존재co-esse를 형성한다"고 했다.

기계보다 사람을 상대하고 싶어서 공학자의 길을 마다하고 의사가 된 의료인. 그는 누구보다 "따뜻하고 소박한 인간미로 환자를 대하고 싶어하는" 의사다. 그런 그가 선택한 시골 한의사는 적격이었는지도 모른다. 아니 그는 이런 선택에 주저하지 않았다.

"왜 그런 시골로 가셨어요? 사람들이 많은 대도시가 훨씬 낫지 않아요?"

나는 이런 질문을 심심치 않게 받는다. 구구절절이 설명하기도 어려워 그냥 얼버무린다.

나는 기계보다는 사람을 상대하고 싶어서 공학자로서의 길을 마다하고 의사가 되었다. 자연적인 환경과 풍광이 아름다운 이곳에서 따뜻하고 소박한 인간미로 환자를 대하고 싶다. 어쩌면 내가 시골을 선택했다기보다 내가 시골에 잘 어울리는 사람이라서 이곳에 이끌렸는지도 모르겠다.

이제는 나도 시골 사람으로 많이 동화되어 가고 있는 것 같다.

–〈밥 사 주는 환자〉에서

자신이 시골에 잘 어울리는 사람이라는 작가. 그런 그가 베푸는 인술이야말로 마르셀의 언명과 같이 '공동존재'로서의 진정한 삶의 길이 아니었을까. '가장 소중한 것을 위하여' 그는 지금도 그의 길을 가고 있다. 존재 미학의 불꽃을 피워 올리는 길이다.

5. 에필로그

우리는 수필작가가 쓴 한 편의 수필을 읽는다. 그 속에는 작가인 화자의 진솔한 삶의 모습이 형상화되어 있으며, 대상에 대한 작가의 사상이 녹아 있다. 이런 경우 화자의 체험과 삶에 대한 해명이 진지하면 진지할수록 독자는 감동적인 삶의 메시지를 듣게 된다. 타 장르 문학도 그러하겠지만, 유독 수필은 인간의 삶의 반영이라 할 수 있다. 그러므로 우리는 한 편의 수필을 읽으면서 그 작가의 삶을 떠올리게 되며, 유로流露된 삶의 형상화를 통해 미적 감수성에까지 이르게 된다.

이런 의미에서 수필은 글쓴이의 삶의 반영이자 작가가 천착하는 세계의 모습일 것이다. 수필은 애초 작가 자신의 나신裸身이기 때문이다. 그렇다고 수필이 그저 벌거벗음만은 아니다. 그 나신에 의미를 부여함으로써 생명력을 갖게 한다. '한의사 이환의 따뜻한 문안편지'라는 특별한 부제가 걸려 있는 이 수필집은 한마디로 '시골 한의사'의 존재 미학을 보여 준다.

다시 말하거니와 이환의 수필은 의창醫窓에 비친 자기의식의 발현이며, 에토스, 인간적 신뢰와 섬세의 정신과 기하학적 정신의 조화로 빚어 낸 수필로 짓는 영혼의 축제와 같다. 소박하지만 따스한 인간미를 바탕으로 자연과학과 인문과학을 통섭하는 인문학적 성찰로 직조되어 있다.

그래 그의 수필은 아프고 외롭고 힘든 이들에게 다정한 손길이 되고 때론 위로의 전언이 되기에 넉넉하다. 시골 작은 마을에서 펼쳐지는 마음의 축제가 바로 이환의 수필집이 펼치는 정겹고도 아름다운 정경이며, 이는 곧 그의 의창이 빛나는 이유가 되겠다.

그런가 하면 이환의 수필을 감상하노라면 맑은 심성으로 길어 올린 듯한 미적 언어의 미세한 부분에까지 포커스를 맞추고 렌즈를 들여다보아야 한다. 그때마다 그가 펼치는 수필적 풍경들은 그의 깊고 밀도 있는 언어에 안온한 평화를 느끼게 된다. 그것은 수필가 이환의 투명한 작가정신과 함께 한의사 이환의 소박한 인간미를 만나기 때문이다.

그의 수필은 고독한 심령과의 깊은 속삭임이며, 그 가운데에서 길어 올리는 영감에 찬 언어의 집이다. 하여 우리에게 잃어버린 자아를 찾게 한다. 때로는 오롯이 자기를 지키는 고독한 실존적 추억의 세계로 돌아가게 하며, 자신의 현실 속에서 진실한 마음이 교직交織된 심적 나상과도 만나게 한다.

루카치가 예단한 바 있듯, 우리는 지금 문학이 총체적 인간의 진실을 담아내지 못하는 우울한 시대에 살고 있다. 그러므로 "좀처럼 붙잡기 힘든 인간 영혼의 가장 은밀한 곳에 자리 잡은 마음의 미세한 풍경"을 그려내야 한다는 그의 언명은 지당하다. 진정한 글쓰기가 얼마만큼 우리의 감정을 순화하고 잠든 영혼을 깨우는가를 이환의 수필은 잘 보여 준다.

사람이 그리워 먼길을 돌아왔다

펴낸날 초판 1쇄 2022년 5월 5일

지은이 이환
펴낸이 서용순
펴낸곳 이지출판

출판등록 1997년 9월 10일
등록번호 제300-2005-156호
주소 03131 서울시 종로구 율곡로6길 36 월드오피스텔 903호
대표전화 02-743-7661 팩스 02-743-7621
이메일 easy7661@naver.com
디자인 김민정
인쇄 ICAN

값 16,000원

ISBN 979-11-5555-181-3 03810

사람이 그리워
먼길을 돌아왔다